アンデシュ・デ・ラ・モッツ／著
井上舞・下倉亮一／訳

●●

山の王（上）

Bortbytaren

JN229311

扶桑社ミステリー
1690

BORTBYTAREN (Vol.1)
by Anders de la Motte
Copyright © Anders de la Motte 2022
Published by agreement with Salomonsson Agency
Japanese translation rights arranged through Japan UNI Agency Inc.

山の王（上）

登場人物

レオノール（レオ）・アスカー―― マルメ警察署の警部
イザベル・リサンデル―――― 弁護士。アスカーの母親
パール・アスカー ―――――― アスカーの父親
ヨナス・ヘルマン―――――― 国家作戦局の警視。アスカーの元上司
ヴェスナ・ロディック ――――― マルメ警察署重大犯罪課課長
ベングト・サンドグレン ――― 同リソース・ユニット課長。警視
ヴァージルソン
グニラ・ロシエン
イーノック・ザファー
ケント・アッターボム（アッティラ）
（以上4名）ソース・ユニットのメンバー
スミラ・ホルスト ――――― パリの大学の一年生。資産家の娘
マリク・マンスール（MM）――― ルンド大学の二年生。スミラの元彼氏
マーティン・ヒル―――――― ルンド大学講師。アスカーの幼馴染
ミィ ――――――――――― マリクの友人
シェル・リリヤ―――――― ヘスレホルム鉄道模型クラブ会長
ウルフ・クルック ――――― 同前会長
フィン・オロフソン ――――― ウルフの義理の息子
ヤコブ・テル ――――――― ヘスレホルム警察署の警官
ダニエル・ニーゴード――――― 警備装置の技術者

山の王

　ある春の日の午後、八歳の少年が姿を消した。ついさっきまで、年上の子どもたちと森で遊んでいたはずが、次の瞬間にはいなくなっていた。

　地元の住民たちは、暗い中、冷たい雨に打たれながら必死に少年を探した。みな何度も、声が嗄《か》れるまで少年の名前を呼び続けたが、その声はトウヒの林にこだまするだけで、まるで大地が少年を飲み込んでしまったかのようだった。

　ところが、空が明るみはじめ、もう望みはないと思われたそのとき、岩肌の割れ目で少年は見つかった。ひどい熱を出し、体はぐっしょりと濡《ぬ》れていた。

　助け出されたとき、少年は泣きも笑いもせず、うつろな目でただ宙を見つめていた。何があったのか話すことはおろか、自分の両親さえ見わけがつかないのだった。

　少なくとも、彼はそう聞かされていた。

　事件のことを何ひとつおぼえておらず、古いおとぎ話のようにしか思い出せないのだ。何度も繰り返し聞いているうちに、それが本当だと思えてくるような話。

だが、話はそれで終わりではなかった。

事件のあとに起きたことは、いやにはっきりとした感覚があるのだ。

チクチクする病院のシーツ。医師や看護師たちのいたわるような笑顔に、優しく話しかける声。激しい頭痛と、熱にうかされて見る夢。汗だくで、心臓が飛び出しそうになりながら目が覚める。山奥の、暗くじめじめした場所の夢。鋼鉄の扉と鎖、背筋が凍るような恐怖と焼けつくような痛み。ようやく髄膜炎《ずいまくえん》がおさまり、家に帰る許可が出たのは数週間後のことだった。

彼は別人になった気分だった。母親に助けてもらわないと、自分の寝室さえどこにあるかわからない。それどころか、本当に自分はこの家で暮らしていたのか、何度となく母親にたずねたほどだった。

すべてがつながっていることに気づいたのは、ずいぶんあとになってからだ。あの夜以前の子ども時代の記憶がないのは、どうしてなのか。ゆがんだ考えや暗い欲望で頭がいっぱいなのは、なぜなのか。

自分は取り替え子なのだ。

姿を消した少年と入れ替わった誰か。

痛みと熱にうかされて見る夢から生まれた生き物。人間そっくりに見えても、本当は怪物なのだ。

彼の物語は、こうして始まった。

金曜日

スミラ

「あったぞ！」

茂みを抜けて前を走る男に、スミラはどうにかついていく。車を駐《と》めた場所から、人が通るのがやっとのような林道をもう一キロは歩いてきた。周囲の森は陰鬱《いんうつ》な青い針葉樹が埋め尽くしているが、秋の黄金色に輝く落葉樹の低木がぽつぽつと顔を出している。あちこちで血のように赤いツルを伸ばすブラックベリーの茂みが服に絡みつき、肌を刺す。

「待ってよ！」スミラは叫ぶ。

急な上り坂と積もった落ち葉のせいで、足の下の地面が滑りやすくなっている。スミラはよろけ、膝《ひざ》をついた。カメラのストラップが首に食い込む。一眼レフのカメラは重いが、暗い場所でもとびきりすばらしい写真が撮れる。

スミラはどうにか立ち上がり、濡れた葉を膝から払い落とす。先を行く男は藪《やぶ》の中に姿を消していた。

何を見たっていうの？

「ＭＭ！」スミラは大声で呼んだ。彼はそう呼んでもらいたがっている。マリク・マンスールという美しい名前があるのに。その瞳《ひとみ》と同じくらい、優しい名前が。

正式には、ＭＭはもうスミラの恋人ではない。夏の初めに別れていた。でも、どちらもそのことを持ち出そうとはしない。スミラがもうすぐパリに戻るという現実も、避けて通ろうとしていた。

夏にスミラが別れを切り出すと、ＭＭは嫉妬《しっと》し、怒り、ひどいメッセージも送ってきた。だがいまは、ふたりの仲は昔に戻ったようだった。少なくとも、それに近いものに。

四か月のあいだにＭＭは大人になり、たくましく、刺激的になっていた。

そして、ちょっと危険に。

セックスもうまくなっていた。前よりもずっと。

自分がいなくなってから、誰かと付き合っているのかもしれない。

なんとなくそんな気がするが、聞きたいとは思わなかった。

そのほうが気楽だ。

「スミラ！」藪の中から声がした。

スミラは坂を上がった。足元にもっと注意しながら。

頂上までいくと、地面は平らになっていた。岩山を五十メートルほど、ひょっとしたらそれ以上登ってきたことになる。

「スミラ！」

目の前に現れたMMの顔は輝いている。スミラの好きな顔だ。

「あったぞ！」

MMが指さす建物は背が低く、生い茂った草木に覆われていて、ほとんど姿が見えない。

陰気なコンクリートのキオスクのような建物で、窓があるべき場所には鉄格子のかごが置かれ、その中にはびっしりと岩が詰まっている。スミラは、ファルステルボにある別荘の庭の壁を思い出した。カメラを構え、何度かシャッターを切る。

「ガビオン（金網でできたかごに石を詰めた外構の一種）さ」かごを軽く叩《たた》きながらMMが言った。「このバンカー（掩体壕。敵の攻撃から人員や物資を守るための施設）は、基地の上側の通気口になっているんだ。あいつが言ったとおりだ」声から緊張と興奮が伝わってくる。

MMはスミラの手を引いて、バンカーの周りを回った。

ふたりが離れているあいだに、MMは都市探検《UEX》にますますのめり込んでいた。大学で履修しているカリキュラムの影響だろうか。滅びゆく建築物とかいう。なんにせよ、口を開けば都市探検のこと――それとも、マーティン・ヒルという名のすごい講師のことだ──ばかりなのだ。

「新しい友だち」と出会ったのも、その講義がきっかけかもしれない。もっとも、そのことについてMMは話したがらなかった。

コンクリートのバンカーの裏手に回ると、岩盤が地面から突き出していた。苔《こけ》むした岩盤を背負ったバンカーは、巨大な石の塊《かたまり》だった。カメラのレンズ越しだと生き物のように見える。背を丸め、こちらの様子をうかがっている。

車から遠く離れた場所にいることを思い出し、スミラは震えた。何か起きたとき、あそこまで戻るのはすごく大変だろう。

ジャケットのポケットに手をやる。携帯電話はちゃんとそこに入っている。だが電源は切ってあった。

あのガソリンスタンドで、MMはふたりが一緒に電源を切ったことを確認していた。そうするよう、「友だち」と約束していたのだ。

これは絶対に秘密の探検なんだとMMは言っていた。**特別**なんだと。

「ここを見てみろよ！」MMはバンカーの裏手の壁を指さした。壁が手前に張り出していて、その隙間《すきま》から銀の闇《やみ》が顔をのぞかせている。

「扉は開いてる。約束どおりだ」

スミラはMMと一緒に喜ぼうとした。

それでも、不安をぬぐうことができない。

「その友だちって、なんていう名前だっけ？」

「バーリのことか？」

「バーリ？　それって本名なの？」

MMが肩をすくめる。

「知り合ってたったの数か月なんでしょ」スミラは続ける。「それなのに、すごいトンネルの秘密を教えてくれたっていうわけ？　洞窟《どうくつ》の雨のことを？」

MMはスミラの質問を聞いていないか、聞こえていても無視することにしたらしい。扉を調べるのに夢中になっている。コンクリートでできた防爆扉で、厚さ五十センチはあるだろうか。壁とほとんど同化して見える。

扉の隙間は狭い。スミラは一瞬、通り抜けられなかったらいいのにと思った。もちろんMMは、おじけづいたりはしていない。リュックサックを下ろすと、隙間に体を押し込んだ。

「来いよ。じゅうぶん広いから」

スミラは少しためらった。

家に置いてきたパソコンは、これまでの探検で撮った写真でいっぱいになっている。閉鎖された工場や、空き家や、このバンカーのような忘れ去られた場所の写真。

だが、洞窟の雨の写真は一枚もない。特殊な条件が揃《そろ》った、地下の限られた場所でしか起こらない、湿気が空気中で水滴となって見える現象だ。スミラが洞窟の雨の写真を撮りたくてたまらないことを、MMは知っている。それでも、スミラはためらっていた。

ふたりは都市探検の初心者ではない。携帯電話も、懐中電灯も、予備のバッテリーも準備している。それでも、この場所――この森や岩山、背を丸めた石の塊や、ぶ厚いコンクリートの扉――がスミラを落ちつかない気分にさせる。

それから、MMの友だちだというバーリ。

バーリというのは、スウェーデン人によくある苗字《みょうじ》だ。

だがその意味が、スミラの頭の中に鳴り響いていた。

バーリ。丘。山。岩。

スミラは石の塊に視線を戻した。古いおとぎ話の本に出てくるトロールを思わせる。山に巣くう野蛮な生き物。邪悪なもの。

「入ってこいよ！」

MMは隙間から、スミラに向かって手を伸ばした。声にはいら立ちがにじみ、闇の中にぼんやりと浮かび上がった顔は引きつっている。

スミラはまだためらっていた。いっそのこと回れ右をして、車へと駆け出したい。

携帯電話の電源を入れ、誰かに――母親でも父親でも姉でも、誰でもいいから電話をして、声が聴きたい。自分がどこにいるか伝えて、いますぐ家に帰りたいと言いたい。だがそのとき、MMの顔がぱっと輝いた。ずっと恋しかった、スミラをいつだってとろけさせる、あの笑顔がはじける。

「来いよ、スミラ」MMが優しい声で言う。

もう一瞬だけ、スミラはためらう。

それからMMの手を取り、扉の向こうへと引っ張られていった。

中は狭い。壁も床も天井も、すべてが灰色のコンクリートだ。

コンクリートの扉の内側には、錆《さ》びて赤茶けた大きな金属のハンドルが取りつけられている。扉をロックするためのものだろう。ハンドルとロックになんとなく落ちつかないものを感じ、スミラの不安がますます膨らむ。

MMは気にしている様子もない。

「ほらな」MMは壁を懐中電灯の光で照らしながら、うれしそうに言った。「落書きがない。誰もここに来てない証拠さ。下の入口は封鎖されてるから、入口はここだけなんだ」

スミラはぎこちなくうなずいた。

床の真ん中に開いた穴から、網かごに覆われた灰色のはしごが伸びている。

スミラは穴の奥へと、懐中電灯の光を当てた。

下から湿った空気が漂ってくる。水と石、金属のにおいがした。岩盤の息。都市探検のネット掲示板でその言葉を目にしたとき、スミラは美しい言い回しだと思った。まるで山が生きているみたいだと。だがいま、穴の底から漂うにおいを嗅《か》いでみると、思っていたほど魅力的に感じない。数メートル下を照らすと、この階と同じように床に穴が開いた部屋が見える。その穴からもはしごが伸び、さらなる暗闇へと通じていた。

「行こう」

MMは懐中電灯をストラップで首から下げると、はしごの一段目に手をかけ、下りていく。

スミラはまたためらい、扉を振り返る。触れてはいけないような、あの巨大なハンドルがなぜか気になる。何かがスミラの不安をあおるのだ。

MMはもう、次の部屋にたどり着きそうだ。ひとりで行かせるわけにはいかない。

スミラははしごに足を乗せ、MMのあとを追った。

はしごは冷たく、ざらついていた。錆《さび》がメッキを侵食し、金属に茶色い斑点《はんてん》が浮いている。

鼓動がますます速まる。

ＭＭは辺りを懐中電灯で照らしただけで、二番目の部屋の中をろくに見もせずに先へ進む。二番目の部屋の壁はコンクリートではなく、岩だった。中はバンカーよりも少し広くなっているが、何もない。ＭＭは床に開いた穴をくぐり、さらに暗闇の奥へと向かってはしごを下りはじめていた。

山は静まり返っている。聞こえるのはふたりが動く音と、荒い息づかいだけだ。三番目の部屋は、さっきの部屋より少しだけ広い。ここにも気になるものがないらしく、ＭＭは足を止めない。岩盤の息のにおいはますます鋭くなっている。カメラがはしごにぶつかってしまうので、スミラはそれを背中のほうへとずらした。

「ＭＭ、待ってよ！」

数メートル先で、ＭＭが足を止める。

「どうした？」

「どうもしないけど、ちょっと休まない？　急ぎすぎよ！　部屋の中を見る暇もないじゃない」

「だけど、ほとんどトンネルまで来てるんだよ。いちばん下のフロアが見えてる」

ＭＭはスミラの返事も待たずに、どんどん下に進んでいく。

スミラはついていくしかない。

四番目の部屋へと続く網かごに覆われたはしごは、天井と床の中間で途切れていた。

床までの数メートルは、ゆっくりと体を下ろしていくしかない。

「はしごを切り落としたんだ」スミラに手を貸しながらMMが言う。「誰もトンネルに入れないように」

スミラは深いため息をついた。ここから先に進めないかもしれない。そのことにほっとすると同時に、がっかりもした。辺りを見回してみる。四番目の部屋はバンカーの三倍の広さはありそうで、ごつごつした岩盤は水滴で覆われていた。

「見ろよ」

MMが、はしごがあるはずの床の穴を懐中電灯で照らした。

スミラは最初、気がつかなかったのだが、二本の輝くレールが穴から突き出している。その正体がわかるまで少し時間がかかった。これまでのものよりずっと新しい、アルミニウムのはしごだった。

不安がよみがえる。

「待ってよ！」スミラは繰り返すが、MMはもうはしごを下りはじめている。はしごに近寄ったときにはもう、MMの姿は視界から消えていた。

「MM、待ってったら！」それでも、MMは耳を貸そうとしない。

岩盤の息のにおいはきつく、湿気もひどくなり、スミラは思わず手の甲で肌をぬぐった。

「すごいぞ！」ＭＭが大声を出した。「早く来て、見てみろよ」

アルミニウムのはしごは五メートルほどの長さで、ごつごつとした砂利《じゃり》の床にできた水たまりに根を下ろしていた。

中はほかの部屋よりも広かった。床には石や錆びてねじれた金属が散乱している。突き当たりには戸口が開き、その先の通路から岩盤の湿った息が漂ってきて、スミラの横をかすめ、天井の穴へと吹き抜けていく。

ＭＭはすでに通路の先にいた。向こう側で、ＭＭの懐中電灯の光がちらついているのが見える。ＭＭの興奮した声が響いた。

「来いよ、スミラ。早く」

通路は急な下り坂になっていて、傾斜した岩の床に足を取られ、スミラは転がり込むようにして次の部屋に入った。

そこで息を飲んだ。ためらいも不安も、一気に吹き飛ぶ。

「どうだ？」スミラの大好きなあの笑みを浮かべ、ＭＭがたずねる。

「すごいわ」スミラは夢中で言った。

ふたりが探していた列車のトンネルは、実際には巨大な長方形の洞窟だった。百メートルくらいの長さで、懐中電灯の光の先端が、突き当たりにある、とてつもなく大きな石の門をおぼろげに浮かび上がらせている。

天井までは、少なくとも十メートルはありそうだった。壁はコンクリートとむき出しの岩盤でできていて、そこを細い水の流れがつたっている。床には浅い水たまりができ、スミラとMMが立っている場所では、レールが水面を割るように十数センチほどせりあがっている。だがレールの先は、門に向かってだんだんと深くなる水の中に消えていた。

暗い水たまりのところどころで、天井や壁から落ちてきたらしい石が頭をのぞかせている。洞窟の右側には荷物を積み下ろすためのプラットホームがあり、その奥に錆茶色のドアがふたつ並んでいる。だが、スミラの注意を引いたのは、ドアでもレールでも門でもなく、空気だった。

スミラたちが通ってきた通路から吹き込む強い上昇気流によって、冷たく湿った空気が洞窟内を渦巻き、懐中電灯の光の中で小さな水滴となって目に映るのだ。

「洞窟の雨ね」スミラは圧倒されたように言った。

「言っただろ」MMがにやりとする。「バーリは約束を守るって」

スミラは岩棚に懐中電灯を置き、写真を撮りはじめた。

「そこを照らして」MMに言う。「あそこのプラットホームに上がって」

MMに照明を当てる場所を指示しながら、スミラは写真を撮っていった。

少しのあいだMMは撮影助手を務めていたが、しばらくするとプラットホームのそばにある金属のドアを調べはじめた。

スミラは撮影を続けた。辺りは薄暗く、望みどおりの写真を撮るため懐中電灯の光の当て方を工夫し、カメラの設定を調整する。

大きく引き伸ばして現像するつもりだった。パリの住まいの寝室に飾ってもいいかもしれない。

くぐもった声がして、スミラは我に返った。

悲鳴のようにも聞こえた。

辺りを見回しMMを探したが、どこにもいない。

そのとき、プラットホーム脇《わき》にあるふたつのドアの、左側のドアが開いているのに気づいた。

「MM?」スミラの声が洞窟の中にこだまする。「マリク?」

返事はない。スミラは震えた。寒さのせいだけではない。

あの不安が、倍になってよみがえってきたのだ。

開いたドアを見つめる。戸口の向こうに暗闇が潜んでいる。

そのとき突然、バンカーで自分を悩ませていたものの正体に気づいた。

ふたりが抜けてきたあのコンクリートの扉には、内側に大きなハンドルがついていた。

だが、扉の外側は完全に平らだった。

つまり、あの扉を開けた人間は、内側にいたはずなのだ。そして人が中に入れるだけの隙間を、ほんの少し開けておいた。まるで罠《わな》のように。

それから、あの名前。

バーリ。丘。山。岩。

突然、悪寒のような衝動に襲われる。鋼鉄のドアの奥に潜む濃い闇がその衝動をあおり、スミラの鼓動が激しくなる。

いますぐここを出なければ。

はしごに駆けもどり、光を目指して全速力で登っていくのだ。

スミラの一部は、それだけを望んでいる。

だが別のもっと理性的な部分は、MMが怪我《けが》をしたのかもしれないと告げている。あのドアの向こうに倒れていて、スミラの助けを待っているかもしれない。こうしてぐずぐずしている一秒一秒が、MMの命にかかわるかもしれないのだと。

「MM!」スミラはもう一度叫んだ。

その声は洞窟内にむなしく響いていたが、すぐに静寂が戻る。

スミラは携帯電話を取り出し、電源を入れるが、明らかに無駄だった。とっさの行動だったが、貴重な時間を費やして、こんな山奥には電波が届かないことを確かめただけだ。

深呼吸して、携帯電話をしまい、気を落ちつける。

それからゆっくりと、暗い戸口へと歩いていった。

かすかなにおいがドアの向こうから漂ってくる。それまで気づかなかった、かびのにおい。岩盤の息が変化したかのように、においはきつく、生々しさを増している。

そのにおいが、スミラを怯《おび》えさせる。そして、はっきりとわからせる。

ここは恐ろしい場所だと。

邪悪な場所なのだと。

だがスミラは、前に進むしかない。

あの暗闇の中へと。

月曜日

アスカー

レオ・アスカーは、背筋を何かが這《は》うような感覚がして目が覚めた。予兆か、警告のようなもの。何かが自分の身に起きようとしている。

何か大きな、防ぎようのないことが。

新しい事件に関わることかもしれない。

若いカップルが、まったく痕跡《こんせき》を残さず、金曜日から行方不明になっている。

だが以前、同じような事件の捜査をしたときには、こんな終末の予感などおぼえなかった。

寝室の床で、腕立て伏せと腹筋を百回こなしたが、嫌な感覚は消えてくれない。どんよりとした天気と外の暗さが、余計に気を滅入《めい》らせる。

いまは十月で、公園の木々はまだ秋の色をまとっている。

いつものアスカーなら、一年のなかでもこの時期が好きなはずだった。

新鮮な空気。青い空にVの字を描いて飛ぶガンの群れ。

だが、何かが迫っているという警告めいた直感と共鳴するように、今朝は冷たく湿った霧が広がっていた。

スコーネの冬は、強い風と、心の中まで切り込むような冷たい雨が続く。アスカーは冬も寒さも嫌いだった。

そんなものは、人生のなかでもうじゅうぶん味わってきた。

歯を食いしばって耐えろ。プレッパー・パールはそう言っていた。**苦しみや痛みが、怠け心を消し去ってくれる。**

こんな日は、プレッパー・パールを思い出してしまう。終末の予感は、パールのすべてであり、生命線だった。

この家はアスカーのものではない。住人の一家が海外に出ているあいだ、留守を預かっている。ゲストルームで暮らしているようなものだ。ゲストルームの一室、というべきか。

古めかしく、やけに立派な部屋。修繕費《しゅうぜん》だけでもかなりの金がかかったはずだ。銅板葺《ぶき》の屋根、バルコニー、ヘリンボーン模様の床、壁の装飾。

湖が見わたせる広々とした窓。

アスカーはほとんど家にいない。深夜に帰り、早朝に出て行く。そういう生活が好きなのだ。

やけどするほど熱いスチームシャワーを浴びて、ジーンズとシャツ、ブレザーを身につける。それからだだっ広いキッチンの大理石のカウンターでエスプレッソを入れ、スミラ・ホルストのインスタグラムのアカウントページを開いた。

スミラと恋人のアカウントのどちらにも、新たな書き込みはない。金曜日に、お互いをタグ付けした自撮りの写真が投稿されたきりだ。

土曜日の夜、スミラの家族が警察に通報してきたのだった。丸一日以上、スミラと連絡が取れないと。すぐさま警察の捜査が始まったのだが、それは行方不明の事件では珍しいことだった。

とはいえ、マルメの住民はみな、ホルスト一家のことを知っている。彼らが象徴する豊かさと権力のことを。

コーヒーを飲んでも、嫌な予感は消えてくれない。それはひどい頭痛に変わりつつあった。パラセタモールを二錠、喉《のど》に流し込むと、戸締りをして警報装置をセットした。ヘッドホンをかけ、ブレザーのフードをかぶると、プレッパー・パールや頭にこびりついたものを音楽で洗い流そうとする。

「やあ、レオ！」駅に向かう途中のレオに、犬を散歩中の老人がすれちがいざまに声をかけた。「また月曜だな。新たな週に、新たなチャンスってわけだ！」

アスカーには老人の声が聞こえないが、唇の動きを読めばわかる。プレッパー・パールに感謝しなければならない、アスカーのさまざまな才能のひとつだ。といってもこの場合、それほど大層なことではない。この老人には挨拶《あいさつ》のパターンが四つしかなく、今朝はその三つ目だった。

アスカーは愛想笑いを浮かべると、手を振り、急いでいるというように腕時計を指さし、話したがっている老人をそのままにして通り過ぎた。老人は妻に先立たれたひとり者で、私道の先にある、昔の門番小屋に住んでいる。アスカーの最も近い隣人だ。彼は孤独を重んじることを知らない人間のようで、通りすがりの人間に他愛もないおしゃべりをもちかけては、どうにかして孤独に抗《あらが》おうとしている。

駅に着いたときには午前七時になっていた。日の出はまだ遠く、プラットホームに人の姿はまばらだ。列車のブレーキがきしむ音も、霧でくぐもっている。

列車に乗り込んですぐに、アスカーはフードを脱いだ。タバコのにおいが鼻につく。悪臭のもとは、革のジャケットに破れたジーンズというい で立ちの、長髪の男だった。無精髭《ひげ》を伸ばし、フープピアスに革のリストバンドをつけ、首元まではい上がるようなタトゥーを入れている。股間《こかん》にサボテンでも挟まっているのかと言いたいくらい、股《また》を大きく開いていた。

男は堂々とタバコの煙を吐き出しているだけでなく、明らかに酔っぱらっていた。飲むには早すぎる時間だ。あるいは――ありそうなことだが――この路線のどこか離れた駅で、ひと晩どんちゃん騒ぎした帰りなのかもしれない。

　男の前に、二十歳くらいの女性の車掌《しやしよう》が立っていた。男はその車掌に向かって、どこだろうと俺は好きなときにタバコを吸うんだとわめいている。

　ほかの乗客は、窓の外か携帯電話を見つめている。関わりたくないので、気づかぬふりを決めこんでいるのだろう。スウェーデン人のお家芸だ。

　アスカーは音楽を止め、横を向くと、男を頭のてっぺんから足の先まで眺めた。年齢は五十歳くらい、身長は一八〇センチそこそこで、体重は九〇キロといったところか——一〇キロは痩《や》せたほうがいい。自信たっぷりで、がさつに振る舞い、自分を押し通すことに慣れたタイプ。自分をファイターだとでも思っているのだろうが、どう見てもそんな動きはしていないのだった。

「タバコを止めていただかないと、発車できません」声を荒らげないようにしながら、車掌が言った。男は彼女の恐怖を嗅ぎつけ、それを味わっている。

「殴ってみろよ」男はあざ笑い、車掌の顔に向かって煙を吐き出した。

　アスカーはため息をついた。ヘッドホンを首へとずらし、歩き出す。

「消しなさい」警官のバッジを男に示す。

　男が目を細める。男の頭の中で歯車が回っているのが見えるようだ。アスカーを眺めまわしながら考えていることを、男の目から読み取る。

警官。三十代前半。金髪。ショートヘアー。女にしてはやけに背が高く、肩幅が広い。左右で瞳の色が違う――片方がブルーで、もう片方がグリーン。虹彩異色症《こうさいいしょくしょう》と呼ばれるものだが、この男が知るはずもない。それよりも、男はアスカーを品定めするのに夢中だ。男はうわべだけの情報をかき集め、ふくらみすぎたエゴと酔った勢いも相まって、予想通りの結論に達したようだった。

「よお、かわい子ちゃん」ヤニで黄ばんだ歯を見せて笑う。「お巡りがみんな、あんたみたいだったらいいのにな」男は誘うように、自分の太ももを叩いた。

「だがな、嬢ちゃんにひとつ言っておく。このヨッケって男はな、ちょっとばかし修羅場をくぐってきてるんだ。やつにタバコを止めさせようってんなら、いますぐ応援を呼んだほうがいいぜ。じゃなきゃ、やつが吸い終わるまで、おとなしく座ってるこった」もう一服しようと男がタバコをちらつかせる。ウィンクまでしながら。

アスカーが何よりむかつくのは、下に見られることでも、ヨッケの女性に対する古くさい偏見でもなく、ヨッケが自分のことを三人称で語っていることだった。ただでさえこんな茶番には我慢がならないたちなのに、おさまらない頭痛が追い打ちをかける。

何の警告もなしに、アスカーはヨッケのタバコを叩き落とした。ピアスをぶら下げた耳をひっつかみ、力を込めてつねる。

　本能的に痛みを逃れようと、ヨッケの体は頭よりもずっと早く反応した。三人称のヨッケは、気づいたときには席を立ち、片方の手首を後ろ手に拘束されて、前かがみによろめきながら通路を歩いていた。

「なんだって――」言い終わらないうちに足元をすくわれ、ぶざまにも腹打ち飛び込みの格好で、雨に濡れたプラットホームに鼻から突っ込んだ。

　ぼんやりしていた乗客たちが何人か、携帯電話のカメラをごそごそと取り出そうとしたが、もう遅かった。

　プラットホームでは、ヨッケが慌てて立ち上がろうとしていた。顔は真っ赤で、こぶしを震わせている。アスカーは戸口に立ってヨッケを眺めた。

　ヨッケの選択肢はふたつ。傷ついたプライドを力ずくで取り戻すか、いら立ちを飲み込んで、癪《しゃく》に障《さわ》るようなことなど何もなかったようにふるまうか。

　アスカーは**それで？**　というように眉《まゆ》を吊《つ》り上げ、早く決めるようヨッケをあおる。

　ヨッケはためらっている。こぶしと口を、閉じたり開いたりしながら。どうするか考えようとしているが、自信はすっかりぐらついている。オッドアイのアスカーの眼が、ヨッケを余計に落ちつかない気分にさせる。ヨッケの顔に疑問が浮かんでいるのが、アスカーにはわかった。

　こいつは何なんだ。どういうやつなんだ。どうやって立ち向かえばいい？

ヨッケが答えを出す前に、ドアが閉まり、列車が静かに発車した。ヨッケは勇気をふるい起こし、ドアに駆け寄って窓を叩く。ちっぽけなプライドを守ろうと、くだらないことを叫んでいたが、やがてヨッケの姿もプラットホームも、灰色のもやの中に消えていった。

アスカーは席に戻り、ヘッドホンをかけなおす。

周りにいる人々が、がっかりしたように携帯電話を下ろす。

「ありがとうございます」車掌が小さな声で言い、アスカーはうなずいた。

若い車掌は、まだ何か言いたそうにアスカーを見つめる。

だがアスカーは、すでに音楽をスタートさせ、顔をそむけていた。

アスカー

マルメは湿地と海に挟まれた砂州《さす》に築かれた町だ。軍事的というよりも実用的な都市で、ニシン漁とそれがもたらした商業が町の成り立ちに大きく関わっている。十七世紀、スコーネがデンマークからスウェーデン領に変わったとき、マルメは国境の町となった。砦《とりで》と海へとせり出した長い堀によって周囲の湿地から切り離され、ほぼ難攻不落の要塞《ようさい》の島と化した。

それから二百年後、マルメは本格的に発展していった。要塞は取り壊され、堀は運河となった。

かつて町を取り囲んでいた小さな湖や湿地は干拓され、新たな町の区画として再建された。警察本部があるロルフスターデンも、そんな場所のひとつだ。

本部はエクセシース通りとドロットニング通りの交差点に位置し、北西へと進路を変え海へと流れ込む運河を望むことができる。

ここ数年のあいだに、本部のあるエリアには、拘置所や地方裁判所、検察当局や経済犯罪の担当部署などが次々と集結し、司法の一大拠点を形成していた。かつてここが湿地や海の底だったせいか、建物の重い扉や遮熱材の隙間から、ときおり冷気と湿気が流れ込んでくる。海からの風が吹き寄せるこんな日は、特にそうだった。

重大犯罪課は本部の最上階である六階にあり、眼下に屋根や運河が見わたせる。ガラスの壁、大きなスクリーンのディスプレイ、淡い照明。空気を震わせる電話の着信音を吸収する、暗い色調のカーペット。贅《ぜい》を尽くしたオフィスだ。広々としたキッチンに置いてあるコーヒーマシーンでさえ最高級のものだった。

アスカーは重大犯罪課に配属されて四年になる。ほとんどの職員よりも在籍期間は短いが、すでに係長に昇進していた。あと数年のうちに、部署全体の指揮を執ることを期待されている。だが同僚がみな、それを喜んでいるわけではない。

アスカーは、最先端の捜査本部の陣頭に立った。部署のほかの部屋とは違って、この部屋には外の景色を望める窓はないが、ガラスの壁越しに、建物の中心を走る吹き抜けを見下ろすことができる。

アスカーの前には、十五人の同僚が列をなして座っている。そのうち数名はほかの部署から派遣された新顔だった。そのことに、アスカーは少し驚いていた。

九時一分前になると、課長が直々に姿を現し、いちばん後ろの席についた。ヴェスナ・ロディックは、年齢は四十から五十のあいだ、体形はふくよかで、アスカーより頭ひとつ背が低い。普段は、こうした事件に首を突っ込むタイプの上司ではない。ロディックのそういうところが、アスカーは気に入っていた。

アスカーはプレゼンテーションを始めようと、立ち上がり、咳払《せきばら》いをした。

「みんなおはよう。新しく入った人もいるだろうから、自己紹介をしておく。わたしはレオ・アスカー警部、重大犯罪課の係長だ。今回の事件はふたりの行方不明者が関わっており、誘拐の疑いがある事件として捜査することになる」

アスカーがリモコンのボタンを押すと、背後の大きなスクリーンに、姿を消したふたりの若者の自撮り写真が映し出される。

「我々が捜索しているのは、スミラ・ホルストとマリク・マンスール。土曜の夜、スミラの家族から、娘の行方がわからないと通報があった。金曜の朝、ソーシャルメディアに投稿したのを最後に痕跡が途絶えている。つまり、ふたりが行方不明になってから三日が経過していることになる」

新入りのメンバーのために、アスカーは判明している事実を並べる。

「ふたりの携帯電話は、どちらも金曜から電源が切れている。もちろん、電源が入る可能性に備え、引き続き監視を続ける。通信業者に通信履歴のデータを請求しているが、知ってのとおり、こういった手続きは――」

そこで一瞬、間をおいた。

「――簡単には進まない」皮肉っぽい笑みを浮かべて言う。「経験上、通信業者からの返事は週末ごろになると予想される」

一斉に聞こえたうめき声がおさまるのを待つ。

次の写真に映っているのは、スミラだけだ。きれいな女性だった。青白い肌、ブロンドの巻き毛、青い目。鼻の周りにそばかすが残っているが、あと何年かすれば消えるだろう。十七歳から二十歳くらいまでしか存在しない、手つかずの美しさがあった。

「スミラ・ホルスト、十九歳」アスカーは続けた。「春に高校を卒業し、現在はパリの大学に在籍しているが、秋休みで実家に戻っていた。リムハムンの両親の住所に住民登録されている。スミラは真面目で、意欲的で、成績も優秀。家族関係は良好で、スミラのほうから連絡を絶つ理由がないと両親は言っている」

「子どもの居場所も知らない、情けない親だと認めたくない親は、みんなそう言うのさ」

口を出してきたのはヨハン・エスキルソンだ。理由はよくわからないが、ヨハンではなくエスキルという名で通っている。

エスキルはアスカーより一、二歳年上で、背のほうは数センチ低いのだが、それが気に障るらしい。そういうことに我慢がならない男なのだ。

いつものように、エスキルの髪はきっちり刈り上げられ、髭も剃《そ》りたてで、お気に入りのインフルエンサーが勧めるシェービングローションとハンドクリームの香りを漂わせている。髪型からシャツ、ネクタイの結び方、親指のリング、時計に至るまで——ひょっとしたら、ピラティスのレッスンと家との往復に使っている、リースのスポーツカーも——そのイカしたインフルエンサーの影響かもしれない。

刑事エスキル——自分のことを「ティンダー（火口、燃えやすいもの）」などと呼んでいる男——は、エスキル自身の控えめな言い方だと、凄腕《すごうで》の警官なのだ。

エスキルには、ほかにも言いたいことが山ほどあるのはわかっている。そのひとつが、アスカーではなく自分こそが、重大犯罪課のリーダーになるべきだということだった。

アスカーはエスキルの言葉を無視して、別のスライドを表示する。

黒髪の巻き毛に、彫りの深い顔、ベルベットのような瞳の若い男が映っている。こちらも、際立って美しい青年だ。

「マリク・マンスール。通称ＭＭ。二十一歳。住所はヴァーンヘムのアパートで、ルンド大学建築学科の二年生だ。マリクも、両親の話では真面目で——」

「そいつも——」エスキルが、周りの同僚の気を引こうとするようにあざ笑う。今朝のエスキルは妙に機嫌がいい。最前列の席に陣取り、おなじみの取り巻きに囲まれている。自分たちのリーダーは、文字どおり「タマ」のついた人間のほうがいいという、やたらタフガイ気取りの連中だ。

「エスキルが口を挟みたがっているのは、マリクの前歴が複数、データベースでヒットしたということだろう」アスカーは言った。「マリクは数年前、ドラッグがらみの軽犯罪で略式命令を受けている。さらに去年の夏、マルメ・クリミナル（マルメに実在するギャング組織の呼称）が所有する車に乗っていたという、内部記録も残っている」

「そのとおり」エスキルは得意げにうなずく。「俺に言わせれば、その線を追うべきだろう」

もうたくさんだ。

「あなたには聞いていないけど、エスキル」アスカーは言った。「貴重な意見は、聞かれるまで控えておいてもらえると助かる」

アスカーは、オッドアイの眼をエスキルに向けた。エスキルは助けを求めて視線を泳がせたが、取り巻き連中も、部屋にいるほかの人間も、誰も目を合わせようとしない。アスカーのほうも、エスキルの「タマ」はただぶら下がっているだけの「タマ」だとわかっているのだ。

「ああ、すまない」エスキルが小声で言った。

アスカーはスライドを切り替えた。最初に映した写真だ。

「この自撮り写真は、金曜の朝、スミラのインスタグラムに投稿されたもので、先に言ったとおり、マリクとスミラが残した最後の足取りだが、実際のふたりの様子が最もつかみやすい写真になるだろう」

ふたりの若者が頬《ほお》を寄せ合い、楽しげにカメラを見つめている。写真を見るかぎり、探検向きの服装をしている。ポロシャツに防水ジャケット——マリクが黒、スミラはターコイズ色だ。スミラは首にカメラのストラップを下げ、ふたりの背後にはマリクの黒い車が写っている。

投稿には**新たな冒険へ**とあり、**#newadventures**と**#love**というハッシュタグが添えられていた。

「スミラとマリクは数年間、交際していた」アスカーは続ける。「共通の友人が開いたパーティーで知り合ったらしい。スミラの姉によると、スミラとマリクはこの夏、スミラが進学でパリに引っ越す直前に別れているが、連絡は取り合っていたという。この写真から察するに、ふたりの関係はもとに戻ったようだ」

アスカーはまたリモコンのボタンを押す。スクリーンには、父と息子と思われる、真面目くさった顔の男がふたり映し出される。

「左がスミラの父、トーマス・ホルスト。アルカディア・ホールディングスのＣＥＯだ。アルカディアは、この右側の、スミラの祖父エリック・ホルストによって設立された。エリックは現在も会社の主要株主であり、取締役会長を務めている。なぜこんな話をしているのかというと……」

そこでアスカーはエスキルに鋭い視線を送り、また余計な口を挟んでこないよう釘《くぎ》を刺したが、幸いエスキルは教訓を学んだようだった。

「……ホルスト家はマルメで最も裕福で、最も有名な一族だから。ほとんどのスポーツクラブの主たるスポンサーを務めている。そういうわけで、この行方不明が身代金目的の誘拐だという可能性は排除できない。だが、現時点で身代金の要求がないことも言っておきたい。したがって、特定の仮説に飛びつかないよう、注意する必要がある」

エスキルが隣にいる女性にささやきかけ、ふたりはにやにやと笑い合っている。何を言ったにせよ、大っぴらにはできないようなことだろう。

「そういうわけで、管轄内のすべてのパトカーにふたりの人相特徴を連絡した。この写真にも写っている、マリク・マンスールの車についても通達している。黒のゴルフGTIで、カスタマイズのライセンスプレートには『MM』の文字が入っている」

アスカーは、マリクとスミラの家族へのさらなる聞き込み、銀行の口座情報の請求、友人やクラスメートの割り出しなど、捜査員に仕事を振り分け、ブリーフィングを終了した。

話し終わると、何か補足することはないかとヴェスナ・ロディックをうかがったが、上司は短く首を振っただけだった。

「では、捜査を開始する。何かあれば、すぐにわたしに連絡を」

集まった捜査員たちに礼を言い、アスカーは自分のオフィスへ向かった。エスキルと取り巻き連中はその場にとどまり、携帯電話の画面を見ながら、興奮した様子でささやき合っている。エスキルたちの態度や満足げな笑みが、アスカーの不安をあおり、胸の奥にくすぶっている悪い予感が膨らんでいく。何か、思いもよらなかった脅威がそこまで来ているような予感。

アスカーはコーヒーを入れると、デスクの前に座り、パソコンの画面にスミラのインスタグラムを表示する。当然マリクもアカウントを持っているが、ほかのソーシャルメディアのアカウントと同様、マリクはしばらくインスタグラムを更新していなかった。

一方のスミラは、頻繁《ひんぱん》に投稿していた。

この半年のあいだに、スミラのアカウントはパリの写真でいっぱいになっていた。観光名所、大学の講堂、うさん臭《くさ》そうなナイトクラブ。スミラは常に人に囲まれていて、コメント欄は絵文字と生きる喜びにあふれている。金曜日の朝に投稿された写真まで、それが続いていた。

金曜日の投稿を最後に、スミラとマリクは姿を消した。携帯電話と一緒に大きくなったような、由緒正しきZ世代。この先の捜査が思いやられる。

アスカーはこめかみをもんだ。頭痛と終末の予感は消えてくれない。

そのとき、携帯電話が振動した。

わたしのオフィスに来てもらえる？

アスカーは痛み止めを常備してある、デスクのいちばん上の引き出しを開けた。薬を二錠コーヒーで流し込むと、立ち上がり、部屋を出た。


ヴェスナ・ロディックのオフィスは角部屋で、アスカーのオフィスの二倍はある。壁は賞状や表彰旗、集合写真などで埋め尽くされ、端から端まで歩いていけば、ロディックの警察でのキャリアのすべてがわかる。ここに至るまでの一歩一歩が。ロディックが重大犯罪課の課長になってから、もう五年になる。野心的で、人望もあり、有能。この数か月というもの、ロディックが近々、別のポジションに昇進するのではという噂《うわさ》でもちきりだった。

「来たわね、レオ」いつもの低い声で言う。「ドアを閉めて、座ってちょうだい」

「エスキルのこと？」アスカーは、椅子《いす》に腰を下ろしながらたずねた。「あいつがどんな奴か知っているでしょう？　あいつと取り巻きたちの手綱《たづな》はしっかり握っておかないと。エスキルは腰巾着《こしぎんちゃく》タイプで、リーダーって器じゃない。自分ではそう思っていないことが問題だけど」

ロディックはうんざりしたように首を振った。

「みんなの前で誰かをどやしつけるのはやめるよう言ったはずよ。そういうやり方では人に尊敬されない」

「そう?」アスカーは眉を上げる。「その意見には同意しかねるっていう男の管理職は、この建物に五十人はいるはず。力で支配するのが強い、リ、ー、ダ、ー、だってね」

アスカーは、指を折り曲げるジェスチャーで最後の言葉を強調する。プレッパー・パールなら眉をしかめそうなしぐさだ。

ロディックはため息をついた。

「もう何度も話し合ったでしょう? レオ、あなたはいい刑事よ。非常に優秀な刑事、と言ってもいい。でも、これから出世していこうっていうなら——例えば、この椅子に座りたいのなら……」

ロディックはそこで口をつぐみ、アスカーに意味ありげな視線を向けた。

「……あなたほどの能力のない人間、つまり、わたしたちみたいな平凡な人間をうまく扱わなきゃならない」

ロディックはデスクの上に身を乗り出した。

「そしてときには、波風を立てるんじゃなく、流れに沿って泳ぐ必要もあるの。だから、こうしてあなたと話をしているというわけ。スミラ・ホルスト事件のことよ」

「それが？」

「どこまで捜査は進んでいる？　何がわかった？」

アスカーは肩をすくめた。

「あなたもブリーフィングに来てたでしょう？　捜査は始まったばかりで、疑問点だらけ。携帯電話の通話記録が手に入れば少しは進展すると思うけど、毎度のことながら、それには時間がかかる。いまは捜査を進めるしかない。手がかりをつなぎ合わせている段階」

「あなたは誘拐事件だと考えている？」

「わたしの直感が知りたい？」

「ええ」

アスカーは考えをまとめるように口をつぐんだ。実のところ、そんな必要はなかったのだが。

「誘拐犯は、身代金をできるだけ早く手に入れたがるもの。長引かせると、捕まるリスクが大きくなる。あるいは、おじけづいたり、人質に同情心を抱きはじめたりする。行方不明からもう三日も経つのに、身代金の要求がない。だから誘拐だとは思えない」

「わかったわ。誘拐事件じゃないなら、何が起きたというの？」

「まだわからない。でも、可能性を広げておくことが重要だと思う」

「両親は、どう言っているの？」

「まだ電話で話しただけ。一時間後に、直接会って話をすることになっている」

「あなたの印象としては？」

アスカーは顔をしかめた。

「父親は真面目で、すぐに本題に入るタイプ。事実と、答えと、結果を出せと言われた。できれば昨日までに、と」

「母親のほうは？」

「母親はもっと用心深く、感情的。陰に隠れていることに慣れている人間」

ロディックがそわそわと体をよじる。

アスカーは待った。ほかにも何かあるのはわかっている。ロディックが言うのを先延ばしにしようとしている、何か重大なことが。

「署長に呼び出されたの」ロディックが言う。

「そうなの？」アスカーは椅子の上で背筋を伸ばした。

「ホルスト家の弁護士が接触してきたらしいの。裏から相当手を回しているようね」

弁護士という言葉とロディックの身振りから、アスカーはすぐにピンときた。

「リサンデル・アンド・パートナーズ」ロディックがそれを裏づける。「あなたの両親の弁護士事務所よ」

「母と義理の父の、でしょう」アスカーは訂正する。

「そうだったわね。どちらにせよ、あなたの母親が署長に接触してきたの。どうやらふたりは古い友人のようね。有能な人材をすべて配置するよう要求してきた」

「新顔がブリーフィングにいたのは、そういうわけ」アスカーは言った。「イザベルはいつだって欲しいものは手に入れる人だから」

「そうね……」ロディックはまた小さく身じろぎをした。「イザベルは、今日の家族との話し合いにも同席するつもりよ。だから、わたしが引き継ぐのがベストでしょう」

「なぜ?」アスカーの好きな質問だ。何度繰り返したっていい。

「余計な利益相反を防ぐためよ」

「わたしの事件なのに、わたしを追い出そうっていうの?」

「わかっているでしょうけど、正式にはわたしの事件よ」ロディックは辛辣《しんらつ》だった。「わたしには、検察官が介入するまでの、すべての予備捜査を指揮する権限がある。そのわたしが、今後はわたし自らが家族との連絡を取り扱うべきだと判断したの」

　アスカーの直感は、いつものように、しつこく理由を聞き続けようとするが、思いとどまる。ロディックのしぐさは、まだ吐き出したいことがあると告げている。

「それからもうひとつ」

ロディックが大きく深呼吸する。

「署長は、国家作戦局に支援を要請することを決めた。明日、ストックホルムから担当者が到着する。実は、おなじみの顔よ」

ロディックはまた口をつぐむ。どこか気詰まりな、張りつめた沈黙。張りつめすぎている。

唐突に、アスカーは理解した。今朝から頭を離れなかった、悪い予感も――ブリーフィングのあとで交わされていたささやき、頭痛、ロディックの波風を立てるなという言葉も――何もかもが腑《ふ》に落ちた。危険を感じたときには、それはもう目の前に迫っていたのだ。トンネルの真ん中に立つアスカーめがけて、脅威がギラギラとまばゆい光を放ちながら、一直線に向かってくる。プレッパー・パールでさえ身構える術《すべ》を教えてくれなかった、終末へと突き進む列車が。

「ヨナス・ヘルマンね」アスカーは言った。ロディックがその名前を口に出すまでもなく、その表情が物語っていた。

くそったれ。

退院からしばらくして、彼は思いがけないプレゼントを受け取った。

彼の継父は不愛想な男で、普段はお互いにできるだけ関わらないようにしていた。だが、初夏の日の夕暮れ、殺伐とした家の裏庭にいた彼のところに、継父がやってきた。

「ほら」継父がガラス瓶を掲げて言った。

中には羽ばたきする蝶《ちょう》が入っていた。

羽は赤錆色で、白い縁取りに沿うように青い小さな斑点が浮かんでいる。

「キベリタテハだ」継父は続けた。「子どもの頃、よく蝶を捕まえたもんだ」優しさすら感じる声で言った。

彼は笑みで応えた。少なくとも、そうしたつもりだった。この出来事が――ガラス瓶の中の美しい蝶だけでなく、いつもは気難しい男が突然示した親密さが――彼を喜ばせたのだった。

「ほら、こいつの扱い方を教えてやる」

うれしかったのは、継父が地下の作業場に連れていってくれたことだ。普段は入ることを許されていない場所。

壁には一直線に道具がかけられている。部屋の中はペンキや接着剤、揮発油のにおいがした。そのにおいの中には、何かほかの香りも混じっている。不思議となじみのある、鈍く、湿った香り。地下。岩。土のにおい。

部屋の真ん中には、ジオラマが乗った作業台が置かれていた。プラスチックでできた、小さな家や人――すでに色づけされているものや、これからのものもあった。ミニチュアの世界が目の前に生き生きと広がり、彼の想像力をかき立てる。興味をそそられ、模型に手を伸ばした。目で見るだけでなく、指で感触を味わいたかったのだ。

「そいつはおもちゃじゃないぞ!」継父が文句を言い、彼は怖くなって手を背中に回した。

「ほら、見ろ」継父はハンマーと先の鋭い千枚通しを壁から下ろし、ガラス瓶のふたに小さな穴を六つ開けた。

「これで、蝶も空気が吸えるようになる」継父は言った。そして、穴から砂糖水を垂らすようにとつけ加えた。

「一週間はもつだろう。そしたらふたを開けてやるんだ。どうしたって、そう長くは生きられんからな」

彼は継父に言われたとおりにした。少なくとも最初のうちは。

蝶の入った瓶を部屋に置き、餌《えさ》をやった。何時間だろうと、前に座って見ていられた。蝶の色やディテール、動きを楽しんでいた。

紙のように薄い羽がガラスに当たって立てる音を。

彼は権力も味わっていた。

逃げ出そうと必死にもがく美しい生き物への支配。もっと近くで、もっと見ていたい。蝶が感じているものを感じたい。

一週間が経ったとき、ふたを開けて蝶を逃がしてやるつもりだった。だが、彼にはできなかった。

この蝶はぼくのものだ。ぼくの所有物。絶対に手放したくないもの。

十二日目、キベリタテハは瓶の底で動かなくなった。

希望を失った瞬間に、飲むのをやめてしまった砂糖水に濡れ、羽が輝いている。

死んでもなお、とてつもなく美しい。

しかも、それはまだ彼のものなのだ。

スミラ

スミラははっとして目が覚めた。

頭がずきずきと痛み、口の中に金属の味がして、喉に詰まった塊のような吐き気がこみあげてくる。下腹部に激しい尿意を感じる。

どこにいるのか確かめようと、目を開ける。だが次の瞬間、すでに開いていることに気づく。

辺りは真っ暗だ。目の前に出した自分の手さえ見えないほどの暗闇。

「ねえ！」スミラは声を出したが、ささやき声にしかならない。

「ねえ！」少し声を張りあげる。それでも返事はない。真っ暗な静寂が広がっているだけだ。

心臓が激しく脈打ちはじめる。鼓動が雷のように鼓膜を打ち、何も考えられなくなる。

息ができない。

呼吸をするたびに、胸が締めつけられるような感覚がする。スミラを内側から窒息させようとする。

スミラはぐっとこらえ、目を固く閉じた。そして教えてもらったとおりに、ゆっくりと十からカウントダウンする。ひとつ数えるたびに深呼吸して、脳に酸素と二酸化炭素をバランスよく送り込む。

三……。

二。

一。

うまくいった。脈拍が落ちつき、パニックが和らいで頭がすっきりとしてくる。

ここはどこ？　どうしてこんなところにいるの？

さっきまで、ＭＭと洞窟にいた。それから……。

それからどうなったの？

スミラは悲鳴と、暗い戸口、嫌なにおいを思い出す。

恐怖も。

あとは、ぼんやりとしたイメージだけだ。

そして暗闇。

片方の腕に引きつったような感じがして、指で探ると、肘《ひじ》の内側に絆創膏《ばんそうこう》が貼《は》られている。

薬を打たれたの？　もしそうなら、どのくらい前に？

ここはどこなの？

鼓動がふたたび速くなる。

スミラはまたカウントダウンを始める。

三……。

二。

一。

落ちつかなければ。

今年の春、スミラと姉は「人質学校」（ふたりは冗談めかしてそう呼んでいた）に参加した。授業は祖父エリックからのクリスマスプレゼントだった。スミラも姉のヘレナも、馬鹿《ばか》みたいだと思っていた。大げさすぎるんじゃない、と。

とはいえ、エリックおじいちゃんには誰も逆らえないので、荒野のど真ん中にある訓練所で三日間過ごした。ボーイフレンドたちには、週末はスパに行くと言ってあった。訓練のことは、姉妹のあいだで秘密めかした冗談になり、大いに笑ったものだ。

だがいま、スミラは学んだことを必死に思い出そうとしている。

何よりもまず、自分がどこにいるのかを確かめなければならない。

スミラは慎重に辺りを手探りした。柔らかいマットレスとクッションが敷かれたベッドに寝かされ、足の上にはチクチクする毛布がかけられている。頭のほうとベッドの右側はすべすべしたコンクリートの壁で、左側には何もない暗闇が広がっていた。スミラは足を投げ出し、ベッドの縁に座る。

空気はひんやりとしていたが、寒くはない。地下鉄の駅のようなにおいがする。気がついたのはそれだけではなかった。さっきスミラが声を出したとき、それは背景音——耳をよくすませばかすかに聞こえてくる、ブーンという鈍い音——に飲み込まれるように消えていった。それからこの、ある特別な場所にしか存在しない、恐ろしいほどに濃い闇。

スミラの心臓がまた早鐘を打ちはじめる。

自分は地下にいるのだ。

深い山の奥底に。

閉じ込められて。

目覚めてからずっと我慢してきた悲鳴が、ついにスミラの口から漏れた。その声はほんの数秒、空気をつんざいて漂っていたが、すぐに暗闇に飲み込まれていった。

火曜日

アスカー

まだ朝の五時だというのに、アスカーはすっかり目が覚め、着替えもすませていた。四、五時間以上眠るほうが珍しいのだ。目まぐるしく頭を働かせているときは、睡眠時間はもっと短くなる。

家の外は闇に包まれている。湖の向こう岸にあるゴルフコースの明かりがちらほらと見える。昨日の霧は消え、秋の弱い霧雨に変わっている。

アスカーは、グレーのリュックサックの中身をベッドの上に並べていった。すべての物が、正しい順番でまとめられている。脱出時に必要となる懐中電灯、細いナイロンロープ、バール、万能ナイフ。

それから逃亡用のパスポート、クレジットカード、札束、プリペイド式携帯電話。移動を続けるためのプロテインバー、下着、ソックス、洗面用具の入ったポーチ。目の前にプレッパー・パールがいる錯覚をおぼえる。アスカーの揃えたものを、静かに確認していく姿が。

これが脱出に必要なものすべてだ、レオ。すべてここに書き出してある。二分あれば、姿を消すことができる。

なぜいまもこの習慣を続けているのか、レオにはわからなかった。グレーのリュックサックをクローゼットに常備し、使用期限のあるものを定期的に交換している理由も。

プレッパー・パールは、ずいぶん前にレオの人生から姿を消しているが、このリュックサックは残っている。自分の昔の姿を、常に思い出させるもの。これだけの年月が流れても、完全には自由になれていないようだった。

ごわごわとしたリュックサックの生地は、染みと継ぎはぎだらけだ。いちばん古い縫い目はゆがんでいて、どこか子どもっぽい。時間が経つにつれ、まっすぐでしっかりとした、無駄のない縫い目へと変わっている。

最後の縫い目のことを、アスカーはよくおぼえている。

十六歳で、高校への進学を控えていた。

アスカーとパールが一緒に過ごした最後の夏。それはアスカーの人生にとって、もう少しで人生最後の夏になるところだった。

アスカーは無意識に左の前腕を引っかくと、リュックサックの中にゆっくりと中身を詰め込んでいく。教わったとおりの場所へと。目を閉じていてもできる。

それが終わると、アスカーはリュックサックをクローゼットの奥へと戻し、キッチンへと向かった。最新型のコーヒーマシーンの、エスプレッソのボタンを押す。

二分あれば、永遠に姿を消すことができる。

その結果どうなるかを考えると、誘惑に駆られそうになる。

ヘルマンがストックホルムへ異動になったとき、想定しておくべきだった。

だが、アスカーがあの解決策を選んだとき、去っていくヘルマンの背中を見て、すっかり安心してしまった。ヘルマンは永遠に消えたものだと思い込んでいた。ほかの誰かを見つけて、二度とスコーネに戻ってくることはないと。

思い込みはすべての失敗のもとだ、プレッパー・パールならそう言っただろう。

それから過ちを償わせるため、アスカーに腕立て伏せやトイレ掃除をさせるか、冷水を浴びるように言うか、何か別の不愉快な用事を言いつけるだろう。

ヨナス・ヘルマンは、まさに過ちだった。

重大犯罪課にアスカーを採用したのはヘルマンだった。いまある知識は、ほとんどヘルマンに教わった。

誰もがヨナス・ヘルマンに好感を抱く。

配属前から、ヘルマンはアスカーを誘ってきた。確かに、刺激的だった。

ヘルマンが上司になってからは、もっと刺激的だった。

ヘルマンはいつも、手足となる崇拝者たちに囲まれていた。数少ない、選ばれし特別な者たち。アスカーはそのひとりだった。

最も特別な存在だった。

あの頃アスカーは、ヘルマンのためなら、ほとんど何でもやった。六か月のあいだ、アスカーとヘルマンは身も心もひとつだった。あのときのことを、いまでもときどき思い出す。おおかたセックスのことだが。

激しく、奔放で、夢中になれた。

だが偶然、街でヘルマンが妻子と一緒にいるところに出くわした。

妻と子の存在はもちろん知っていたが、そのときまで、アスカーは彼らのことをどうにか頭から締め出していた。そんなことは問題じゃないというふりをして。

ヘルマンたちは幸せそうだった。アスカーは、そんな幸せな家族を壊す手助けをしていたのだ。

自制心とは、楽な解決策を選ばないということだ。

それもまた、プレッパー・パールが口癖のように言っていた、ちょっとした金言のひとつだ。

ヘルマンの一件では、パールの言うとおりだった。

アスカーはヘルマンとの関係を終わらせた。今日から明日へと日付が変わるように。

傷口を覆う絆創膏をはぎ取り、教えられたとおり、痛みも辛《つら》さもすべて自分の中に飲み込んで。それでじゅうぶんだと、おろかにも信じていた。だが、ヨナス・ヘルマンのような、成功と褒《ほ》め称えられることに慣れた、才能のある人間は、たいてい拒絶にうまく対応できない。

実際、かなり下手だった。

ヨナス・ヘルマンと出会う前から、そんなことはわかっていた。

最悪の方法で学んでいたのに。

アスカーはまたリュックサックのことを考えた。

あるいは、プレッパー・パールのことを。

パール・アスカー。

父親。

アスカーの前腕の内側には、肘の折り目から手首のそばまで刺青《いれずみ》が彫られている。十八歳になったその日に、母親のすさまじい反対を押し切って入れたのだった。

そうしなければならなかった。自分の身に起きたことを忘れないために。そして、生き残るために何が必要だったのかを。ひとこと、四音で九文字の言葉が、永遠に肌に刻まれている。

その下にある、青白くギザギザとした傷が隠れるくらいに。

人差し指で刺青をたどり、声に出して読む。

「Resiliens《レジリエンス》」。

ヨナス・ヘルマンが、アスカーに向かって来ようとしている。それは疑いようがない。

立ち向かう準備をしなければ。

アスカー

午前七時頃には、雨も小降りになっていた。駅へ向かう道路では、車の流れがゆっくりとしたペースで進んでいる。列車の中は携帯電話をいじくる人々でいっぱいで、空いている席は見当たらない。香水やシェービングローションのにおいと、テイクアウトのコーヒーやニンニク臭い息のにおいがごちゃ混ぜになっている。目指していた駅に到着し、ドアが開いたとき、アスカーには秋の空気がいつも以上に新鮮に感じられた。

マリク・マンスールのアパートは、駅のすぐそばだった。

母親が外で待っていた。

鑑識はすでに現場にいて、写真を撮り、血痕やDNAの痕跡がないか部屋中を探し回っている。それでもアスカーは、自分の目でイメージをつかんでおきたかった。

マリクの母ハナは五十歳くらいで、スーツを着て、目の下のくまを厚化粧で隠している。流暢《りゅうちょう》なスウェーデン語を話すが、アクセントがきつい。

「マリクはスミラのことが大好きなんです」アスカーがたずねてもいないのに、ハナは話しはじめた。

「マリクはこの国で生まれて、この国で育ちました」それが重要なことのように言う。「賢い子です。優しくて、成績もいいんですよ。建築家になるつもりなんです」

マリクの母親は歯科医で、父親は病気で早期退職している。どちらもイラク出身で、マリクはひとり息子だ。

「あの子、スミラのことが大好きなんですよ」母親は繰り返した。

マリクの部屋からはサンクト・パウリ教会墓地が見わたせる。管理人が芝刈り機に乗って小道を整備している。作業を急いでいるようには見えない。小鳥たちが芝刈り機の後ろで羽根をばたつかせ、レーキが掘り起こしたものをつついている。

アスカーはリビングを見て回った。イケアの家具が置かれている。学生にしては片づいているほうだろう。一方の壁には、廃墟《はいきょ》と化した工場の引き伸ばし写真がかかっている。コンクリート、錆びついた階段、落書きでいっぱいの壁。朽ちているが、どこか美しさを感じさせる写真だ。

「その写真はスミラが撮ったものです」ハナが言う。「スミラは写真を撮るのが上手なんです。それはマリクへの誕生日プレゼントでした。リムハムンの石灰工場です。ふたりで一緒に行ったんでしょう。こういうこと、言わないほうがよかったでしょうか？」

　ハナが口を手で覆う。

「なぜ言わないほうがいいと？」

「中に入ることを許されていない建物ですから。『入ってはいけない』って、スウェーデン語では何て言うんでしたか？」

「立ち入り禁止、でしょうか」

「そうです」

　ハナは頭の中の辞書を修正したようだった。

「マリクは立ち入り禁止の場所によく行っていたんですか？」

　ハナはためらったのち、うなずく。

「なぜですか？」

「建築家になりたいからです。ルンドの大学に通っているんですよ」

「ええ。それはもうお聞きしました。マリクの専攻は、こうした古いものと関係があるんですか？」

「わかりません」ハナはがっかりしたように肩をすくめた。だが、大事なことを思い出したのか、すぐに顔を輝かせる。

「寝室にも写真があります」

ハナはアスカーを寝室に案内すると、乱れたベッドの脇にかけられた写真をいそいそと示した。スミラとマリクが一緒に写っている。

マリクはタキシード、スミラはドレスを着ている。

「卒業ダンスパーティーです」ハナは自慢げに言った。「すごく素敵でしょう」

そこでハナがすすり泣きを始め、アスカーは一瞬、大声で泣き出すのではないかと不安になる。だがハナは深呼吸すると、背筋を伸ばした。

「わからないんです」ハナは言った。「どういうことなのか」

「スミラはパリに行くとき、マリクと別れたんですよね？」アスカーはたずねた。

ハナはうなずく。

「マリクはとても悲しんでいました」

「怒っていた？」

「男の子は、母親にそういうことは言いません」ハナは言葉を濁す。「ですが……ええ、マリクは怒っていました。スミラに馬鹿げたメッセージを送ったのも知っています。でも後悔して、スミラに謝りました。そしてスミラが戻ってきて、すべて元通りになったんです。ほら、見てください、スミラはここに泊まっていたんですよ！」

ハナは寝室の壁のそばに置いてある、開いたキャリーバッグを指さした。ハンドルについたタグに、スミラの名前がある。

荷物は同僚たちがすでに調べているが、アスカーも見てみることにした。パンツにTシャツ、しゃれた上着が何枚か、それとジーンズ。横のポケットに、ネックレスが入ったジュエリーボックスが入っている。

「マリクからです」ハナが言う。「スミラが戻ってくる直前に、スミラのためにとあの子が買いました。お金が足りないからと、わたしから借りて」

アスカーはネックレスを手に取る。MとSのイニシャルが入った金のハート。携帯電話のカメラで写真を撮った。

「スミラのご両親と、週末に何度か連絡を取りました。わたしたちと同じように、あちらも心配しています。ですが昨日から、電話しても出てくれなくなりました。理由をご存じですか?」

アスカーはその質問を、もとい、質問に答えるのを避けた。ホルスト家の弁護士が、この行方不明にマリクが関わっていると疑い、今後はマンスール家と接触しないようスミラの家族に助言したのだ。その弁護士というのはアスカーの母親なのだが、そんなことを言えるはずがない。

ハナはベッドを整えはじめた。もちろんする必要のないことだが、わけのわからない状況に置かれたとき、なんらかの秩序を見出《みいだ》そうとする本能は抗いがたいものだ。アスカーは身をもってそれを知っている。

「マリクはスミラを傷つけたことなんてないんです」シーツをいじくりながら、ハナがつぶやく。「これまで、一度だってありません！　そんなことをするなら、死んだほうがましだって言うでしょう」

ハナが自分に言い聞かせているのか、アスカーに話しかけているのか、アスカーにはわからなかった。

ただ彼女の言葉から察するに、風向きがどちらに向かっているのか、この母親は感じているらしい。

「我々はあらゆる可能性を考慮しています」アスカーは言った。そう言わなければいけない気がしたのだ。

ハナは顔をそむけ、ベッドを整えるのに集中している。

アスカーはふたたび部屋の中を調べはじめた。

ベッドのサイドテーブルの上に、手垢《てあか》のついた本が置かれている。

忘れ去られた場所とその物語。

本には、壁の写真と似た雰囲気の写真が収録されていて、それぞれに数ページの文章が添えられている。特に興味を惹《ひ》かれたものだろうか、マリクはところどころ、ページの端を折ったり短いメモを書き込んだりしていた。

タイトルのページに、手書きの献辞を見つける。

我が優等生MMに敬意を込めて、マーティン・ヒル。

その名前に、アスカーははっとした。

慌ててカバーの袖《そで》を開き、著者の写真を確認する。アスカーの鼓動がさらに激しくなる。あれから十六年の年齢を重ねてはいるが、アスカーがおぼえている姿よりもずっと健康そうだ。それでも、彼だとわかる。わたしのマーティン・ヒル。

なんという偶然だろうか。

山の王

彼が十三歳の夏、丘のふもとの家にある家族が引っ越してきた。若い夫婦とその赤ん坊だった。

彼はその家の芝刈りをした。家族はときどき彼を家に招き入れ、食べ物や飲み物を出してくれた。

夫婦はとても幸せそうだった。家の中は明るくきれいで、笑い声と音楽にあふれていた。彼の暮らす、大きくて寂しい家と比べると、なおさらだった。

彼は、夫婦がダンスをしているところを見たことがあった。窓が少し開いていて、薄いカーテンが風でかすかに揺れていた。

父親はジーンズとTシャツを身につけ、母親は水色の模様のついた、白い綿のドレスを着ていた。

ふたりはぴったりと寄り添い、肌が汗で光っていた。男は手を、女の背中から腰へと回す。それから、ドレスの中へと。女は笑い、最初は茶化すように男の手を払ったが、二度目はそうしなかった。

彼は動けず、その場に立ちすくんだ。

窓の向こうにいる夫婦を見つめていると、胸の中で心臓が狂ったように鼓動を打つ。ガラス瓶の中で蝶が羽ばたくように。

数分のあいだ魅入られたように突っ立っていたが、ようやく我に返ると、芝生のほうへ、その向こうの森の陰へとよろめき走っていった。説明のできない興奮と欲望に体が悲鳴をあげる。欲望が彼をさいなみ、妄想をかき立てる。

ガラス瓶の中の蝶と同じだ。もっと見ていたかった。

もっと近くで。彼らが感じていることを感じたい。


次の週、彼はあの家へと向かった。昼間、誰も家にいないとわかっている時間に。スペアキーは、物置小屋の梁《はり》の裏に吊ってある。

家の中に入ると、彼は胸をどきどきさせながら、夫婦が立っていたリビングのあの場所へとまっすぐに向かった。

自分があの父親になったところを想像し、あのとき彼がしたのと同じように、手を空中に這わせる。だが、興奮はすぐにしぼんでいった。

そこで、彼はこっそり二階へ上がり、寝室へと忍び込んだ。

たんすの引き出しをそっと引っ張り、クローゼットの扉を開いた。彼らの最もプライベートな持ち物や衣服に手を触れていく。

母親のベッドのサイドテーブルには、コンドームの箱が置いてあった。

その下にあったのは、布地が小さく、透けるほど薄い下着。大人用の下着だと気づくのに、ずいぶん時間がかかった。

鼓動がますます激しくなり、口の中がからからになる。

父親のベッドのサイドテーブルには、さらに予想もしていなかったものを見つけた。拳銃《けんじゅう》だ。

ガンオイルのにおいから、拳銃が本物だとわかった。しかも、弾まで込められている。弾の入った拳銃をベッドのそばに置いておくなんて、どうかしているんじゃないか？

そのとき、私道を車が走ってくる音がして、一気に現実に引き戻される。階段は玄関の正面にあるので、気づかれないように外に出るのは無理だろう。窓の外にすばやく目をやり、彼はほっとする。

こちらに走ってくるのは、ここの住人の車ではなく、見おぼえのないピックアップトラックだった。

運転手は三十歳くらいのサングラスをかけた男で、覚悟を決めたような足取りで玄関のほうへ歩いてくる。

彼はカーテンの後ろに隠れ、息を潜めた。

サングラスの男は、いらいらした様子でドアベルを鳴らした。一回、そしてもう一回。

それからドアを叩き、母親のほうの名前を呼びはじめた。

「出てこい！　話がある！」

幸いなことに、玄関のドアには鍵《かぎ》がかかっていた。

男はまた名前を呼び、それから家の周りを歩きはじめた。

彼はこっそりとそのあとを追い、二階のカーテンの陰から、一階の窓越しに家の中をのぞこうとしている男の姿を見つめた。

男はすぐに家の正面に戻ってきた。股を開くと、ズボンのジッパーを下ろし、玄関脇に咲いている美しいバラめがけて立小便をした。それが終わるとジッパーを締め、地面に唾《つば》を吐いて立ち去った。

ピックアップトラックが行ってしまうまで、彼はほとんど息ができなかった。

彼は拳銃のことを思い出した。あのピックアップトラックの男と、何か関わりがあるような気がした。自分は偶然にも、彼らの秘密を知ってしまったのだ。幸せそうな人たちにも隠していることがある。その考えは、彼を興奮でくらくらさせた。

そして、何かを持って帰りたい気分にさせた。

記念品。彼だけの秘密。

一瞬、拳銃を盗もうかと考えたが、それはまずいと思いなおす。そんなに大きくて大事なものを盗めば、誰かがここにいたことがばれてしまう。彼らはスペアキーをもっと見つかりにくい場所に隠すか、鍵を取り替えるかもしれず、そうなるともうここに入れなくなってしまう。彼はまた戻ってきたかった。

化粧台の上に、シンプルなイヤリングが置いてあるのに気づいた。取るのを一個だけにすれば、母親も片方はなくしてしまったと思うだろう。床に落として、掃除機で吸い込んでしまったか、排水管に流れてしまったのだと。しばらく探して、あきらめるに違いない。イヤリングなんて、たいしたものじゃないんだから。

彼はイヤリングを明かりにかざし、それから鼻へと持っていく。あの母親のにおいを嗅いだ気分になった。完璧《かんぺき》な記念品だ。

触れたものをきちんと元の位置に戻しながら、彼はピックアップトラックの男のことを考えた。あの男が、犬のように自分の痕跡を残していたことを。俺はここにいたんだというメッセージ。この場所はもう俺のテリトリーだというメッセージ。

ぼくも同じことをするべきだ。イヤリングの代わりになるものを残すんだ。ズボンのポケットを探ったが、ちょうどいいものが見つからない。

だが前のポケットに突っ込んだ指が、何か小さく硬いものに触れた。継父の模型鉄道に置いてあった、プラスチックの人形。何日か前、床に落ちているのを見つけたのだ。

人形は高さ二センチで、色づけはされておらず、顔も描かれていない。目に見えず、誰にも気づかれない。人間ではないが、人間のようなもの。

まるで自分だ。

彼は下着が入っている引き出しの底の、誰にも気づかれない場所に人形を押し込んだ。もし誰かに見つかったとしても、その意味は理解できないだろう。彼の征服の証《あかし》だということを。

アスカー

アスカーはドアを閉ざし、自分のオフィスに閉じこもっていた。昨日感じた悪い予感は、圧倒的な緊張感となってよみがえっているが、それも当然だった。ガラスのドアの向こうから漏れてくるざわめき声は、今日はいつにもまして騒々しく、にぎやかで、ときおり大きな笑い声がどっとわき起こっている。ヨナス・ヘルマンの勝利の帰還を知らせる音。

この瞬間のことを想像し、アスカーは震えていたのだった。できるだけ痛みの少ない結末を迎えられる方法を、ひたすら考えた。だがそれは不可能だ。この状況で無傷でいられるわけがない。

絆創膏など、いっそはぎ取ってしまったほうがいい。

ヘルマンは国家作戦局のロゴが入ったコーヒーカップを手に、休憩室に立っていた。そんなカップは、いままで食器棚になかったはずだ。ということは、ヘルマンが持ってきたのだ。自分はレベルが違うということを見せつけるために。

ヘルマンはもう、崇拝者たちに囲まれている。

ストックホルムでの日々が、ヘルマンを変えることはなかったらしい。四十代になり、無精髭に白いものが混じっているが、それがヘルマンをより魅力的に見せている。それ以外は、昔のヘルマンそのものだった。ブレザーにジーンズ、オーダーメイドのシャツ。

ブロンド、たくましい体、自意識過剰ともいえるほどの自信。

いつのまにか部屋の重力の中心になっている。

エスキルはヘルマンの横に立ち、子犬のような心酔しきった表情を浮かべている。自分がリーダーになりたいという野心を放り出し、ボスの冗談にやかましいほどの大声で笑う、ご機嫌取りの子分。

アスカーは深呼吸すると、ヘルマンに手を差し出す。

「久しぶり、ヨナス。会えてうれしい」

部屋に響いていた話し声がにわかに途切れ、みながアスカーに目を向ける。

ヘルマンは、気まずい雰囲気になるまで、アスカーの手をそのままにしておいた。それから笑顔を見せる。

「やあ、アスカー！」ヘルマンがアスカーの手を握る。「ホルスト事件を担当していると聞いたよ。一緒に仕事をするのを楽しみにしていたんだ」

安心したような笑みと、含みのある表情。ヘルマンはアスカーが大勢の中のひとりだということを強調するために、わざと苗字で呼ぶ。熟練のパフォーマンスだ。無駄話はもう終わりにするべきだ。終わらせ方を、アスカーは知っている。ヘルマンを何よりいらつかせる言葉。

「なぜ?」首を横に傾けながら、アスカーはたずねる。

「えっ?」自信満々の笑みが崩れる。

「なぜ、一緒に働くのが楽しみだと?」

ヘルマンがアスカーを見つめる。取り巻き連中が落ちつかない様子で身をよじる。部屋の中が一気に凍りつく。

しばらくして、ヘルマンがぎこちない笑みをどうにか浮かべた。まるで全部が冗談だとでもいうように。子分たちも、それにならう。

「言ったとおり、きみに会えるのはいつだってうれしいよ、アスカー」

ヘルマンは握手を続けながら、笑っている——少なくとも、口元だけは。その鮮やかな青い目は、氷のように冷たかった。

半時間後、みなが捜査本部に集められた。部屋は捜査員でいっぱいになっている。ロディックとヘルマンが正面に座り、アスカーは聴衆側の最前列にいた。空気は緊張感と期待に満ちている。

会議が始まる直前になって、予期せぬことが起きた。捜査本部のドアが、わざと時間をかけるようにゆっくりと開き、どういうわけか、部屋にいた全員が一斉にそちらを向いた。アスカーでさえも。いつものことながら、アスカーの母親が部屋に足を踏み入れた瞬間、すべてが止まって見えるのだった。

イザベル・リサンデルはあいかわらず、一分の隙もない恰好《かっこう》をしている。ロゴや模様で主張せずともわかる最高級ブランドの服。控えめな化粧と、完璧なヘアスタイル。六十近いというのにまだ亜麻色の髪だと人に思わせるよう、うまくカラーリングしている。そして、四十年間磨き上げてきた弁護士の顔。英国君主とホオジロザメを足して二で割ったような。

イザベルは部屋を見回すと、最後列の席に腰を下ろし、かすかにうなずく。その瞬間、止まっていた時間がふたたび動き出す。

ロディックが咳払いをした。

「みな集まったわね」ロディックが口を開く。「こちらのヨナス・ヘルマン警視のことは、紹介する必要はないでしょう」

ロディックにうながされ、ヘルマンは気取ったふうに立ち上がると、少し背筋を伸ばした。

「ヘルマンと一緒に仕事をしたことがないという人も、ヘルマンのことは知っているはずよ」ロディックは続ける。「うちの署と国家警察殺人課での実績からして、それも当然のことね。だからヘルマンに来てもらえて、みな喜んでいるはず」

アスカーはひとこともしゃべらなかった。ロディックがそんなお世辞を言うとは驚きだ。ヘルマンがどんな人間なのかをよくわかっていながら、褒めそやしている。

「やあ、みんな」ヘルマンが呼びかけた。「戻って来られてうれしいよ。もちろん、こういう状況じゃなければよかったんだが。事件の報告書に目を通したが、わたしの見立てでは、追うべき線がいくつかあることは明らかだ」

プロジェクターを作動させるよう、ヘルマンが合図を送る。落ちついた、自信たっぷりのヘルマンの言葉に、みなが自然と耳を傾ける。

「ホルスト一家と話をしたが、スミラと夏に別れてから、マリク・マンスールは危険な存在になっていたらしい。スミラがマンスールを怖がっていたと、家族は言っている」

ヘルマンは一瞬、後ろの列へと視線をさまよわせた。ヘルマンがイザベルを見ていることは、わざわざそちらを見なくても、アスカーにはわかった。ヘルマンとイザベルがすでに連絡を取っていたことは間違いない。アスカーの頭にかっと血が昇る。

スクリーンに画像が映し出される。

「このメッセージがそれを裏づけている。マンスールが八月と九月にスミラに送ったものだ」

アスカーは唇を嚙《か》んだ。ヘルマンは、アスカーが待ち続けている携帯電話の通信記録をすでに手に入れている。それなのに、アスカーと情報を共有しなかった。それだけでなく、ホルスト一家と話をするチャンスさえも手に入れていた。おそらく、昨日のミーティングで、自分がアスカーに代わって指揮を執るとロディックに聞かされているときに。

「これを見ればわかるだろうが、メッセージのほとんどが脅迫めいたものだ」ヘルマンが話を進める。「**あとで後悔するぞ。俺をコケにしやがって。思い知れ、クソ女**」

ヘルマンがアスカーをまっすぐ見つめる。口の端をいらいらと引きつらせて。

理由はわかっている。ヘルマンが引用したマリクのメッセージは、ヘルマンからアスカーへのメッセージでもある。

「それに加えてマンスールは、イッベ・ファラハドと関係があることも裏が取れている。しょっちゅう暴力沙汰《ざた》を起こしているマルメの悪党だ。何よりも、ファラハドには誘拐の前歴がある。知ってのとおり、ファラハドが乗り回していた車の中にマンスールがいたという内部情報もある。そして少なくとも二回、ファラハドが使用していた携帯電話の番号にマンスールは電話をかけているんだ。残念ながら、ふたりのあいだで交わされたテキストメッセージは発見できなかったが、そこは用心深く、WhatsAppやTelegramなどの、我々がアクセスできない、暗号化できるメッセンジャーサービスを利用していただけかもしれない」

アスカーはもう黙っていられなかった。

「あるいは、ふたりは最初から接触などしていなかったか」アスカーは言う。「ギャングたちはしょっちゅう携帯電話や車を取り替えている。マンスールはまったく別のギャングと接触していた可能性もある」

ヘルマンはアスカーの横やりなど少しも気にならないというように、極上の笑みを浮かべる。

「もちろんだ。調査はあらゆる方向から進める。だが、次のスライドでわかるだろうが、いくつかの状況証拠が揃っている」

ヘルマンはレーザーポインターを手に取り、スクリーンを指し示した。

「スミラとマンスールの携帯電話は、金曜日の午前十一時三分に電源が切られている。その時点で、ふたりはルンド北部ゴードストンガのガソリンスタンド付近にいた。ガソリンスタンドはよくある待ち合わせ場所で、駐車場もある。E22号線がまっすぐ横を通り、複数の細い道路がほぼ全方向に走っている。スミラとマンスールの携帯電話の電源が同時に切られているということは、充電切れや機器の誤作動が原因とは考えられない。電源は意図的に切られたのであり、ふたりが居場所を特定されないようにそうしたというのが、唯一の合理的な説明だろう」

次の画像には、Visaとマスターカードのロゴが写っている。カードの取引と支払いの明細だ。ヘルマンが誰とも共有せずにおさえていた情報が、この先も続々と出てくるに違いない。

「クレジットカードの明細書によると、マンスールには多額の負債があり、そのほんの一部しか返済できていない」ヘルマンは続ける。「マンスールの負債総額は十万クローナ。公共料金の支払いも遅れていて、債権回収業者から何度か通知が来ている」

ヘルマンはレーザーポインターを置いた。

「そこで、ここまでの概要をまとめると、マルメで最も裕福な一家の娘と、その娘に別れを告げられ、脅しをかけていた嫉妬深い元恋人が行方不明になり、その元恋人は借金の問題を抱え、裏社会の人間と接触があった。あらゆる点が、身代金目的の加重誘拐事件であることを示している。現在の量刑ガイドラインに照らし合わせると、四年の刑だ」

「でも、スミラとマリクはよりを戻している」アスカーは食い下がる。「スミラはマリクの部屋に泊まっていた。マリクは母親に借金までして、スミラに金のネックレスをプレゼントしている」

アスカーは、ヘルマンがネックレスの件を知らなかったことを強調するよう、一瞬の間をおいて言った。これで一ポイント反撃だ。

「それに、もう四日も経つのに身代金の要求がない」できるだけ落ちついた声で続ける。「マリクが自分の恋人を誘拐したなどという視野の狭い仮説に飛びつくのは、まだ早いのでは？　それに身代金が支払われたあと、マリクはどうやって逃亡するつもりだと？」

部屋が一瞬、沈黙に包まれる。誰もアスカーの言い分にうなずこうとせず、目も合わせようとしない。直属の上司であるロディックでさえも。

その代わり、みなの視線はヨナス・ヘルマンに向けられている。そのヘルマンは後ろの列をじっと見つめ、それからアスカーのほうを向いた。

「意見をどうも、アスカー」涼しげな笑みを見せて言う。「疑問を持つのも、別の角度から事件を見るのもいいことだ」

そこでまた、ヘルマンは視線をそらした。

「当然、我々はあらゆる可能性を排除しない」そこでひとことつけ加える。「さもないと、職権乱用だと言われかねないからな」

スミラ

スミラはショックモードから抜け出しつつあった。脳と体があらゆる緊急機能を発動する段階から。

できることは何でもやった。

叫び、過呼吸になりながらも、大声でMMや両親に助けを求めた。

胸を締めつける感覚が消えるまで、恐怖を出し切る。

熱い涙が唇を焼く。それを舌でなめ、手の甲で目をこすった。

あと少し、もう少しで、頭がすっきりするはず。人質学校でそう教えられた。それからサバイバルモードへと進み、ここがどういう場所で、スミラを拉致《らち》した人物――ひとりとは限らないが、それが誰なのかを探りはじめるのだ。

ここに連れてこられたときのことを、スミラは少しずつ思い出していた。通路、並んだドア。ぽつんと灯《とも》った赤い光。

暗闇の中、ゆっくりと迫ってくる邪悪な眼。

おぼろげな記憶もある――ガラス瓶、死んだ蝶、小さなプラスチックの人形。どんどんかび臭くなる岩盤の息。

そういったものは、現実ではなく幻想なのかもしれない。

だが少なくとも、最後の記憶だけははっきりとしていた。暗闇の中にいるのは自分だけではないという、背筋がぞくっとする感覚。

その感覚がまとわりついて離れない。

そこに誰かいるという感覚。その誰かにはスミラが見えていて、あらゆる動きを観察している。

スミラがぐっすり眠っているあいだに、部屋の中に忍び込んでくる。ベッドの縁に座り、スミラに触れる。なぜそう思うのかスミラにはわからない。だが想像しただけで、スミラの胸はふたたび恐怖に締めつけられる。

目の端に新たな涙がにじんでくるが、スミラは瞬《まばた》きでそれを払う。

唇をぎゅっと結び、こみあげてくる嗚咽《おえつ》をひとつずつこらえる。

あと少しでショックモードを乗り越えられる。スミラは、後戻りするつもりはない。

アスカー

アスカーが上司のオフィスに呼び出されたのは、ブリーフィングからたっぷり一時間経ってからだった。おかげでアスカーは、ヘルマンがどんな攻撃を仕掛けてくるのか考える時間ができた。

ヘルマンの目的は、自分が捜査を仕切り、アスカーを冷たく放り出すことに決まっている。

自分のコネを使って手に入れ、アスカーと共有しなかった、携帯電話や銀行口座の情報。明らかにアスカーに向けて選んだ、あの挑発的な――控えめに言って、だが――マリクのメッセージ。職権乱用はしたくないというとげのある言い方。それこそ、アスカーがヘルマンを訴えた理由のひとつだった。さっさとアスカーを追い払おうと、ヘルマンがヴェスナ・ロディックだけでなく、ホルスト一家やイザベルの信頼をすでに勝ち取っているのは明らかだった。

それでも、急ぎすぎたあまり、ヘルマンは過ちを犯した。マリクが犯人だという考えにしがみつき、ほかの可能性を示す証拠を無視した。ヘルマンが存在を知らなかった、あのネックレスのように。

アスカーには、ヘルマンが見逃した切り札がもう一枚ある。

マーティン・ヒルのサインが入った本だ。ヒルは、マリクを優等生だと呼んでいる。調べてみる価値はじゅうぶんある。「優等生」という言い方は、ヘルマンがマリクに貼りつけたがっている「ケチなごろつき」というレッテルとどう見ても相反している。

だがまず、課長とのミーティングに臨まなければならない。**お互いに協力することが大切なのよ、目立つことはしないで、捜査にとって何がいちばんなのか考えなさい**とかなんとか。

ところが、アスカーはロディックに意表を突かれた。ロディックは長ったらしい叱《しっ》責《せき》を繰り返すのではなく、単刀直入にこう告げた。

「署長から連絡があったわ。吟《ぎん》味《み》した結果、残念ながら捜査関係者のあいだに利益相反があると判断したと」

「そんなものが?」

「ええ。だってホルスト一家の代理人は、あなたの親族でしょう」

「つまり、わたしの母親だと」

「ええ、そうね。ともかく署長は、任務の妨げになりかねない状況は、何であれ避けたいと」

アスカーは笑う。「署長は、わたしが何をすると考えているんですか。捜査情報を漏らすとでも？　ブリーフィングにはイザベルも来ていたでしょう」

ロディックは無表情を崩さない。

「誰もあなたを責めているわけじゃないわ、レオ。でも署長はまずい状況だと考えている。そこで署長は、あなたを一時的に捜査から外すべきだと決定した」

アスカーの顔から一瞬で笑みが消える。驚くほど馬鹿げた展開に唖然《あぜん》として、ロディックを問いただすこともできない。

「ベングト・サンドグレンをおぼえてる？」アスカーの答えを待たずにロディックは続ける。「しばらく警察学校の教官をしていて、何年か前に『殺人者のバイブル』の第一版を書いた。いまは下でリソース・ユニットの課長をしている」

アスカーもサンドグレンのことは知っているが、リソース・ユニットなど聞いたこともない。それよりも、この状況を理解しようと頭を働かせるのに必死だった。

「それでね。悲しいことに、ベングトは数日前に心臓発作を起こして、階段から転げ落ちたの。いま病院にいるけど、助かるかどうか、まだわからないそうよ。ひどいわね……」

ロディックは歯の隙間から息を吸うと、話を続けた。

「サンドグレンの部署には指揮を執る人間がいなくなってしまったから、署長がいますぐあなたに引き継いでほしいと言っている。サンドグレンの容体がはっきりするまでね。あなたにとって、部署全体を率いる経験を職歴にプラスするいいチャンスよ」

アスカーはようやく状況を把握した。パズルのピースがすべてはまり、困惑が怒りに変わる。

「それで、このチャンスは――」指を折り曲げる引用のジェスチャーをしながら、アスカーは言う。声には軽蔑《けいべつ》の響きがにじんでいる。「――わたしが過去にヨナス・ヘルマンを職権乱用で訴えたこととも、自信満々でホルスト事件の結論に飛びついたヘルマンに意見したこととも、一切関係がないと？」

「もちろんよ！」ロディックは弁解がましく両手を上げたが、取ってつけたような身振りだ。

「これは一時的なことだと、署長もはっきりと言っていた。あなたはうちの署で最も頼りになるスタッフだし、この異動は実際のところ昇進なのよ。あなたは部署のトップになるんだから」

アスカーは深呼吸した。考えをまとめる時間をかせぐために。

「リソース・ユニットはどんな事件を扱っているんですか？」つとめて冷静にアスカーはたずねた。

ロディックが身をよじる。

「あの部署のことは、詳しくは知らないの」言葉を濁らせる。「でも言ったとおり、これは昇進だと署長も念を押していたわ」

アスカーはしばらく無言で座っていた。これで何もかもがはっきりした。

「ということは、つまり——」アスカーは口を開いた。不機嫌さを隠そうとしたが、とても隠しきれるものではない。「——これは純粋に、キャリアアップの問題だと。わたしにとっては、部署を率いる経験ができるすばらしいチャンスだと？　誰も聞いたことがなければ、どんな事件を扱っているのかもわからない部署を？」

ロディックの手が膝へと落ちる。一瞬、本当に疲れているように見えた。

「このオファーを受けるのよ、レオ」ロディックが静かに言った。「波風を立てず、質問もしないこと。一生に一度くらい、言うとおりにしなさい」

山の王

若い夫婦の家に出入りしたことで、彼は味をしめた。その夏、彼は芝刈りのアルバイトを増やし、スペアキーの隠し場所をすぐに見つけた。鍵をかけない住人さえいた。じきに彼は、住人が不在のあいだに、何軒もの家の中に忍び込むようになった。人々の秘密を暴き、彼らの最もプライベートな空間で時を過ごした。

誰にも見られずに。

それぞれの場所でちょっとしたものを盗み、代わりに小さくて白い、顔のないプラスチックの人形を置いてきた。

そうして彼は記念品のコレクションを増やし、自分の部屋の床下に隠した。夜になり、だだっ広い家が静寂に包まれると、隠し場所から記念品を取り出し、盗んだときの気分をふたたび味わう。

興奮。緊張感。権力。

だが秋がやってきた。芝刈りの仕事がなくなり、人々は家に閉じこもる。彼は締め出された。

コレクションに慰めを見出そうとしたが、すぐに満足できなくなった。もっと欲しい。もっと手に入れたいと。

日が短くなり、闇が広がるようになると、彼の頭に別の考えが浮かんだ。もっと危険な考えが。だが、もっと大きな見返りが期待できる。

家に住人がいるときに、中に忍び込むのだ。

最初に実行したのは、親戚《しんせき》の家だった。年の離れた義理の姉のひとりが暮らしていた、彼の家からそう離れていないコテージ。

その家を選んだのにはいくつか理由があった。まず、彼はそのコテージのことをよく知っていて、義理の姉がひとりきりになる時間も見当がついていた。そして、彼女のことをきれいだと思っていたからだ。向こうは彼のことなどほとんど気にも留めず、父親の大きな家に出入りしている、名前もろくに思い出せない、大勢の子どもたちのひとりとしか思っていなかったが。

そんな彼女の傲慢《ごうまん》さが、忍び込もうという理由になったのかもしれない。

彼は裏口から中に入った。前にもこのコテージにこっそり入ったことがあったが、そのときとはまったく別の感覚だった。住人の存在が生気を与えるのか、部屋に緊張感が漂っている。

彼はゆっくりと動いた。寝室に早くたどり着きたいと焦るが、一歩たりとも踏み外せない。ドアは少し開いていて、自分の胸が高鳴る音を通して、彼女の寝息を聞いた。彼女はベッドの真ん中に寝ていて、毛布を蹴飛《けと》ばしていた。寝間着がめくれ上がり、片方の脚と尻《しり》がむき出しになっている。下着は身につけていなかった。

目の前の光景に、彼は視線を泳がせた。戸口に立ち、腰の辺りに脈動を感じながら、じっと彼女を見つめていた。その胸が膨らみ、半開きになった口からゆっくりと息が吐き出されるところを。

彼がそこにいることなど、彼女は知るよしもない。最も無防備な姿を見られていることも。

彼は完全に彼女を支配した。瓶の中の蝶のように。

彼女はぼくのものだ。

ぼくが手に入れたんだ。

アスカー

オフィスに戻ると、アスカーは静かに腰を下ろし、目を閉じた。やりきれない怒りを鎮めようと、ゆっくりと呼吸する。腕時計に目をやると、頭がすっきりしてくるまでに五分十四秒もかかっていた。

何もかも、ヘルマンの仕業に違いない。

だが、とりわけ過去のいきさつを考えると、署長にアスカーを追い出すよう直談判できるほどの力はヘルマンにはないはずだ。裏で糸を引いている人物がほかにいる。じゅうぶんなパワーとコネクション、そして権威がある人物。イギリス国王とホオジロザメを足して二で割ったような。

アスカーは携帯電話に手を伸ばした。呼び出し音二回で、母親は応答した。

「イザベル・リサンデルです」

誰からの電話かわかっているくせに、フルネームで応える。冷たく、ビジネスライクな声。

社交辞令は省くことにした。

「わたしをホルスト事件から追い出すとはね」

問いかけるのではなく、断言する。

しばらく沈黙が続く。

「追い出す？　あなたは昇進したと理解しているけど。部署を率いるのは出世でしょう、違う？」

「馬鹿馬鹿しい。ヨナス・ヘルマンにたてついたから、わたしは捜査を追い出された。以前、わたしがヘルマンを職権乱用で訴えたことは知ってるの？」

また沈黙が広がる。イザベルの沈黙は、もはや芸術の域に達している。一瞬の沈黙も、切れ味鋭い武器にしてしまう。

「ああ、そうだったわね。あなたたちの個人的ないさかいのことは知っているわ」イザベルは不自然なほどゆっくりと言う。

「いさかい？　わたしのほうから別れを切り出したら、ヘルマンは嫌がらせをしてきた」

イザベルはまた沈黙する。アスカーは怒りを飲み込もうとした。

「わたしが聞いている話だと、数年前、あなたとヘルマンは、ヘルマンが既婚者にもかかわらず、少しのあいだ不倫関係にあったそうね」

これで四度目の刺すような沈黙が、アスカーの鎧《よろい》のほころびを突いてくる。

「ヘルマンの主張だと、良心がとがめて自分のほうからあなたとの浮気を終わらせたら、あなたがヘルマンを人事部に訴えたと」イザベルは続ける。「当時の調査記録を見たわ。それによると、ヘルマンの態度に不適切なところはあったけれど、正式には不正行為は認められなかった。あなたとの一件に関する彼の言い分を裏づける証人も、何人か名乗り出ていた。それでも、ヘルマンはストックホルムの国家作戦局に異動になった。家族をあなたから遠ざけるために、彼自身の希望でね」

アスカーの頭はもう爆発寸前だった。深呼吸し、理性を保とうとする。

「それは事実とはまったく違う」必死に気を落ちつけて言う。「ヘルマンは仕事でもプライベートでも、わたしに嫌がらせをした。あいつとあいつの子分は、わたしを部署から追い出そうと、ありとあらゆる手を使って脅して……」

「じゃあ、あなたたちが同じ事件を捜査しなくてもすんだのは、なおさら好都合だったわね」イザベルが口を挟む。「とりわけ、かわいそうなスミラ・ホルストのためにもね。ここは、スミラにとって何が最善なのかを考えるべきでしょう？　ヨナス・ヘルマンは経験豊富で、非常に有能な警察官なのだから……」

さらなる沈黙がアスカーを襲い、言葉に詰まる。

アスカーは、行方不明なのはふたりだと言いたかった。ヘルマンは根拠のない仮説に飛びつき、ふたりの被害者の命を危険にさらしているのだと。だが、怒りで口がきけない。

「あなたは新しい仕事を手に入れた」イザベルが淡々とした声で話をまとめる。「あなたをまた苦しめるかもしれない人間から遠く離れて、管理職になる。何の文句があるのか、正直言って理解できないわ」

「じゃあこれは、わたしを罰するための、母さん流のくだらないやり方じゃないと?」この話を持ち出すべきではなかったが、アスカーはもう怒りを抑えられなかった。

イザベルの声が氷のように冷たくなる。つまり、アスカーは痛いところを突いたというわけだ。

「何を言っているのか、さっぱりわからないわ」

「ああ、そう? じゃあわたしが弁護士にならず、母さんの事務所で働いてないのも、母さんはこれっぽっちも気にしてないってこと? それは初耳ね……」

今度はアスカーが、沈黙で攻撃を仕掛ける番だ。母親ほどうまくはないものの、相手を怒らせるのにはじゅうぶんだった。

「悪いけど、もう切らせてもらうわ」イザベルは素《そ》っ気《け》なく言った。「体に気をつけるのよ、レオノール」

どちらが先に電話を切ったのかはわからなかった。

アスカーは廊下に人けがないときを見計らって、静かに出て行きたかった。だが当然、あいつらは待ち構えていた。アスカーがオフィスから足を踏み出すと、辺りに人だかりができる。真っ先に目に入ったのは、エスキルとその仲間たちの姿だった。

流浪の君主がついに帰還したとあって、浮かれた空気が漂っている。

エスキルたちは壁や戸口にもたれ、アスカーのことを見ていないふりをして、大声で笑い、しゃべっているが、誰もが目の端で、ゴルゴタの丘に向かうアスカーをほくそ笑みながら見つめている。

アスカーは何も言わず、堂々と、まっすぐ前を見つめて歩き続けた。

首の後ろに穴が開きそうなほど焼けつく視線を感じながら、エレベーターがたっぷりと時間をかけ、のろのろと上がってくるのを待つ。

「思い知ったか！」エレベーターのドアが閉じる瞬間、エスキルが耳ざわりな声で叫ぶのが聞こえた。

アスカー

エレベーターの鏡に映る姿を見なくても、いまの自分は首になった人間そのものだとわかっていた。腕に抱えた段ボール箱や、屈辱で真っ赤になった顔がそれを物語っている。天井のカメラが、そんなアスカーのすべてをとらえていた。アスカーはとっさにカメラに背を向けた。

この件に異議を唱えることも考えてみた。人事部や組合に駆け込むか、それとも無駄な抵抗はきっぱりとやめるか。だが、急いで結論を出したくはなかったし、事実をひとつひとつ確認しておきたかった。自分が最悪の状況にいることを理解するために。

下に降りるのは案外早い。三十秒くらいして、エレベーターがチンと音を立てた。「地下一階です」声がどこかためらうように告げる。まるで、アスカーが本当にここで降りるつもりなのか、それともボタンを押し間違えただけなのかを探るように。

いまのいままで、警察本部の地下には、ガレージや射撃練習場、暗くひっそりとした記録保管庫があるだけだとアスカーは思っていた。

だがどうやら、ここは本当にリソース・ユニットのオフィスらしい。アスカーの行き先について内部ネットワークが教えてくれた情報は、たったそれだけだった。この部署がどんな任務を負っているのかも、ベングト・サンドグレン以外の誰がここで働いているのかも、何もわからない。

エレベーターのドアがゆっくりと開く。

避けられない運命をできるだけ先延ばしにしようと、アスカーはそこで少し立ち止まった。監視カメラが音もなくアスカーを見つめている。

地下一階。

期待が持てそうにない響き。

足を踏み入れた廊下に広がっていたのは、七〇年代から抜け出してきたような風景だった。グレーのクッションフロアが二十メートルほど続き、廊下の片側には閉じたオフィスのドアが並ぶ。反対側の壁には絵が何枚か掛かっているが、どれも少し傾いている。トロールやエルフといった知られざる世界の生き物たちが描かれた、青白く、セピア調のヨン・バウエルの複製画。

ざらつく壁紙に、釘の穴と黒ずんだ四角い跡だけを残して、絵が消えているものもある。空気はすえたコーヒーと地下のにおいがする。天井では蛍光灯が一本、チカチカと点滅していた。

アスカーは深く息を吸った。さっきまでいた部署とは、到底比べ物にならない場所だ。

「レオ・アスカーさんですね」斜め後ろから穏やかな声がした。

どこからともなく現れた男は、五十代、いや、六十代だろうか。年齢がどうにも予想しづらい珍しいタイプの人間だった。

「ヴァージルソンです」男は名乗った。

ファーストネームも役職も言わない。

ヴァージルソンは背が低く、がっちりとしていて、白いシャツにネイビーのニットセーターを重ね着している。肩の上に直接頭が乗っているような体型で、大きく横に伸びた口と相まって、カエルそっくりに見える。

「リソース・ユニットの門番、とでも言えばいいでしょうかね」ヴァージルソンは続ける。「もしくは案内人か。そしてここが、僕の神聖なるオフィスってわけです」

エレベーターのそばのドアを指さす。ドアが少し開いていて、よどみのないクラシック音楽が聞こえている。

「ベングト・サンドグレンのオフィスはいちばん奥にありますよ。そこを使ったらどうでしょう。悲惨な話ですよ、まったく。ベングトはいい上司だったのに」

そう言うと、悲しげに眉をひそめる。

アスカーは、ようやく口を開いた。

「この部署は、どういう事件を扱っている?」

ヴァージルソンは秘密めいた笑みを浮かべた。

「まあ、寄せ集めの仕事、とでも言えばいいでしょうか……」

アスカーの困惑した表情に、ヴァージルソンは気づかないふりをしている。

「その話はあとでできるでしょうし、まずはチームのメンバーを紹介させてもらいますね」

ヴァージルソンは二つ目のドアをノックすると、返事も待たずに開いた。デスクの前に座っていた女性が、まずいところを見られたとでもいうように驚いて飛び上がった。背後の窓には汚れがこびりつき、薄暗い水族館のような雰囲気をかもし出している。

「グニラ、こちらが新しい課長のアスカー警部だ」ヴァージルソンがきびきびとした口調で言う。

「一時的な課長」アスカーはつけ加えた。

「ええと、わかりました」グニラは立ち上がり、眼鏡のずれを直すと、毛玉だらけのカーディガンに手をこすりつけた。

「グニラ・ロシエンです。みんなにはロシエンと呼ばれていますけど」

グニラの髪には白いものが混じっているが、実際の年齢はもっと若く感じる。目をきょろきょろと、傷ついた小鳥のように不安げに動かしている。手は温かく、じっとりとしていた。

「それで、あなたの任務は、グニラ?」アスカーはたずねた。

「わたしは――ええと、事務的な仕事を担当しています。データベースの検索とか、ファイリングとか。それと、ここに回ってくる事件の受け付けと割り当ても」

「ここはどんな事件を主に?」

「ええと、なんて言ったらいいのか……」ロシエンはカーディガンの袖をいじくりながら、ヴァージルソンにこそこそと視線を送った。

「それはまたのちほど」取りなすようにヴァージルソンが言う。「次に行きましょうか」

ヴァージルソンにうながされ、アスカーは廊下に出た。

「ロシエンはこの部署の要《かなめ》なんですよ」ヴァージルソンが小声で言う。「でも、ロシエンと話をするときは、ほんの少し気をつけなきゃならないんです。彼女はちょっと……」

そこまで言うと、ヴァージルソンは人差し指と中指を親指にこすりつけるしぐさをした。

「それはどういう意味？」

アスカーの問いには答えず、ヴァージルソンは次のドアをノックした。

ノックというより叩くという感じだが。

「ザファーは聴覚に問題があるんです」もう一度ノックして、ヴァージルソンが説明する。

ぶ厚い眼鏡をかけた男がドアを開けた。半袖のシャツを着て、胸ポケットにペンケースをさし、ベルトとサスペンダーで吊り上げたジーンズをはいている。

「こちらはアスカー警部だ」ヴァージルソンが大きな声ではっきりと言った。

ザファーはアスカーをじっと見つめると、会釈をしたが、握手の手は差し出さない。頭のてっぺんが剝《は》げていて、それを取り囲むように、頭の後ろと横に白髪がまばらに生えている。両耳のちょうど眼鏡のツルの辺りに、大きな補聴器が乗っかっていた。

「イーノック・ザファー」いささか大きすぎる声で自己紹介した。

「イーノックは技術的なことを担当しています」ヴァージルソンが言う。

「ぼくの仕事は技術的な情報のチェックだ」ザファーがいら立った声で言いなおす。

「金曜が締め切りの報告書がある」

アスカーは、ザファーの後ろに広がる薄暗いオフィスに目をやった。ロシエンのオフィスの二倍の広さだ。実際、二部屋をくっつけたオフィスのようだが、棚が多すぎて窓がほとんど見えない。その棚にはさまざまな機械が詰め込まれ、ＬＥＤの小さな光が至るところで点滅している。

「こちらのアスカー警部が、ベングト・サンドグレンのあとを引き継ぐことになった」ヴァージルソンが説明する。

「一時的に……」アスカーが口を挟む前に、つけ加える。

「そうか、わかったよ」今度もいささか大きすぎる声でザファーが答えた。「ぼくにはあまり関係がないことだ。だってぼくは、技術部の部長に直接報告をあげているからね。サンドグレンじゃなくて」

後ろに目をやる。

「もう仕事に戻らないと。月曜が締め切りの報告書があるんだ」

「金曜でしょう？」アスカーは言った。

「えっ？」ザファーが片手を耳に当てた。

「締め切りは金曜だと言っていた」

「ああ、そうだよ」ザファーは背を向けると、アスカーには聞き取れないことをつぶやき、ドアを閉めてしまった。

「ザファーが誰それに報告書を出してるって話は、真に受けなくてもいいですよ」ヴァージルソンが言った。「ザファーの思い込みなんです。ベングトは、ザファーにそれをわからせようとはせず、放っておいた。思うに、純粋な同情心からでしょう」

ヴァージルソンはアスカーを連れて廊下を進んでいく。そのあいだに、アスカーは状況を考えた。

つまり、自分はこの「昇進」で、カエル顔の小男と、老婦人のような恰好をしたビビリ屋の女性と、誇大妄想癖のある、耳の遠いIT専門家のいるチームを率いることになったわけだ。

この先、まったく期待できそうになかった。

アスカーとヴァージルソンは、三つ目のドアの前で立ち止まった。ドアの横の壁には、「入室禁止」という文字が添えられた、ギラギラと光る赤いランプが掛かっている。

「ここはまたあとにしましょう」ヴァージルソンは申し訳なさそうに首を振った。「言っておきますと、ここはケント・アッターボム、通称アッティラのオフィスです。あなたも名前は聞いたことがあるんじゃないですか。たぶん、ちょっとした噂も」

確かに、アッティラの話は聞いたことがある――マルメの警察官はみなそうだろう。アッティラはずいぶん前に首になったと、アスカーは思っていた。確かそのはずだった。だがどうやら、アッティラはこの地下にしがみついていたらしい。

「アッティラは昔、機動隊で護身術の教官をやっていて、生意気な若手隊員の首を気絶するまで締めるのが得意技だった、とかって噂でしょうか」ヴァージルソンが聞いてきた。「それとも、酒の上のけんかで、マッチョなヘビー級ボクサーを半殺しにしたって話ですか?」

「そんなところだけど」アスカーは唇を噛んだ。

どうやらアスカーの四人目のチームメイトは、血の気が多い乱暴者の老人らしい。ヘルマンと取り巻き連中は、さぞかし大笑いしているだろう。

ヴァージルソンは面白がっているような顔をした。

「ほとんどただの噂話ですよ。でも、アッティラは人づきあいを避けているんです。アッティラとサンドグレンは目も合わせようとしなかった。昔の因縁か何か、詳しくは知りませんけど……」

そこでヴァージルソンは、閉じたドアの向こうから物音がしたとでもいうように、はっとして口をつぐんだ。

「さっさと行きましょう」慌てて言った。

いくつか閉じたドアを通り過ぎる。

「長期の病気休暇ですよ」ヴァージルソンは軽く手を振ってみせた。「人事部が面倒を見ているから、あなたは気にしなくていいですよ。この部屋の連中がまた出てくるとは思えませんけどね」

それからふたりは、小さな部屋の前を通り過ぎた。部屋には文書箱、コピー機、プリンター、警察無線が二台つながれた充電スタンドといったものが置いてあり、壁には金属製のキーキャビネットが掛かっている。

「残念ながら、いまのところ、ここには自由に使える車が一台しかなくて」ヴァージルソンが言う。「壊れかけ寸前のボロ車です。ベングトが上に掛け合っていましたけど、どこまで話が進んでいるのかわかりません。ともかく、車のキーはここです。予約したいときは、ドアの後ろの表に書き込んでおいてください。あなたの文書箱を用意するよう、ロシエンに頼んでおきます」

ヴァージルソンはアスカーを連れてさらに奥へと進み、みすぼらしい休憩室といくつかのドアの前を通り過ぎると、廊下の突き当たりで立ち止まった。手前は保管庫だ。

「最終目的地に到着です！」皮肉っぽい笑みを浮かべてヴァージルソンが言う。それからベルトに留めてある、青錆びた収納式のキーチェーンを引っ張り、大きな鍵の束を取り出すとドアの鍵を開けた。

古き良き時代の名残らしき古めかしい金のネームプレートには、**課長　ベングト・サンドグレン警視**とある。

「ここがどんな事件を扱っているのか、気にしていたでしょう？」ドアを開けながらヴァージルソンが言った。

「その答えは、誰もやりたがらないような事件ですよ」

アスカーは息を飲んだ。サンドグレンのオフィスは、そこらじゅうファイルや書類で覆われている。空いているスペースといえば、オフィスチェアと、最近までサンドグレンが寝ていたとおぼしき、すり切れた革のソファーの上だけだ。空気はよどみ、ほこりと書類のにおい、そしてかすかに、汗と、アルコールと、絶望のにおいが漂っている。

ヴァージルソンがほほ笑む。

「ようこそ、迷宮入り事件とさまよいし魂の課へ！」

山の王

彼が十五歳になった年の秋は、いろんな意味で変化があった。

そのときまでに、彼は夜の闇にまぎれるようにして数十軒の家に忍び込み、記念品のコレクションをせっせと増やしていた。

彼はコレクションを大切に保管し、ひとつひとつを宝物のように扱い、それらが呼びさます感情を味わうのだった。

だがこのところ、誰かが自分の部屋を嗅ぎ回っているのではないかと、彼は疑いはじめていた。普通のティーンエイジャーなら見過ごすような、ささいな形跡。引き出しがきちんとしまっていなかったり、誰かがその下をのぞいたのか、服の山が数センチ動いていたり。

継父はたいてい地下の模型列車のところにいて、彼やほかの子どもたちのことはほとんど気に留めていない。彼の幼い弟や妹たちは、好奇心はあるものの、彼の部屋である屋根裏部屋へと続く、暗く急な階段に食事を置くのでさえ怖がっていた。屋根裏部屋には幽霊が出ると、彼が吹き込んでいたから。

そうなると、母親しかいなかった。母親は、息子が何をしているのかしきりに気にするようになっていた。学校のことや友だちのこと、女の子のこと、暇なときは何をしているのかといったことをたずねてくるのだ。

ときどき、母親と継父の会話の断片を耳にすることがあった。少年から青年になろうとしている彼に、母親は不安を抱いているらしかった。

母親はすでに部屋を嗅ぎ回っているのだから、彼のコレクションが見つかるのも時間の問題だ。だとしても、あの記念品たちをあきらめる気にはなれない。コレクションの安全を確保するために、自分だけが立ち入ることのできる場所に保管する必要がある。ずっと置いておける場所に。

彼が思いついた隠し場所は、どこも不十分だった。

結局、彼を救ってくれたのは叔父のヨハンだった。

ヨハンは継父がつき合いを続けている、風変わりな親戚のひとりだった。髭を生やし、いつも油とタバコが入り混じったにおいをさせていた。

だが彼は、ヨハンから別のにおいも嗅ぎつけていた。誰も気がつかないような、病気のにおい。

死のにおい。

秋学期の中休みをヨハン叔父と過ごすよう勧めたのは、彼の母親だった。彼を確実に家の外に出そうという魂胆《こんたん》だったのかもしれない。あるいは、大人の男として手本になる存在や、新たに関心を持てるものを見つけてほしいと。いずれにせよ、母親の思惑は完全に裏切られた。

ヨハン叔父はゼーゼーとあえぐように話し、口数はいつも少なかった。延々とタバコを吸っているか、咳をしているかのどちらかで、車の中ではやかましいほど大きな音で音楽をかけるので、たとえ会話したいと思ってもできなかった。

叔父と彼は車に乗って、兵舎や戦車の車庫、レーダー塔など、地域に散らばる軍事施設の跡地を見てまわった。

ヨハン叔父は、フェンスが壊れていないか、警告の標識が正しい場所に設置されているか、付近に倒木がないかといったことを確認していた。はっきり言って、退屈そのものだった。

四日目、彼と叔父は轍《わだち》が刻まれた林道を進み、叔父の家の裏手に広がるトウヒの森へと入っていった。そして、自分が暮らす屋根裏部屋の窓からも見えていた、小高い山のふもとに車を駐めた。

「ここにはめったに来ない」車のトランクから大きな懐中電灯を引っ張り出し、タバコに火をつけながらヨハン叔父が言った。「ここは何年か前に、手違いで登記簿から消されちまったんだ。ほとんど誰もおぼえていない。ただ、おまえが気に入るんじゃないかと思ってな」

遠くで、南の幹線を走る特急列車の音が響く。彼にとっては何千回と聞いてきた音だが、その日、その場所で耳にしたとき、まったく別の音に聞こえた。奇妙な期待が呼び覚まされる。

ヨハン叔父は彼を、巨大なカモフラージュネットに覆われた、二枚の反り立つ岩壁のあいだへと連れていった。突然目の前に現れた岩肌の裂け目は、錆びついた鎖が巻かれた錬鉄の柵《さく》でふさがれている。その数メートル奥に、巨大な石の門がそびえ立っているのが見える。

ヨハン叔父が急に足を止め、膝に手を置くと、唾を飛ばして咳《せ》き込みはじめた。しばらくして、ねばついた痰《たん》の塊をシダの上に吐き出すと、またタバコに火をつけ、鎖と南京錠《なんきんじょう》をいじくりだした。

彼はというと、息をすることも動くこともできず、ただ魅入られたように立ちつくしていた。彼はこの場所をおぼえていた。柵、鎖、石の扉。

廃墟と、湿気と、腐敗のにおい。まるで誰かに頭をこじ開けられ、記憶の奥底にある、熱にうかされる夢に踏み込まれた気分だった。

「ここはちょっとばかし気味が悪い」ヨハン叔父はあえぎ声で言った。「暗いところは平気だよな?」

彼は返事ができなかった。胸が高鳴り、口の中が紙やすりのようにざらつく。すぐそばで物音がしたように思った。

鈍い振動音が彼を誘っている。

こっちへ来いと要求している。

「この場所のことは、ちょっとした秘密だ」ヨハン叔父がにやりとし、暗闇へと足を踏み入れる。

彼の夢の中へと。

圧倒される——そうとしか言いようがなかった。

すっかり大人になったいまも、それは同じだった。ぴったりの言葉が見つからない。

次の日の晩、彼はヨハンの家に忍び込み、鍵を盗んだ。

コレクションの新しい隠し場所を見つけたのだ。

彼自身が隠れる場所も。

アスカー

リソース・ユニットに来て最初の一時間で、アスカーの気分を何より沈ませたのは、オフィスとなった部屋の窓から見える吹き抜けだった。サンドグレンが散らかし放題にしたオフィスそのものよりも、気を滅入らせる。

吹き抜けは五十メートル四方のむき出しの石畳でできており、ドアもなく中に入ることはできない。

遥《はる》か上階の明かり窓から、どんよりとした太陽の光がかろうじて差し込んでいるが、それがアスカーのオフィスに届く頃には、弱々しすぎてもはや光と呼べなくなっている。そして上階のオフィスの明かりが、この地下の影をより暗いものにしているのだった。

灰色に薄汚れた窓のそばに立ち、上階に目をやると、重大犯罪課の捜査本部の窓がまばゆく光っているのが見える。部屋の中で動く人影も。アスカーの事件について話し合っているのだろう。

失墜した彼女のことも。

アスカーは窓から離れると、がたついたサンドグレンのオフィスチェアに腰を下ろした。パソコンは古く、ブーンという音が数分ほど続いてから、ようやくIDを入力してログインすることができた。キーボードは擦《す》り切れ、文字が消えているものもある。

この任務は屈辱に耐える訓練のようなものだ。アスカーが自ら屈服せざるを得ないよう、残酷かつ抜け目なく計算された、アスカーへの罰なのだ。

ヘルマンは復讐《ふくしゅう》を果たした。危険が迫っていることを予知しながら、アスカーは無力にもそれを止められなかった。ヘルマンは、アスカー自身の武器を――アスカーの家族でさえも――アスカーに向けるよう仕向けた。

アスカーに残された選択肢は？

署長へ訴えるという手は、切り札とは呼べないだろう。署長はすでにロディックを通じて、この仕事は昇進なのだと通告している。そうなると、組合の助けも期待できない。そもそも組合は、職員が別の職員を職権乱用で訴え、それがきっかけで起こった対立になど、積極的に関わろうとはしないものだ。

警察内の別の仕事に応募することもできるが、時間がかかるうえ、その仕事が何であれ、採用されないだろうという予感がしていた。

残された最後の道は、辞職することだ。別の仕事を見つけるか、すべてを飲み込んで、リサンデル・アンド・パートナーズで働くか。アスカーは法学の学位を持っている。結局使わないままだが、母親はそのことを、飽きもせずにずっと嘆き続けている。だが辞職を申し出たとしても、退職まで三か月は勤務しなければならない。ここにあと三か月いて、アスカーが警察を辞めるという、まさにヘルマンが期待したとおりの結末を迎えるなど、許しがたいことだった。

アスカーは物憂げな気分で、サンドグレンのデスクに並んでいる埃《ほこり》っぽいファイルをぱらぱらとめくった。古い調書、メモ、内部文書といった書類がごちゃ混ぜになり、サンドグレンの個人的な書類も一緒くたになっている。請求書、レシピ、鉄道模型の装飾品のカタログ。

そのとき偶然、ファイルの山に、タイトルに見おぼえのある本が挟まっているのに気づいた。**忘れ去られた場所とその物語**。

同じ本が、マリク・マンスールの寝室のサイドテーブルに置いてあった。

こちらの本には著者のサインはないが、カバーにメモが書かれた付箋《ふせん》が貼られている。おそらくサンドグレンが書いたものだろうが、乱雑な文字だった。

マーティン・ヒルと書かれている。

それに続いて、携帯電話の番号も。

マーティン・ヒルのことはもう何年も忘れていたのに、この数日のうちに、彼の本とサイン、そして携帯電話の番号にまで出くわすとは。

迷信深い人間なら、これは何かの予兆だと言うかもしれない。運命がアスカーに何かを告げているのだと。幸い、アスカーはそんなたわごとを信じるたちではない。

それに、マーティンのことを忘れていたというのは嘘《うそ》だ。アスカーはこのところ、マーティンのことをよく考えている。

あのファームでの最後の夜、アスカーの身に何が起きたかを知ったとしたら、マーティンはどうしただろう。もし知っているなら、なぜ連絡してこなかったのか。そういうアスカーも、これまでマーティンのことをインターネットで検索しようとはしなかった。過去の人間だと自分に言い聞かせて。

ドアは閉じたままにしておくべきだと。

アスカーはまた、本の著者近影のところを開いた。マーティン・ヒルはベストセラー作家であり、ルンド大学の建築科で講師をしていると書いてある。マリク・マンスールが専攻していたコースだ。マーティンがマリクのことを「優等生」と評していたのもうなずける。

だがサンドグレンは、マリクとスミラが行方不明になる前に、病院に運ばれている。

つまり、サンドグレンがマーティンに興味を持った理由は、今回の誘拐事件とは無関係ということになる。

携帯電話を取り出し、インターネットでマーティンを検索する。そして数か月前の講義映像を見つけ出した。

大人になったマーティン・ヒルが、壇上を優雅に、そして自信たっぷりに動き回っている。講義が始まった瞬間から、聴衆はマーティンの手のひらの上で転がされているようだった。マーティンは著書について話し、忘れられた場所をいくつか引き合いに出して、写真を示しながら裏話を語った。ある変わり者の富豪が、地球外生命体に教えられた（と主張する）情報をもとに富を築き、その礼としてＵＦＯをかたどった記念碑を建てた、というような。

マーティンは、アスカーが記憶しているとおり、カリスマ性とユーモアがあった。あのときよりも歳をとり、見た目も良くなっていたが。そう思うのはアスカーだけではないらしい。ときどき、カメラがズームアウトして聴衆を映している。大半が二十代かそれ以上の女性なのだが、彼女たちの多くがうっとりした顔をして、目を輝かせている。

そこに、別の見おぼえのある人物が混じっていた。アスカーは映像を止め、巻き戻して拡大する。口元に大きな笑みを浮かべたマリク・マンスールが、いちばん前の席に座っている。マーティンの言うことを何から何まで楽しんでいる様子だった。

とても元恋人の誘拐を企てるような人間には見えない。

アスカーは本から付箋をはがすと、悩ましげに指のあいだでもてあそんだ。しばらく考えてから、元に戻す。もうこれは自分の事件じゃないのだから、マリク・マンスールのことを聞くために、マーティンと連絡を取るというのは理由にならない。

そのとき、ドアをノックする音が聞こえた。

ヴァージルソンが顔をのぞかせる。

「これからなじみの顔に会いに行くんですが、あなたも一緒にどうかと思って。ここが扱う仕事のことが、少しはわかるんじゃないかと」

「なじみの顔?」

「それは道中で説明しますよ」ヴァージルソンはそう言うと、また謎《なぞ》めいた笑みを見せた。

アスカーは立ち上がり、ジャケットを羽織る。戸口で立ち止まり、デスクに戻ると、付箋がついた本をポケットにしまった。

マーティン・ヒルのことが、また頭をよぎる。

過去の亡霊が。

十七年前

彼女は十四歳で、七年生だった。学校の長い廊下の途中にある、自分のロッカーの前で立ち止まっている。

スチールの扉は、いつにもましてへこんでいる。鍵を回せるだけ回しても、ぴくりとも開かない。

彼女はため息をつき、時計に目をやる。あと六分で数学の授業が始まる。用務員のオフィスまで走っていくのに四分はかかる。

それから、またスクリュードライバーを貸してほしいと説明し、ここに戻って鍵をこじ開ける時間を足すと、最低でも授業に五分は遅れる。用務員がオフィスにいなければ、もっと時間がかかる。

遅刻は嫌いなのに。

「開かないのかい？」

転校生の子だ。彼女の隣のロッカーを当てがわれているが、彼とは挨拶を交わした程度だった。

彼は彼女より頭ひとつぶん背が低い。薄茶色の肌に、黒い巻き毛。ガリガリに痩せていて、服が大きすぎるように見える。体の具合が悪いのか、目の周りの皮膚は灰色で、唇の色も普通の人よりかなり青白い。

九年生の人気者たちは、彼のことをネクラなマーティーと呼んでいて、彼はそう呼ばれることを気にしていないふりをしている。放っておいてくれることを期待して、笑い飛ばしている。うまくいくときもあるが、いつもそうとは限らない。

「きみのロッカーだよ」へこんだ扉を指さしながら言う。「どうしたの?」

「十一年生の馬鹿なやつらが、前を通るときに殴っていくから」

「どうして?」

彼女は肩をすくめる。わざわざ言う気にもなれないが、二歳年下だというのに、彼女はほとんどの十一年生と同じくらい背が高く、力も強く、けんかもうまい。つい数週間前も、左右で瞳の色が違うことをからかってきた十一年生に頭突きを食らわせたのだった。彼女のロッカーを殴るのは、あいつらのお粗末《そまつ》な仕返しというわけだ。

「スクリュードライバー持ってるけど、使うかい?」

返事も待たず、彼はリュックサックの中をかき回しはじめた。ごわごわしたナイロン製の大きなリュックサックで、ところどころに継ぎはぎした跡が見える。彼女は、自分のベッドの下に置いているものを思い出した。彼のリュックサックの中に、懐中電灯とドアノブが何個か入っているのが見えた。

「ほら！」彼は大きなスクリュードライバーを差し出した。

レオはものの数分でロッカーの扉をこじ開けると、少しは平らになるよう扉を叩く。何度か鍵を試し、ちゃんと動くか確認した。

「ありがとう」スクリュードライバーを返しながら、レオは礼を言う。

「どういたしまして！」

レオの好奇心が首をもたげる。

「なんでそんなもの持ってるの？」彼のリュックサックを指さす。

彼はさっとリュックサックのチャックを閉じた。

「それは内緒」にやりと笑う。「ぼくたちがもうちょっと仲良くなるまではね」

そう言うと手を差し出した。

「マーティン・ヒル」

「レオ」握手を交わしながら、小さな声で答える。「レオ・アスカー」

「はじめまして、レオ・アスカー」マーティンは笑顔で言う。自分でも意外なことに、そんな笑みを向けられても、レオは嫌な気分にならなかった。

アスカー

リソース・ユニットで唯一使える車は、ヴァージルソンがそれとなく言っていたとおり、長年の労役に耐えてきた馬車馬のようだった。はっきり言うなら、ただのポンコツだ。

十年はくだらない黒いボルボで、ふにゃふにゃのサスペンションとくたびれたシートから判断するに、相当使い古されている。車の中は、いろんな人間の体臭や揚げ物のにおいが入り混じった、鼻にツンとくるにおいが充満している。ハンドルは擦り切れ、ＦＭラジオのボタンもひとつなくなっているし、車が動きはじめると、ときどきグローブ・ボックスが勝手に開いてしまうのだった。

運転するのはヴァージルソンだ。おしゃべりで、詮索《せんさく》好きらしい。

「重大犯罪課からまっすぐこっちに来たんですよね。ホルスト誘拐事件を捜査していたんですか？」

否定しようかとも思ったが、もうどうでもよくなった。

「そうだけど」アスカーは答えた。

「へえ、じゃあさっきまで大忙しだったのに、次の瞬間、ここにいたと」

ヴァージルソンは笑っているが、必ずしも友好的とは言えない笑顔だ。

「それで、どこに向かっている？」話題を変えようと、アスカーは言った。

「スクルプです」ヴァージルソンが答える。「マダム・リンドに会いに行きます。さっきも言いましたが、彼女はなじみの顔なんです。われらが誇る、精神世界への直通電話ってとこです」

「どういうこと？」

ヴァージルソンは満面の笑みを浮かべた。

「マダム・リンドは以前、週に何度も交換台に電話をかけてきて、ニュースになったありとあらゆる事件について、助言という名の爆弾を投下していたんです。上層部はマダム・リンドに禁止命令を出そうとしましたが、週に一度、リソース・ユニットの人間が様子を見に行けばいいとサンドグレンが提案したんです。みんなにとって、いちばん手っ取り早い解決策だろうって。僕もそう思いますよ」

アスカーは思わず耳を疑った。

「じゃあ、これから超能力者に会いに行くってこと？」

「マダム・リンド本人は、霊媒師って呼んでほしいようですが」ヴァージルソンは含み笑いをした。「僕たちが交代で訪ねているんです。近くにいいランチの店がありましてね。夏にはすごくおいしい、食べ放題のバーベキュービュッフェを出すんです」

アスカーは信じられないというように首を振る。

「これがリソース・ユニットの通常の任務だと？」

「そうでもないですよ」ヴァージルソンが答える。「僕たちの任務に通常ってものはないですから」

「どういう意味？」

ヴァージルソンは大きく息を吸いこみ、答えた。

「要するにリソース・ユニットは、簡単に切り捨てるわけにもいかず、かといってどの部署にも割り当てられない事件を引き受けているんです。迷宮入り事件、って言い方が僕は好きなんですが」

アスカーが眉を上げる。

「例えばどんな事件か言ってみて」

「いいですよ。いま調査中なのは、農家のビレホルムが、毎年夏至が過ぎた頃に、畑に奇妙な模様を発見しているって事件です。フリインゲの女性が、誰かが自分の猫をさらっては、三十キロも離れたヴォルシューに逃がしていると訴えている事件もあります」

「そんなことに、警察の時間を費やしていると?」

「ええ。結果的に、どちらも繰り返し起きている事件ですから」

ヴァージルソンはしばらくのあいだ口を閉じ、駐まっている車を追い越す。

「それに、緊急性の高い事件を任されるほど、僕たち『さまよいし魂』は信用されていませんしね」苦笑いしながらつけ加えた。

アスカーは何も言えなかった。そうした事件を警察機構のどこが扱っているのか、いままで考えたこともなかった。

だが、いまはわかる。

最下層の、地下一階だ。

迷宮入り事件とさまよいし魂の課。

いまは自分が、そこの課長なのだ。


スクルプに着いたときには、風が強くなり、黒い雲が空を覆っていた。

マダム・リンドは伝統的なスコーネ様式の、横長の平屋に住んでいた。壁は傾き、藁葺《わらぶ》きの屋根はたわんでいる。朽ちた庇《ひさし》に吊られたウィンド・チャイムが、風に揺られて不気味な音を立てる。アスカーたちが車のドアを閉めると、その音を聞きつけたミヤマガラスの一群が、けたたましく鳴きながら裏庭のポプラの木から飛び立った。

玄関口でアスカーたちを出迎えたのは、年老いて、白く濁った眼をしたパグだった。犬は用心深くアスカーたちの足を嗅ぎ回っている。

「ガルムですよ。どうやらこの犬も、精神世界を見通せるらしい」わざと真面目くさった口調でヴァージルソンが言う。「でも残念ながら、こいつはこっち側の世界では目が見えないんで、踏んづけないよう気をつけてください」

アスカーが少々驚いたことに、マダム・リンドは三十代後半の美しい女性だった。まっすぐな漆黒の髪に、白く滑らかな肌。顔には厚い化粧をほどこしている。黒いシャツに黒いジーンズとブーツというういで立ちで、手作りとおぼしき銀のネックレスを首に何重にも巻いていた。

マダム・リンドはアスカーの手を握り締めると、いささか長すぎるくらいアスカーの目を見つめた。固く、荒々しい握手だった。シャツの袖口の下から、刺青がくねくねと這うように手の甲へと伸びている。指にはずらりと指輪がはめられていた。

「アスカー警部」マダム・リンドは、アスカーの名前と肩書の響きを味わうように言った。「ようこそ。ガルムと一緒に、あなたが来るのを待っていたのよ」

マダム・リンドの案内で家の中へ入りながら、アスカーとヴァージルソンは目配せを交わした。天井は低く、壁はくすんだ色に塗られている。壁には北欧神話の一場面を描いた大きな油絵が並び、そのあいだを縫うようにいろんな鹿《しか》の角が飾ってあった。

部屋の中は香と古い動物の革のにおいがした。

アスカーたちは擦り切れた革のソファーセットに腰を下ろした。あいだにはコーヒーテーブルが置かれ、お茶のトレイが用意されている。

「それで、マダム・リンド、今日はどんな情報をいただけるんです?」ヴァージルソンがウィンクしながらたずねる。

「まずはお茶を飲んでちょうだい」マダム・リンドが命じる。

ヴァージルソンは謎めいた笑みを浮かべると、命令されるのが好きだと言わんばかりにおとなしくお茶を飲んだ。

パグが主人の膝に飛び乗り、視力のない白く濁った目でアスカーを見つめてきた。口の端から長い舌がだらりと垂れている。

「この子、あなたが好きみたい!」マダム・リンドが叫んだ。「あなたのエネルギーを感じるのよ」

アスカーはこっそりため息をついた。この老犬が本当にわたしのエネルギーを感じているというなら、いまごろはソファーの下に隠れているはずだ。

「ベングトのこと、残念でたまらないわ」マダム・リンドが言う。「あの人が警告を理解できなかったことに、精霊たちはひどくがっかりしているのよ」

「理解できなかった?」何か言わなければいけない気がして、アスカーがたずねる。

「精霊たちが間違えることは決してないわ」マダム・リンドは重々しく答えた。「でも、警告はときとして解釈が難しいの。しっかり耳を傾けていないと。わたしは聖霊たちのメッセージを伝える船であり、霊媒にすぎないから」

アスカーは口を開きかけたが、すぐに閉じた。

あまりに突拍子もない状況に、アスカーは人生で初めてというほど言葉を失った。奇妙な女性と目の見えない犬が、瞬きもせずアスカーをじっと見つめている。

「それじゃあ、マダム、そろそろ始めましょうか」ヴァージルソンがうながす。小さな音を立てて、カップをソーサーに置いた。そのときにようやく、テーブルの表面が占い盤のように文字でびっしり覆われていることにアスカーは気づいた。

「ええ、そうしましょう」

マダム・リンドはメモ帳を取り出すと、公に報道されているさまざまな事件のことや、それについて聖霊が伝えたがっていることを早口で話した。犯人が何色のジャンパーを着ていたのか、犯人の動機、証拠はどこで見つかるかといったことを。ほとんどが支離滅裂な報告だったが、ヴァージルソンは熱心に耳を傾け、メモまで取っている。マダム・リンドに心酔しているようにさえ見える。

アスカーはというと、すでに心ここにあらずだった。聞こえてくるのは、自分のキャリアがどん底を打つ音だけだ。

窓の外に目をやると、ミヤマガラスたちがポプラの木の見晴らしのいい場所に戻っていた。黒い雲を通して、マルメ空港へと向かう飛行機の姿が見える。逃げ出したいという欲求がどんどん大きくなる。

ベッドの下のリュックサックのことを考える。二分あれば、姿を消すことができる。

「……それから最後に、行方不明になった女の子と、その恋人だけど」マダム・リンドの声がする。

アスカーははっとした。

「精霊たちは、特にこの事件のことを心配しているわ」

アスカーはヴァージルソンにこっそりと視線を送る。ホルスト事件のことは、まだ報道されていないはずだ。マダム・リンドはなぜ知っているのか。

その謎はいたって平凡な理由で説明がついた。

「ホルスト家の掃除人が、昨日ここに相談に来たの」マダム・リンドが言う。「家族はひどいショックを受けているって。どうやら恋人を疑ってるみたい」

「精霊は、そのことについて何と?」アスカーは冷たい口調でたずねた。

マダム・リンドは、アスカーをじっと見つめた。

「精霊たちは心配している」マダム・リンドは厳《おごそ》かに答えた。「とても心配している。ガルムだってそう。かわいそうなこの子は、ここのところ一睡もしていないの。そうなるのは、危機が迫っているときだけ。恐ろしく邪悪なものが迫っているときだけよ」

　マダム・リンドはパグの首元を撫《な》でた。犬はアスカーを見つめ続けている。部屋は静まり返り、隅にある大きなアンティークの箱時計が時を刻む音だけが響いている。

「それじゃあ、僕たちはそろそろお暇《いとま》させていただきます」ヴァージルソンが大げさなほど丁寧に言った。「お茶をどうも、マダム・リンド。オールボワール《さようなら》」

　アスカーとヴァージルソンは私道から町の方角へと車を走らせた。

「それで、どう思います？」

「完全に時間の無駄だと思う。もちろん何を信じようとその人の自由だけど、妄想の正当性を立証するのは警察の仕事じゃない」

「まあそうでしょうね」ヴァージルソンはほほ笑んだ。「でも、お茶はおいしかったでしょう？　それに、マダム・リンドは美人で、何とも言えない魅力があるし……」

　そこでヴァージルソンはブレーキを踏み、いつもの謎めいた笑みを浮かべる。

「それに、近くにちょっとした用がありましてね。ここから五分くらいのところに、友人が燻製《くんせい》小屋を持ってるんですよ。本部の同僚のために、ウナギの燻製をもらってこようと思って。もちろん、欲しければあなたの分もありますよ」

　アスカーはヴァージルソンを横目で見た。

まだ数時間しか経っていないが、この「昇進」でアスカーが引き受けるものの正体がわかった。

人事部の悪夢、変人たち、無意味な捜査、勤務時間中の私用。

それと、オフィスで寝泊まりする人間も。その人物は、寝る前にマーティン・ヒルの本を読んでいた。**忘れ去られた場所とその物語**。

リソース・ユニットとは、まさにそういう場所だ。

迷宮入り事件とさまよいし魂たちでいっぱいの、忘れ去られた場所。マーティンならこの場所を何と言うだろうか。

一瞬、マーティンに電話をしようかとも思ったが、そんな考えはすぐに頭から消した。

マーティン・ヒルはもっと重要なことで、忙しくしているはずだ。自分とは違って。

ヒル

マーティン・ヒルは、これまで数多くの教訓を学んできた。フェンスを越えるときは決してよじ登らないこと、というのもそのひとつだ。

子どものときは、選択の余地などほとんどなかった。

あの頃のヒルはあまりに病弱で、登ろうとさえ思わなかった。ちょっとした上り坂でも、息が切れないよう自転車を降りなければならなかった。彼の心臓は、体にうまく酸素を送り出せなかったのだ。

それでも、フェンスは登る価値のあるものだった。何年も人が足を踏み入れていない建物を見つけ出すのに飽きたことはない。人間が永遠だと信じていたものを、自然が少しずつ取り戻していく、そんな廃墟を。

大人になって、ヒルは健康になり、たくましく、機敏になった。それでも、錆びついた杭《くい》一本で、冒険が命がけのものになってしまう。

たとえ小さな切り傷でも、出血のリスクは絶対に避けなければならない、と心臓医に言われている。

といっても子どもの頃でさえ、フェンスを乗り越えるよりも、フェンスに沿って進むほうが簡単だとヒルにはわかっていた。穴や自然にできた抜け道を探すのだ。経験上、五百メートルごとにひとつは見つかる。しばらく中に誰もいなかった建物なら、もっと間隔は短くなる。

都市探検には忍耐が重要だ。冷静さを保ち、パニックを起こさず、つまらないミスを犯さない能力。

そうしたことは、数歩先の茂みの中を行くソフィーもよくわかっている。都市探検者として、ヒルに負けないくらい経験があるのだ。だが、今日のソフィーはその忍耐に欠けていた。

表向きには、ヒルはこの手の違法な探検はもうやめたことになっている。かつての向こう見ずな二十代の青年ではなく、いまは三十代で、名の知られた大学講師で、ベストセラー作家なのだ。不法侵入で逮捕されたりすれば、勤務先も出版社も決して喜ばないだろう。

だがソフィーのために、ヒルはときどき例外を認めていた。少なくとも、自分にはそう言い聞かせている。事実これは、彼にとっても大いに意味のあることなのだ。

ソフィーが廃墟や廃屋の探検に興味を持つようになったのは、ヒルがきっかけだった。朽ち果て、打ち捨てられたものの美を、ヒルが気づかせたのだ。

自然が支配を取り戻す様を。

ソフィーは普段、夫や子どもとハーグで暮らしているが、一か月おきに一週間かそこら、仕事でマルメに出てくる。そのときは毎回、ソフィーとヒルは何日か夜を一緒に過ごし、新たな廃墟に向かうソフィーに、ヒルが同行しているのだった。

答えが見つかるかもしれないと、ソフィーが期待している場所に。

だがいつも、結末は同じなのだ。

ソフィーは飛行機に乗り、家族の待つ家に、日常の生活へと戻っていく。

答えを見つけられなかったことに、失望と安堵《あんど》を同じくらい抱きながら。


ほんの三百メートルほど進むと、思ったとおりフェンスに穴が開いていた。ヒルとソフィーは手を貸しあいながらくぐり抜ける。

敷地の中のアスファルトは、自然にむなしい抵抗を続けていた。道には深い穴や裂け目ができ、雑草が四方八方に生い茂り、ところどころでカバノキの若木が根を張り、幹を太らせようとしているのが見える。頭上では黄金色に輝く木の葉が、初秋の嵐《あらし》にも負けずに枝にぶら下がっていた。

「見て」ソフィーは工場の建物を指さした。その前には大きなコンテナが四つ置かれている。「来週には解体が始まるから、これが最後のチャンスね」

ヒルは七、八年前にもここに来たことがあったが、用済みとなっていた工場は、当時は誰でも自由に出入りできた。だが市当局が敷地を買い取って以来、建物は完全に封鎖された。入口はすべて大きなコンクリートブロックで覆われ、窓もぶ厚い鉄板でふさがれている。

それ以来、ここは自然の独壇場《どくだんじょう》だった。といっても、新たな主権争いも勃発《ぼっぱつ》している。マルメの町は拡大を続け、このような古く無人となった工業用地は住宅地に変わろうとしている。人類がふたたび優位に立ち、あと数週間もすればこの廃墟は姿を消し、かつてここを支配していた者たちの痕跡は消し去られてしまう。だからこそ、ヒルたちはここに来たのだ。

ヒルはいつものように足を止め、しばしこの場所の美しさを味わう。建物とのし烈な戦いを繰り広げてきた自然の存在と、かたくなに抵抗を続ける、壊れかけのコンクリートや錆びた金属との対比を。

ソフィーはすでに、へこんだエレベーターの扉の前にいた。扉が動くかどうかを試し、それから小さく汚れた窓に懐中電灯の光を投げかけて、建物の中を照らそうとしている。

「あそこに落書きがある」ソフィーは言った。「あの奥の壁。トールのに似てる」

ソフィーが扉を蹴飛ばす。

「もうっ!」

音が空っぽの建物内にこだまし、くぐもった、不気味な低音となって跳ね返ってくる。

エレベーターの扉の横に通行用のドアがあるが、こちらも最近封鎖されたらしかった。

ドアの表面は平らで、鍵とハンドルがあった場所に穴がふたつ開いている。

ドアのハンドルを外すのは、中に入れないようにする最も簡単で手軽な手段だ。そして、かなり効果的でもある。ラッチボルトが横向きに刺さったままドアの中に残っているが、ハンドルと、かみ合うスピンドルがなければラッチは動かない。

だが、ヒルはこうした状況は何度も経験していた。

リュックサックを漁《あさ》り、ドアのハンドルと潤滑スプレーを引っ張り出す。角型のスリーブアダプターが何種類か入ったケースも。そして、ハンドルが取りつけられていた穴とフィットするよう、アダプターを選んでスピンドルに被せる。

ハンドルを回すと、ラッチが引っ込んだ。ドアはきしんだが、開かない。ヒンジをなだめすかすよう、潤滑スプレーを何度か吹きかけた。

「あなたって、マジシャンみたいね!」ドアが開いて中に入ったとき、ソフィーがささやく。

ドアの向こうには、だだっ広く、がらんとした倉庫が広がっていた。空気は冷たく湿っていて、アスファルトとほこり、廃油のにおいがする。かすかな光があちこちから差し込み、風が古いブリキの屋根をガタガタと震わせていた。

広間の奥に目をやると、中二階へと続く金属の階段があった。

ソフィーはすでに、カラフルな落書きで覆いつくされた、大きなコンクリートの壁に向かって歩き出している。ヒルもあとに続いた。厚底のブーツを履いてきたが、ガラスの破片や錆びた釘が飛び出した板のあいだを、用心しながら縫うように歩く。

壁の足元にはごみの山ができていた。ビールの空き缶、中身がおおかた腐ったファストフードの包み、椅子代わりに積み上げた木枠。即席のキャンプファイヤーの跡まで。

「誰かがここでキャンプしたのよ！」ソフィーが言う。

「何年も前だろうけどね」ヒルもうなずく。

ソフィーは懐中電灯の明かりで落書きを調べ、見おぼえのある形やシンボルがないかを注意深く探している。

何分か経って、ソフィーはがっかりしたような声を出した。

「何もない？」ヒルがたずねる。

ソフィーは首を振った。

「トールはここに来ていたかもしれないけど、いちばん最近の落書きは、トールのじゃない」

トールはソフィーの弟だ。良いやつだが、問題も抱えている。親や学校とのいさかい、ドラッグ、軽犯罪。しばらくのあいだ、ソフィーが保護者代わりだった。ソフィーはトールを美術学校に入れたが、当然のように、何か月かするとトールは学校に行かなくなった。またタバコを吸うようになり、列車の車両や公共の壁にスプレーで落書きを繰り返していた。

そして一年前、トールは姿を消した。一切、足跡を残さずに。

警察はほとんど頼りにならない。いい大人には自分から連絡を絶つ権利があるし、自分勝手で取るに足らないドラッグ中毒者など、しょせん幸せに長生きすることなどない、と考えているのだろう。

だがソフィーは捜索をやめない。ここのようなトールがいた可能性のある廃墟を次々と探し出してくる。トールが生きているという証か痕跡、手がかりが残っているかもしれない場所を。希望を与えてくれる何かを――あるいは、せめて答えを求めて。

ヒルたちは中二階へ向かおうとしたが、階段が四メートルほどの高さのところで途切れていた。下半分は床の上に横倒しになっているが、重すぎて動かせず、ほかに上に行ける道もない。

これも、立ち入りを制限するうまい手だ。

ヒルはよじ登るのは避けたかった。

「そういえば、ここの事務所はかなり汚かった」ソフィーが何かを思いつく前に、ヒルは言った。「ハトの糞《ふん》とカビと古い書類だらけだった。だが、ここには地下があるらしい」

スチールのドアを指さす。またしても鍵とハンドルがない。

ものの数分で、ヒルはドアを開けた。

下へと向かうコンクリートの階段は崩れかけで、階段のあちこちから錆びついた骨組みがはみ出している。ヘッドライトの光をまっすぐ下に向け、用心深く進むしかなかった。

地下は天井が低く、柱に支えられていて、かなり暗い。油とカビが入り混じったにおいがする。

ヒルは立ち止まり、部屋の中を懐中電灯で照らした。

床の上にはがらくたが散らばっている。厚板、機械の部品、空っぽの麻袋が乗った木箱。部屋の奥にある台の上には、錆び茶けた大きなオイルタンクが置いてある。その側面に、一部が錆に覆われた落書きが残っていた。

ふたりはタンクの前で立ち止まった。ヘッドライトの光を部屋の隅に向ける。地下は完全な静けさに包まれている。聞こえてくるのは、ふたりが呼吸をする音だけだ。

そのとき、別の音がした。耳をそばだてていないと聞こえない、小さなカチッという金属音。

「あら、ブリキくん。心臓の音が聞こえたわよ」ソフィーがささやいた。

「それはよかった」ヒルもささやき返す。「僕が生きてるってわかるだろ」

張り詰めた空気が漂っているが、ソフィーがくすくすと笑い、ヒルはほっとした。ヒルの人工の心臓弁は、実際にはブリキではなくカーボン・ファイバーでできているのだが。

十代後半、成長が止まったと医者が判断したときに埋め込んだものだ。それが、ヒルが一生、抗凝血剤を飲み続け、切り傷や内出血を避けなければならない理由だった。自分の胸から聞こえてくる、弁が閉じたり開いたりするときのかすかな金属音に、ヒルはとっくに慣れてしまった。雑音のひとつだと、脳がおぼえ込んでいる。だがときどき、こうして静まり返った、音が反響しやすい場所にいると、ほかの人間にもヒルの胸の音が聞こえるのだった。

「あの刑事、何が知りたいって言ってたんだっけ？」地下を慎重に進みながら、ソフィーがたずねた。

「ベングト・サンドグレンのことか?」ヒルが答えた。「はっきり言って、たいしたことじゃなかった。僕の本を読んで、都市探検の基本的なことについて質問をしてきたんだ。探検っていっても、そう大層なものじゃないと説明したよ。要するに、子どもの頃に持っていた好奇心を、大人になっても持ち続けている人がいるんだってね」

「それで?」

「しばらく話をした。ほとんどが、僕の本に載っている廃墟についてね。ほかに都市探検家が行きそうな場所はないかと聞かれたから、いくつか例を挙げて、参考になりそうなサイトも教えた。でも、多くの探検家は自分が行った場所を大っぴらにしないし、ほかの人間が近づかないよう秘密にすることもあると言っておいた。礼を言われて、電話を切ろうとしたとき、サンドグレンがトールを知っているかとたずねてきたんだ」

「それで、何て答えたの?」

いつものヒルなら、一度答えたことについて、反対尋問めいたことをされるのは好きではない。僕はきみの被告人じゃないぞと、よくソフィーにこぼしている。それでも、このときは気にしないことにした。

「きみと僕はしばらくのあいだ付き合っていて、トールも一緒に三人で探検に行ったことがあるとね」ヒルは答えた。「でも、だいぶ前の話だとも言っておいた。どういうことか聞き返そうとしたんだが、サンドグレンに電話を切られてしまった」

「トールの事件を捜査していると思う？」

「さあね。わかったのは、都市探検が絡む事件を扱ってるってことだけだ。明らかにサンドグレンは、そのことについて言えないのか、言いたくなさそうだった」

「それが一週間前？」

「そうだ。言ったとおり、もっと詳しい話を聞き出してやろうと、何日かしてサンドグレンに電話したんだ。でも携帯の電源がオフになっていて、折り返しの電話もない」

ソフィーが突然、足を止めた。何かを考えている。尋問の時間は終わったらしく、ヒルはほっとした。

「なるほどね」ソフィーが言う。「検察庁にいる昔の同僚と、近々会うことになってるの。ベングト・サンドグレンがどういう人で、何をしているのか、探りを入れてみる」

ふたりは大きなオイルタンクの周りを歩いた。後ろに回ると、タンクと壁のあいだには、じっとりとした染みのついた古いマットレスや空き缶、毛布、服の切れ端らしきものが残されている。

壁の上のほうに落書きがある。一本の線で描かれた女性の顔で、片方の目が赤い。

その下に見えるのは、よく知っているサインだった。

「トールよ」ソフィーが息を飲んだ。「ここにいたんだわ!」

ソフィーは興奮した様子で服を引っかき回しはじめた。

ヒルは一歩下がり、タンクにもたれると、ソフィーのいるほうを懐中電灯で照らす。廃墟でトールの落書きを見つけるのは、これが初めてではない。この場所は去年から完全に封鎖されているのだから、最近の痕跡だとは考えにくい。

ソフィーも同じ結論に行きついたようで、次第に必死さがあきらめに変わる。トールがどこに行ったのか、その身に何が起きたのかを示す手がかりは何もない。

ヒルは辺りを見回し、一メートルほど先にあるものに懐中電灯を向けた。気になって、近くへ寄ってみる。

錆びたオイルタンクの側面に、トールのサインが書き込まれた別の落書きがあった。その上の、タンクから突き出たパイプに危なっかしく乗っていたのは、数センチくらいの高さの、小さな白いプラスチック人形だった。

ヒルはそれを手に取った。人形には顔がなかったが、男だということははっきりとわかる。足を大きく広げて立ち、前に向かって手を伸ばしている。

こんなに小さいのに、この人形には不気味なものを感じる。

ヒルはこれまでにも、古い建物の中で変わったものに出くわすことがあり、それを記念に持ち帰りたいという誘惑をはねのけてきた。残していいのは足跡だけ、撮っていいのは写真だけという、都市探検のルールを忠実に守ってきたのだ。

だが今日、ヒルは例外を認めることにした。ソフィーには何も言わず、人形をポケットに滑り込ませる。

発作的な行動で、なぜそうしたのかは自分でもわからない。あとになって、ポケットから人形を取り出し、書斎のデスクライトの台座に置いたときも。

この顔のない人形は、見かけよりもっと重要なものだという予感がした。それが考えついたなかで、いちばんもっともらしい理由だった。

暗い地下にこんなものがあったことに、何か意味があるはずだと。

ヒルには理解できない何かが。

ヒルを不安にさせる何かが。

水曜日

アスカー

アスカーは午前七時に、リソース・ユニットでの二日目の勤務を開始した。それまでに、警察のジムで汗を流している。サンドバッグをヨナス・ヘルマンと母親だと思い、ぶん殴ってやった。乳酸が溜《た》まり、腕や足が上がらなくなるまで。それで少しは気が晴れた。

更衣室から出たところで、筋肉質で白髪を短く刈り込んだ、年配の男と出会った。以前にもジムで見かけたことがある人物だが、名前も部署もわからない。

男はアスカーに向かって、不愛想に会釈した。少し長すぎるくらい目を合わせたまま。

「何かわたしに用でも?」アスカーはたずねた。どうやら腹の虫はまだおさまっていないらしい。

男はしばらくのあいだ、黙ってアスカーを見つめている。

「あんたがアスカー、だよな?」ようやく口を開いた。

「そうだけど？」

「さっきあんたのパンチを見たよ。やるじゃないか」

「それはどうも」アスカーは礼を言った。いったいこれはどんな会話なのかと考えながら。答えが出る前に、男は別れの挨拶をした。

「いい一日を、アスカー」


地下一階の殺風景な廊下は、当然のごとく物音もせず、人けもない。「迷宮入り事件とさまよいし魂の課」が、勤勉な働きバチであふれる場所でないことは、昨日ではっきりしている。おどおどして口の軽そうな鳥みたいな女と、耳が聞こえない、妄想癖のある技術者と、風変わりで秘密めいた、素性のよくわからないカエル男。それが現時点でのアスカーのチームのメンバーだった。今後、人事面での劇的な改善はまず期待できない。一方でここにいる者たちは、組織にも、アスカーに対しても、何かを求めているようには見えないのだった。

アスカーの最初の仕事は、飲めるコーヒーを探すことだったが、それは思った以上に大変だった。小さなキッチンには、オロフ・パルメが暗殺されたあの大騒動の日からそこにあったようなインスタントのコーヒーマシーンしかない。その横には、古いが使い物になりそうなドリッパーが置いてあるが、コーヒー豆とフィルターが入っているとおぼしき頭上の棚には鍵がかかっている。

アスカーはがっかりしながらコーヒーマシーンのボタンを押した。アンティーク並みに古い機械がガタガタと茶色い液体を吐き出すのを待ち、それからベングト・サンドグレンのオフィスに向かう。

散らかり放題の部屋は、昨日と変わらずアスカーの気を滅入らせる。

アスカーは戦略を立てようとした。将来の計画、仕事の目標……。残念ながら、具体的なものは何も思いつかない。ヘルマンや、自身の母親が何を企んでいるか、もっと情報が必要だった。仕方がないが、時機を待つしかない。

とりあえず、短期の目標に集中することにした。これから何が起きようと、少なくとも数週間はここにいなければならない。この雑然としたオフィスを片づけることは、実用的で達成可能な目標といえるし、少しは満足感を得られるだろう。

アスカーは、予想どおりの最低な味がするコーヒーを一口すると、仕事にとりかかった。

まずは本棚をいくつか空っぽにして、デスクや窓台など、平らなスペースの至るところに積み上げられていた書類の束や事件ファイルを移す。ソファーの上の枕《まくら》と毛布も処分し、汚れたコーヒーカップや食器をキッチンの食洗器に持っていく。最後に、窓台に置かれた書類の山に隠れていた、化石のような植物の鉢をふたつ捨てた。

戸口に立ち、自分の仕事ぶりを眺める。

完璧とは言えないだろうが、明らかに良くなった。

持ってきた段ボール箱を取り上げ、箱の隅で出番を待っていた物を、デスクの上にきれいに並べていく。それからギシギシと音を立てるサンドグレンの椅子に腰を下ろし、引き出しを開けた。

いちばん上の引き出しには小さなトレイがあり、硬貨や、どこのものかわからない鍵、クリップ、輪ゴム、壊れたペンなどがごちゃごちゃと入っていた。どんなデスクにも入っていそうなものだ。次の引き出しには、あれやこれやの事件ファイルがまたしても詰め込まれている。アスカーはたいして驚かなかった。いちばん下の引き出しから、半分空になった酒瓶が出てきたときも。

咳払いが聞こえ、顔を上げる。

ヴァージルソンが戸口に立っていた。エレベーターの扉が開く音を聞いていないので、ヴァージルソンはずっと前からオフィスにいたに違いない。それとも、アスカーが知らない秘密の通路でもあるのだろうか。

「おはようございます」ヴァージルソンがいつもの奇妙な笑みを浮かべて言った。

「朝刊の一面、見ましたか?」

そう言うと、アスカーの目の前に新聞を広げる。

富豪の娘　誘拐された疑い

アスカーは出だしの部分にさっと目を通した。

マルメの実業家の娘、金曜日から行方不明。警察は発表していないが、情報筋によると、ストックホルムの国家作戦局に応援を要請した模様。

「どうやら、署内の誰かが情報をリークしたようです。重大犯罪課の連中はうれしくないでしょうね」

ヴァージルソンがにやりとする。何が言いたいのか、アスカーは気づいた。重大犯罪課の誰もが考えているのと同じ結論に、ヴァージルソンも達したのだ。つまりこの記事は、捜査から追い出されたアスカーのちっぽけな復讐なのだと。

ヴァージルソンは、告白にせよ否定にせよ、アスカーが口を開くのを戸口でうろうろしながら待っていた。だが、アスカーにその気がないのは明らかだった。

しばしの沈黙ののち、ヴァージルソンは肩をすくめた。

「ともかく、マスコミが騒ぐので、ヘルマンは記者会見を開くそうですよ。九時半過ぎに、記者会見室でやるとか」ヴァージルソンがほのめかすように眉を上げる。

アスカーは首を振った。

「知ってのとおり、わたしの任務は変わった。ホルスト事件はヘルマンの事件でしょう。それに……」

新聞を指で叩く。

「……この記事のせいで、わたしは記者会見に顔を出せない。みんな、わたしがリークしたと思うだろうし。そんなことはしていないけど」言う必要もないことを、アスカーはつけ足した。「誘拐の可能性があるとマスコミに漏らせば、被害者を危険にさらすことになる。記者会見だってそうなのに。本当に馬鹿げてる！」

そこでアスカーは口をつぐんだ。アスカーとヴァージルソンは、互いのことをよく知らない。この小さなカエルみたいな男は、不気味なほど何を考えているかわからないし、アスカーのほうも、自分の思いを語る必要などない。

「まあ」ヴァージルソンは薄ら笑いを浮かべた。「ここには、ヨナス・ヘルマンのファンクラブに入ってない人間もいるってことでしょう。噂によるとヘルマンは、ヴェスナ・ロディックの後釜《あとがま》に座って、重大犯罪課の課長になるつもりらしいですよ」

アスカーは無表情を装おうとしたが、とてもできなかった。

それにヴァージルソンが目ざとく気づく。

「ええ、そうなんですよ。ヘルマン夫婦は、ネーセット（イエテボリから南西に約3キロの半島）に家を探しているみたいですし」

アスカーは気を取りなおし、どうでもいいというように顔をそむけた。

ヴァージルソンは、まだ戸口にとどまっていた。アスカーの合図に気づかないのか、単に無視しているのか。

「部屋を片づけたんですね。ベングトはちょっと……」そこでため息をつく。「はっきり言って、整理整頓《せいとん》ができない人間なんですよ」

「彼の容体は知っている?」

礼儀として聞いたわけではない。マーティン・ヒルの電話番号が書かれたメモのことが、ずっと頭に引っかかっている。サンドグレンがなぜ、マーティンの連絡先を手に入れようとしたのかが気になるのだ。

「病院から、まだ面会謝絶と聞いています。意識が戻ったらすぐに知らせてくれるはずです」

「あなたに?」アスカーは眉を上げた。「サンドグレンに家族はいないの?」

ヴァージルソンが肩をすくめる。

「いたとしても、連絡を取っている人間はいません。もうお気づきでしょうけど、ベングトにも弱点はあるんですよ」ヴァージルソンは引き出しのほうを見ると、意味ありげにうなずいた。またもやアスカーの反応を期待して。

アスカーは表情ひとつ変えない。サンドグレンの飲酒癖は、彼自身の問題だ。それに、アスカーはサンドグレンのことを何も知らないのだ。署内で酒を飲んでいる輩《やから》はほかにもいるし、ゴシップにも興味はない。アスカーが黙っていると、ヴァージルソンはまたもや謎めいた笑みを浮かべた。

「どんな欠点があるにせよ、ベングトは昔はいい警官だったんですよ」ヴァージルソンは話を続ける。「誠実で、信頼できて、熱意があって。僕が思うに、ベングトはこのところ、またやる気になっていたみたいでした。でも、そんなときに運悪く心臓発作を起こしてしまった……」

「心臓発作が起きるのに、運のいいときなんてある？」

今朝、ジムであの男と出会ったときと同じだ。この会話にはまったく別の意図があることを、アスカーは理解しはじめていた。戸口にいる奇妙な男は、アスカーを試し、弱点を探ろうとしている。だがアスカーにはそれにつき合う暇も、興味もない。

「申し訳ないけど、やることがいろいろあるから」

「ああ、そうでしたね。僕はコーヒーを淹《い》れに行くところだったんです。何か手伝うことがあったら、声をかけてください」

ヴァージルソンはきびすを返し、廊下へと姿を消した。だがすぐに、戸口に戻ってくる。

「そうそう」またお得意の笑みを浮かべる。「こっそり記者会見を見たいっていうなら、方法を知ってます。遠慮なく声をかけてください。精神世界と同じくらい、事件のことが気になるなら、ですけど」

ヴァージルソンは姿を消した。

アスカーは立ち上がり、重大犯罪課から持ってきた箱のふたを開ける。つまり、アスカーを追い出したのは、復讐のためだけではないということか。ヘルマンは、ロディックのポストを狙《ねら》っている。だからこそ、ホルスト事件を自分の力だけで解決したいのだ。マルメの上流階級に強力なコネクションを作るために。

いい計画だ――少なくとも、成功すれば。

持ってきた箱のいちばん上にあったのは、事件簿のコピーだった。

それを手に取る代わりに、アスカーは眉をひそめた。

子どもの頃から、プレッパー・パールによくやらされた訓練がある。パールはアスカーには何も言わず、部屋の中のものを動かしたり、隠したり、別のものに置き換えたりする。そのあとで、何が変わったのか、それにどんな意味があるのか、アスカーを厳しく追及するのだ。当然、アスカーが答えられなければ、それに見合う罰を与える。

アスカーは目を閉じた。昨日の午後、箱にものを詰めたときまで、記憶を巻き戻す。箱は重大犯罪課のデスクの上に置いてあり、ふたは箱の横にある。コーヒーカップ、ホルスト事件のファイル、その近くにあるこまごまとした物。

空中で手を動かし、箱にものを入れたときに見えた光景を頭に思い描く。それから目を開けて、箱を見下ろした。
すべて入っている。何もかも順番通りに。
それでも、アスカーは確信する。
誰かが、箱の中を物色したことを。

アスカー

アスカーは二時間を費やして、ベングト・サンドグレンの抱えていた仕事を整理しようとした。だが、残っている書類にすべて目を通してみても、完全にお手上げだった。何もかもがめちゃくちゃで、サンドグレンが実際に何を調べていたのか、道筋もヒントも一切つかめない。そもそも、何かを調べていたとしたらの話だが。

さまよいし魂の課の人間は、誰ひとりとして仕事を――少なくとも警察の仕事を――していないと、アスカーは疑いはじめていた。

ここに流れつく迷宮入り事件は、迷宮入りのままになる。そんな事件のことをたずねたり、気にしたりする人間はこの署にはいないからだ。

さらに面倒なことに、新たに部下となった誰かが自分をスパイしていることを、アスカーはほぼ確信していた。今朝出勤したとき、このオフィスのドアには鍵がかかっていた。ということは、スパイが誰だろうと、アスカーの書類を探った人物は鍵を持っているはずだ。ホルスト事件のことをマスコミにリークしたのも、同じ人物だろうか？

それを知るすべはないが、今後は何であれ、書類はすべて家に持ち帰ろうとアスカーは心に決めた。

サンドグレンのアカウントにアクセスして、仕事のメールや書類のデータを閲覧《えつらん》しようとした。残念ながらアスカーにはその権限がなく、お高くとまったIT担当者に連絡すると、依頼書を提出しろと言う。いつまでにできるのかとたずねたアスカーを、笑い飛ばそうとさえした。重大犯罪課にいた頃には考えられないようなやりとりだった。

腹立ちまぎれに受話器を置くと、アスカーは立ち上がり、薄汚れた窓へと歩いていった。窓ぎりぎりまで身を寄せると、かつての仕事場だった捜査本部の明かりが見える。

姿を見られることを気にする必要はない。誰も下など見ないからだ。個人的な経験から、それは嫌というほどわかっている。

捜査本部では、何かが起きているようだ。ときおり、窓の前をさっと横切る人影が見える。そのときふと、ヨナス・ヘルマンの姿が視界に入った。手に書類を持ち、聴衆に向かっている。その態度からして、重要なことを話しているようだ。

アスカーはあとずさりした。ぎっしり物が詰まった本棚のひとつに、確か古い双眼わせる。
鏡が置いてあったはずだ。それを手に取り、窓のそばに戻ると、ヘルマンに焦点を合

横からの角度だったが、斜めを向いているヘルマンが見えた。

その顔と口がはっきり見えるよう、さらに双眼鏡の焦点を絞る。

ヘルマンの口が、**マンスールの仲間**、それから、**容疑者を割り出す**と言っている。そして、**記者会見**らしき一連の言葉が続き、ヘルマンの姿が視界から消えた。

アスカーは双眼鏡を窓に向けたまましばらく待ったが、ヘルマンは戻ってこない。時計を確認する。あと十五分で記者会見が始まる。

アスカーは、書類の山の上に双眼鏡を置いた。ＩＴ担当者にもう一度連絡して、助けてくれないならぶちのめすと脅すことも考えた。だがその代わりに、廊下に出た。

ヴァージルソンの部屋のドアは開いていた。読書用の眼鏡を鼻先に引っかけ、パソコンの前に座っている。画面はアスカーの方を向いていないが、その手の動きから、どうやらヴァージルソンはソリティアをしているらしい。

アスカーはドアをノックし、返事を待たずに中に入った。

部屋は清潔で、警察官のオフィスにしては奇妙なほど調度品が揃っている。床にはペルシャ絨毯《じゅうたん》が敷かれ、窓台に置かれたラジオから、小さな音でクラシック音楽が流れてくる。ヴァージルソンの後ろの壁には、控えめに言っても場違いなヨットが描

かれた油絵がかかっている。

ヴァージルソンは顔を上げ、ゆっくりと眼鏡を外した。

「アスカー警部」ほほ笑んで言う。「何かお役に立てることでも？」

「記者会見のことを何か言っていたでしょう？　のぞけるよう手配できると……」

「こっそりとね」アスカーに代わって言う。「ええ、もちろんです」

ヴァージルソンが時計に目をやった。

「まだ間に合います」

「良かった。助かる」

アスカーが歩き出そうとしたときだった。

「そうそう、その前に」ヴァージルソンが話を続ける。「ベングトが突然病気になったから、先週はかなり残業したんですよ。直属の上司に、そのことを認定してもらわないと」

タイムシートとペンが挟まれたクリップボードを差し出す。

ヴァージルソンは、アスカーが頼んでくると予想して、前もって準備していたに違いない。それだけではない――予想していたことを、アスカーにわからせようとしている。

持ちつ持たれつというやつだろう。

もちろん、ヴァージルソンの要求をはねつけてもいい。記者会見は、ニュースサイトを開けば携帯電話でも見ることができる。だが、生で見るのとは違う。ヘルマンが話すところをこの目で見て、ヘルマンが感じていることを感じ、あの偉そうな仮面の奥にある弱点を探ってやるのだ。

アスカーはペンを取り、何も言わずにサインした。

「どうも」にやりとしながらヴァージルソンが言った。

「じゃあ行きましょうか」

エレベーターがある左に向かわずに、ヴァージルソンは廊下を進み、キッチンを通り過ぎた。**電気室。危険につき立ち入り禁止**と張り紙がされたスチールのドアの前で足を止める。

ヴァージルソンは、警告をまったく気にしていない様子だった。ベルトにクリップで留めてある、使い込まれててかてかになった伸縮式のキーチェーンを引っ張り出す。ドアの鍵はすぐに見つかった。

電気室の中は、振動音をあげる、形もサイズもさまざまな電気キャビネットでいっぱいになっている。部屋のいちばん奥に、狭い共同溝へと続くドアがあった。共同溝の床はコンクリートで、壁には配線をまとめるケーブルラックが走っている。薄暗かったが、ヴァージルソンはためらうことなく進んでいく。

共同溝の中ほどまで行ったところに、またスチールのドアがあり、ヴァージルソンが鍵を開けた。中は換気シャフトのようで、亜鉛めっきされた螺旋《らせん》階段が上下に伸びている。非常用の脱出口かもしれない。

ヴァージルソンは驚くほどすばやい動きで、二段飛ばしに螺旋階段を上がっていく。ふたりは二フロア上まで来ていた。

「急いでください」別のドアを開けながら、ヴァージルソンがささやく。「もうすぐ始まります」

アスカーたちは、ファンが音を立てて回る暗い換気室に入った。ヴァージルソンは、出口と表示が出ているほうではなく、別のスチールのドアへとアスカーを案内した。

今度は換気ダクトを這わせるための共同溝だった。天井が低く、腰をかがめて歩かなければならない。

「着きましたよ」ヴァージルソンが小声で言った。壁に取りつけられた金属のハッチのようなものをそっと開けている。

「誰もいない」中をのぞいて言う。「完璧です！」

ヴァージルソンが中に入り、脇によけてアスカーを通した。

アスカーももぐり込み、立ち上がって背筋を伸ばした。部屋の中は暗く、五、六メートル四方の広さしかない。

一方の壁は黒い着色ガラスの窓になっていて、窓の下にはミキサー台がある。別の壁面には音響装置の棚が置かれ、チカチカとライトが点滅していた。ミキサー台の正面に、この部屋の本来の出入り口らしき木製のドアが見える。

ヴァージルソンはドアに鍵がかかっていることを確かめ、窓を指さした。窓は大きな部屋に面していて、演台の前には十列ほどの席と、マイクが据えつけられた長机が一台置かれている。最前列に着席した聴衆の背中が見え、その前ではテレビ局のクルーが機材をいじっていた。

アスカーは気づいた。この部屋は、記者会見室の背後にある音響ブースなのだ。「最近は、音響の技術者はあっちに座るんです」アスカーがたずねる前に、ヴァージルソンが小さな声で言う。「全部iPadで遠隔操作できるので、ここに入ってくることはまずありません。こっそり記者会見を見るのに完璧な場所でしょう?」

アスカーは感心するよりなかった。重大犯罪課で長年仕事をしてきたが、こんな場所があるとは知りもしなかった。

ヴァージルソンはどうやってここを見つけ、どうやっていろんな鍵を手に入れたのだろう?

いつものごとく、小男は謎めいた笑みを浮かべるだけで、ほかのことは何も言おうとしない。

「始まりますよ」

ヴァージルソンが記者会見場を指さす。ヘルマンが席に着こうとしている。その右隣にはエスキルが、左隣にはヴェスナ・ロディックが座った。

カメラのフラッシュが光り、テレビ局のクルーが撮影を開始する。ヴァージルソンがミキサー台のボタンを押すと、ブース内のスピーカーから音が聞こえてきた。

「みなさん、記者会見にようこそ」ヘルマンが堂々とした声で言う。「わたしは国家作戦局のヨナス・ヘルマン警視です。隣にいるのは、マルメ警察署重大犯罪課の責任者、ヴェスナ・ロディック課長です。本日みなさんにお越しいただいたのは、最近マスコミに出回っている不確かな情報についてコメントを発表するためです」

ヘルマンがボタンを押すと、背後の大きなプロジェクターのスクリーンにスミラの写真が映し出された。

「マルメ警察署と国家作戦局は、重大な誘拐事件の捜査中であることを正式に発表します。被害者は、こちらの写真の女性、スミラ・ホルスト。年齢は十九歳。金曜日から消息不明です」

ヘルマンが話すあいだ、アスカーはスミラの写真を見つめていた。卒業写真で、入念に選ばれたものだと思われる。マリクの名前はまだ出ていない。

「金曜日の朝、ゴルドストンガにいたというのが、最後に確認できたスミラの所在です。次に説明する車にて、移動していた可能性が高い」

ヘルマンから話を引き継いだエスキルが、鼻にかかる声でマリクの黒いゴルフの特徴を並べ立てる。

エスキルはブレザーを新調していた。しかも最後に会ってから、日焼けサロンに行く時間まであったらしい。歯のホワイトニングもしているかもしれない。自分も記者会見に出ると、予想していたようだった。

スポットライトを浴びる時間を長引かせようと、エスキルが詳細を繰り返す。

「姿を消したときのスミラと同行者の服装は、こちらの写真で確認できます」話を続ける。

金曜日のインスタグラムの投稿がスクリーンに映し出される。防水ジャケットとポロシャツを着たスミラとマリクが車に寄りかかっている。驚いたことに、マリクの顔部分にぼかしが入っている。マリクは被害者ではなく、別の存在だとみなされているのは明らかだった。

「何かを目撃したかもしれないと思われるかたは、ぜひとも警察に通報を」エスキルはそう締めくくると、ヘルマンにマイクを戻した。

ヘルマンが身を乗り出す。

「最後に、スミラの行方不明に関わっている人物、あるいはグループに、ひとこと言わせてもらいたい」近くのカメラを見つめながら、重々しい口調で話しはじめる。「我々は、司法当局の総力を結集して捜査に当たっている。きみたちを見つけ出すのは時間の問題だ。いますぐスミラを家族のもとに返すことが、きみたちにとっての最善の道だ」

数秒間、カメラを見つめたあと、ヘルマンは体を起こし、ヴェスナ・ロディックにうなずいた。まるで采配《さいはい》を振るっているのは自分だというように、ロディックに話す順番を回したのだ。

「それでは、質問を受け付けます」ロディックが、音割れするマイクに向かって言う。「ただし、捜査の機密保持の観点から、答えられることには制限が――」そこでまた音が割れ、ついにはマイクが切れてしまった。

ヴァージルソンがアスカーの腕を叩く。

「音響担当者が席を立ちました。新しいマイクを取りにくるはずです。姿を見られたくないのなら……」そう言うと、入ってきたハッチを指さす。

アスカーはしぶしぶと、演説台から視線を引きはがす。テーブルには三人の警察官が並び、後ろのスクリーンにはスミラと顔をぼやかされたマリクの画像が映っている。

「馬鹿げてる」共同溝へとにじり出ながらつぶやくアスカーの後ろで、ヴァージルソンがハッチのドアを閉めた。

ヒル

マーティン・ヒルは、ルンド中心部にあるアパートメントに住んでいる。寝室の窓からは、家々の屋根の上に高く突き出した、大聖堂の見事な銅の尖塔《せんとう》を望むことができる。

大学は歩いて行ける距離にあるが、ヒルは自転車で通勤するのが好きだ。スピードを上げるために回り道をすると、ジャケットの前をはだけ、ネクタイを緩めて、大学に着くまでのあいだに風でほてりを鎮める。

そんなヒルの姿を見たら、父親は小言を言ったかもしれない。肺炎になるぞと注意するか、寒さが引き金になりかねない病気を並べ立てただろう。

父親のジョンは寒さが苦手で、それをカリブの血のせいにしていた。九月から五月くらいまで、長袖の下着と長いズボン下を身につけていたほどだ。毎年、温かい気候の場所に移ろうと、母親のイングリッドを説得していた。

一方のヒルは、むしろ寒いほうが好きだ。肌を刺すような冷たさの中、心臓が激しく鼓動し、体中に温かな血が駆けめぐる感覚が心地よい。

いつもそうだったわけではない。

かつてのヒルは病弱で、体育の時間は最後の最後までチームに入れてもらえないような、チビで貧血症のダサいやつだった。ひどいいじめに合わないよう、社交性を最大限に発揮するしかなかった。

大人になると、すべてが変わった。明るい褐色の肌と黒い瞳を持つ、たくましい男となったヒルは、自分の講義が人気なのは「興味深い分野に取り組む、優れた教育者」という理由だけではないこともじゅうぶんにわかっている。

年上の同僚たちは、ヒルの陰口を叩いている。にやけたやつ、セレブ気取り。もっとひどいあだ名で呼ばれることもある。

だがヒルは、他人にどう思われようとほとんど気にしない。いじめの恐怖に怯える日々は、もう過去のことなのだ。

ヒルは仕事を愛している。学生に講義をするという仕事を。

自転車を駐輪ラックに留め、職員用の入口から入構パスで中に入ると、脈拍が落ちつくよう、意識してゆっくりと階段を上がる。

オフィスに入ってジャケットをハンガーにかけ、肩からサイクリングバッグを下ろすと、講堂へと向かう。いつものことだが、シャツのボタンを上まで留めるのも、ネクタイを締めなおすのも忘れている。

　急な階段状に並ぶベンチ席は学生で埋まっていて、またしてもいつものことだが、誰かが言い出すまで、ヒルは出席を取るのを忘れている。

　ヒルは出席簿のMのところまで、さっと視線を走らせた。

「MM、いるかい？」

「もちろん」という声と満面の笑みを期待して、いちばん前の列に目を向ける。

　マリク・マンスールは、これまで一度たりともヒルの講義を欠席したことがない。講義が終わったあとも、毎回残って雑談をしていくほどだ。また本を書いたんですかと冗談めかして文句を言い、ちょっとした情報をくれたり、廃墟の写真を見せてくれたりする。まず誰も知らないような、特別な場所についてほのめかすこともある。

　ミィを紹介されたのも、講義が終わって雑談しているときだった。ミィはMMに会いに講堂に来ていた若い女の子で、物静かでおとなしかったが、意思の強そうな目をしていた。

　MMとミィはかなり親しげに見えた。秘密を分け合う人間がするように、視線を交わしていた。

　ヒルがMMに強い親近感を抱いたのは、たぶんそのせいだ。

　MMの中に自分の姿を、ミィの中に誰かの姿を見たのだ。

その友情が、自分にとって大きな意味を持っていた誰かの姿を。

「マリク・マンスール、いないのか？」ヒルはもう一度呼びかけた。

そのときヒルは、講堂の中の空気が変わったことに気づいた。

周りを見回すが、座席からは息詰まるような沈黙と、こそこそと様子をうかがうような空気が返ってきただけだった。ヒルの知らない何かがあるらしい。

講義が終わったとき、ヒルは外に出ようとしていたふたりの学生を呼び止めた。

「ＭＭはどうしたんだ？」

ふたりは目配せを交わす。

「あいつは行方不明というか……」

「行方不明？」

「そんな感じです。ネットに出てますよ。スミラ・ホルストで検索してみてください。もう行かないと、遅刻しそうなので……」

ヒルは学生を行かせると、ジャケットのポケットから携帯電話を引っ張り出し、教えられた名前を検索する。すぐにニュースサイトが見つかった。

警察は、いますぐ富豪の娘を解放するよう、誘拐犯に要求している。

ざっと記事に目を通す。記事に添えられた画像を見ると、ぼかしが入っているものの、それがヒルの「優等生」であることは間違いなかった。

「くそっ」ヒルはつぶやいた。

アスカー

アスカーとヴァージルソンが来た道を戻るのに、十分近くかかった。アスカーは自分のいる位置と、網の目のように張り巡らされた共同溝や通路、非常階段の構造を把握しようとしたが、とても無理だった。この一角全体を占めるほどの範囲はありそうだった。

ヴァージルソンにたずねようにも、帰り道はずっと、アスカーの数メートル先を進んでいる。ドアが現れるたびにキーチェーンを取り出し、アスカーを急《せ》き立てる。『ふしぎの国のアリス』に出てくる神経質な白ウサギにそっくりだ、とアスカーは思った。ただし、着ているのはベストではなくセーターで、懐中時計ではなく収納式のキーチェーンを持っている。

リソース・ユニットの薄暗い廊下に戻ると、ヴァージルソンはそっと電気室のドアを閉め、鍵をかけた。肩の力が抜け、ひと息ついたように見える。

「コーヒーはどうです?」ヴァージルソンが言った。

キッチンに行くと、先客がいた。

がっちりした体といかつい顔をさらに強調するように、白髪頭を短く刈り込んでいる。アスカーはひと目で気づいた。ジムにいた男だ。

「これはまた、見てくださいよ。アッティラがいる」いささか仰々しい口ぶりでヴァージルソンが言う。

男は返事をせず、ゆっくりとカップにコーヒーを注ぐ。

「こちらが、ここの新しい課長になったレオ・アスカーだ」ヴァージルソンは、あいかわらず大げさな口調で続けた。「当面のあいだ、ベングトの代わりを務めてくださる」

「知っている。アスカーとは以前に会っているからな」アッティラはコーヒーのポットを置き、ゆっくりと振り返った。

アスカーたちに目をやると、頭から足の先まで眺めまわす。

「遠足に出ていたらしいな」カップでアスカーのズボンを示した。

アスカーが見下ろすと、膝にほこりがついている。ヴァージルソンも同じだ。

アッティラはのんびりとコーヒーをすすった。フランネルのシャツの袖をまくり上げ、黒いカーゴパンツの裾を、磨き上げたブーツの中にたくし込んでいる。ふさふさとした眉毛ととがった鼻が、どこかタカを連想させた。年配で、背もそう高くない

(少なくとも、アスカーの知っている警官たちと比べると)が、アッティラには人を圧倒するような雰囲気がある。

「あなたはこの部署で、具体的にどんな仕事を担当している?」アスカーはたずねた。何てことを聞くんだというように、ヴァージルソンがぎくりとする。

アッティラはカップを下げると、アスカーを見つめた。肩をいからせ、ほんの数センチだが、じゅうぶん効果的なくらい顎《あご》を引く。

熟練のしぐさだ。目や頭、肩の動かし方、ごくわずかに突き出した肘。相手が誰だろうと、脅しをかけようとしている。

いつもなら、うまくいっただろう。

だがアスカーは、こんなにらみ合いは幼稚園の頃からやっている。ただ見つめ返して、オッドアイの眼に仕事をさせればいい。そうすれば、正反対の反応が返ってくると期待していた相手は、いつもとは違う状況に出くわし、不安をかき立てられる。

無表情だったアッティラの顔にじわじわと効果が現れるのが、アスカーにはわかった。

まずアッティラは、アスカーのうるんだ、とらえどころのない眼に驚く。それから、鋼《はがね》のように鋭いはずの自分の視線がゆらいでいることにうろたえる。そして最後に、自分の得意技で負けたという、信じられない事実に気づく。

アッティラは、カップの中にうなり声のようなものを吐き出した。

それから顔を上げ、断固とした足取りでドアへと向かう。そんなアッティラにヴァージルソンは驚き、思わず飛びのいた。

アッティラは戸口で何秒か立ち止まると、ゆっくりと振り返った。

「俺が何の仕事をしているのか、と聞いたな」

視線をふたたびアスカーへと向ける。それから心を決めたように、悠然とうなずいた。

「俺はこの部署のITサポートを担当している」親しみも敵意も感じられない声で言うと、アッティラは廊下へ消えた。

ヴァージルソンが、まるで信じられないというようにアスカーを見つめる。

「コーヒー、飲む?」アスカーは片眉を上げ、ポットを掲げた。

ヴァージルソンは黙ってうなずくだけだった。

スミラ

スミラは状況を理解した。合図もすべておぼえた。

ドアの足元のハッチがガタガタ音を立てると、食事が用意できたことを知らせる赤いライトが点灯すること。それを取りに行くためにかかる歩数。

部屋の隅のトイレまでの歩数。便器のふたを上げると漂ってくる、むせかえるような化学薬品の臭《にお》いも。

おぼえたのは、それだけではない。

与えられる食事や飲み物には、おそらくスミラを長時間眠らせるための薬が入っている。そのせいで、スミラはひどい悪夢にうなされていた。暗闇でうごめく人影。そいつはベッドに腰かけ、スミラの髪を撫で、耳にささやきかけてくる。

おまえはもう俺のものだ。何もかも。

スミラはもう、すべてわかっている。頭の一部はまだ恐怖で麻痺《まひ》しているが、ほかの部分は情報を集め続けている。

情報は力になる。
そして――希望になる。

アスカー

　その日の午後、アスカーは新しい職場に慣れようと頑張ってはみた。だが、そう簡単にはいかないとわかっただけだった。ヴァージルソンは何かの用事でいつのまにか外出しており、アッティラはドアを閉ざし、「入室禁止」の赤いランプが威嚇《いかく》するように光っている。そのとき、ロシエンのオフィスで言い争いをしているザファーとロシエンを見つけた。

「……金曜までに必要なんだよ！」部屋に足を踏み入れたアスカーの耳に、ザファーの声が響く。

「どうした？」アスカーはたずねた。

　初対面のときのように、ロシエンが驚いて飛び上がる。

「ええと、たいしたことじゃないの。イーノックに書類のことを聞かれただけ」

「重要な統計なんだよ！」ザファーが大きすぎる声で口を挟む。

「報告書のこと？」

ザファーは口を閉じ、辺りの様子をうかがう。

「ここで大っぴらに話していいのかどうか」これ見よがしにロシエンを顎でしゃくりながら、口の端から吐き出すように言う。「機密情報とか、いろいろあるんだよ」

ロシエンが目を剝《む》いた。

「イーノック、統計データはちゃんと揃えるわ。だから十分ちょうだい」

頭の薄くなった技術者はロシエンをにらみつけ、ぶつぶつと何かをつぶやくと、きびすを返して部屋を出て行った。

「いつもああなの?」アスカーがたずねる。

ロシエンはげんなりした様子でため息をついた。

「機嫌のいい日と悪い日があって」ロシエンが答える。「天才と狂気は紙一重っていうけど、イーノックの場合、よくない側にいることが多いの」

アスカーはゆっくりとうなずく。そういう類の人間を何人か知っている。

そんなアスカーをロシエンがじっと見ていることに、アスカーは気づいた。怯えた顔をしているものの、その下に別の表情が見え隠れしている。容易に見過ごしてしまいそうなものが。知性、好奇心。ひょっとしたら、狡猾《こうかつ》さも。

アスカーはサンドグレンの陰気なオフィスに戻った。携帯電話の画面でニュースサイトをスクロールしながら、仕事をしているのだと自分に言い聞かせる。だが、記者会見を盗み見て、変人の部下たちと奇妙なやりとりをしただけで、あとは勤務時間のほとんどを、文字どおり書類を引っかき回して過ごしていた。ベングト・サンドグレンが何の捜査をしていたのかも、この部署で何をすべきなのかも、依然としてわからないままだ。そもそもヨナス・ヘルマンの邪魔をしないこと以外に、何かをするよう期待されているのだろうか。

誰が自分のものをいじくったのかも、突きとめられずにいる。ヴァージルソンかもしれないが、疑う根拠といっても、建物内のありとあらゆるドアの鍵を持っていることくらいだ。イーノック・ザファーはまず容疑者にはなり得ない。アスカーを探るよりも、自分の書類のことで手いっぱいなのだから。

一方ロシエンは、最初の印象よりもはるかに油断がならない人物に思える。ヴァージルソンは、ロシエンのことを口が軽いとほのめかしていた。

それから、あの謎に満ちたアッティラだ。今朝ジムで会ったときも、キッチンで顔を合わせたときも、アスカーを見るアッティラの視線には含みがあった。

思い起こすと、アッティラの言ったことも引っかかる。

アスカーとは以前に会っているからな。

「もう会った」でも、「今朝会った」でもない。

「以前に会っている」と言った。会ってからしばらく時間が経っているかのように。

そのとき、オフィスの固定電話から古くさいベルの音がして、アスカーは思わずびくっとした。

「もしもし」アスカーはよくわからないまま答えた。自分の内線番号ではないし、そもそも自分のオフィスではない。

「あの、すみません……」かけてきた男がためらいがちに言う。「ベングト・サンドグレンさんはいらっしゃいますか?」

「ベングトは病気です。どなたですか?」

「あの……」男は咳払いをした。「シェル・リリヤと言います。ヘスレホルムの鉄道模型クラブで会長をしています」

「そうですか」

「ええと、サンドグレンさんとは何度かやりとりをしているんです。それで、電話をするようにと言われていて……」

アスカーはため息をついた。鉄道模型のカタログを、散らかった部屋のどこかで見たはずだ。どう考えてもサンドグレンの趣味の話だろう。

「さっきも言いましたが、ベングト・サンドグレンはここにいないんです」

「いつお戻りになるか、わかりますか?」

「申し訳ありませんが、わかりません」

「サンドグレンさんは、あなたに何も伝えていないんですか？　捜査のことを？」

「どの捜査でしょうか？」

「うちの模型に、人形が置かれている件です」

「人形？」

「ええ、小さなプラスチックの人形で、いろんなジオラマや風景を作るときに使うものです。誰かが、それを模型の中に紛れ込ませているんです」

テレビ以外で鉄道模型を見たことがあるか、アスカーは思い出そうとする。「鉄道模型とはそういうものでは？　人形が置いてありますよね？」

「もちろんそうです」リリヤは答える。「数千個は置いていますよ。うちの模型はとても大きくて、もう四十年以上、手を入れ続けているんですよ」自慢するように声が大きくなる。

「わたしたちは、どんなレイアウトにするか、どの人形やオブジェを置くのか、厳密な計画にしたがって制作を進めています。それを変更することはまずありませんし、変更にはメンバー全員の同意が必要です」

男の声が、ますます真剣になる。

「ですが、誰かが計画にない人形を置いて、何もかも台無しにしているんです。ふざ

「そうなんです！」

「その問題を調べるのに、ベングト・サンドグレンが手を貸していたと？」

けたメンバーの仕業でしょう」

昨日の頭痛がぶり返してきた。アスカーは鼻頭をつまむ。

「一時間前に、新しく置かれた人形を二個見つけたんです」リリヤは息を弾ませて言った。「またそういうことが起きたら、すぐに知らせるようサンドグレンさんに頼まれていました。何よりも大切なことだとおっしゃって」

「ああ、なるほど」アスカーはこめかみをさすった。気のない声を出して、関心がないことが伝わるよう期待する。

「写真をメールでお送りしましょうか」リリヤは続ける。「今夜にこちらに来て、人形を回収する時間がないということでしたら。それならすぐに、捜査情報を更新できるでしょうし」

アスカーは、この件はもう忘れていいと言いそうになった。ベングト・サンドグレンは捜査をしているふりをしていただけで、実際には何もしていないのだと。鉄道模型にプラスチックの人形を紛れ込ませることは、おそらく、いや、間違いなく、犯罪行為には当たらないのだから。だがアスカーは言葉を飲み込むと、リリヤにメールアドレスを教えた。あくまで礼儀で。リリヤのほうも、アスカーに関心がないことを察したようだった。

「すぐに写真を見てもらえますか?」リリヤは不安そうな声で言った。「サンドグレンさんは、緊急事態だと考えていたようですから」

「もちろんです」アスカーは話を終わらせる。「お電話ありがとうございました」

電話を切ると、ジャケットをたぐり寄せ、頭痛薬はないかポケットの中を探る。アスカーはポケットナイフや携帯用の救急セットと一緒に、頭痛薬をどのジャケットにも忍ばせている。

どうしてもやめることのできない、古い習慣。

水なしで薬を流し込む。

オフィスの明かりを消したそのとき、メールの受信音がした。

当然、無視してもよかった。家に帰り、ランニングシューズを履き、走って頭をすっきりさせようかと思った。だが、どのみち最悪の一日だったのだ。最悪の終わり方をしても、どうってことはない。これが、アスカーの最初の迷宮入り事件というわけだ。

戻ってデスクの前に座り、パソコンにログインする。

リリヤのメールには、画像が二枚添付されていた。

最初の画像を開く。複数の大きな部屋にまたがっているらしい、巨大な鉄道模型のジオラマが写っている。駅、村、農場。山や森まである。こんな模型は見たことがなく、アスカーも魅了されずにはいられなかった。これほどのものを作るのには、何千時間もかかるはずだ。相当な忍耐力と、ディテールへのこだわりが必要だろう。

二枚目はアップの画像で、それを見たアスカーはぎくりとした。画像には、車の前に立つ男と女の、ふたつの人形が写っている。人形は身を寄せ合い、男のほうが手を前に伸ばしている。明らかに、男が手に持っているのは携帯電話だ。

人形とその後ろにある車には、細かい部分まで繊細な色づけがされている。髪の色、顔の表情、防水ジャケットやその下にのぞいているポロシャツの色合い。車のナンバープレートのふたつの文字までも。

このときばかりは、頭よりも体が先に反応した。理解が追いつく前に、心臓がいつもの倍の速さで鼓動を打ちはじめる。それからようやく、この場面をどこで見たのかに気づく。

この小さな人形が、何を表しているのかを。

もっと正確に言うなら——誰を。

ふたつの人形は、スミラ・ホルストの最後のインスタグラムの投稿を、ほぼそっくり再現していたのだった。

その年の冬、ヨハン叔父が癌《がん》で亡くなったとき、彼は悲しんでいるふりをした。こうべを垂れ、叔父の死を悼《いた》む親類たちに囲まれて、棺《ひつぎ》のそばに立っていた。

だが本当のところは、笑みを隠すのに必死だった。

あの山のことを知っていたのは、ヨハン叔父だけだ。

彼の秘密は、これで完璧に守られる。

あの果てしない暗闇の奥で。

それで気が緩んだのかもしれない。

あえて無茶をして、自らを危険な方向に追い込んでしまったのだろうか。

葬儀の数日後、継父に見つかったのがきっかけだった。家には誰もいないと思い、小さなプラスチック人形を補充しようと、彼は地下室に忍び込んだのだった。

だが継父は、勝手に入るなと叱《しか》りつけるのではなく、ささやかな模型工房を自慢げに案内しはじめた。彼が模型に興味を持ったと思ったのだろう。家や風景を作る方法から、色づけの手順、どこにプラスチック人形を置けばより本物らしく見えるか、といったことまで教えてくれた。

そして次の週、継父は仲間たちと取り組んでいる巨大な鉄道模型のところに、彼を連れていった。

「五百平方メートル以上ある」継父は説明した。「まだまだ大きくなる。ずっと手を入れ続けているからな」

継父は回路を操作するコントローラーやスイッチも見せてくれたが、しばらくすると回路の切り替え装置のことで、数人の仲間たちと議論を始めてしまった。

彼の想像力をかき立てたのは、そうした装置ではなく、ジオラマそのものだった。村や通り、野原、森。その中には、彼が密かに訪れた家もあり、細かい部分までが再現されていた。そして模型の中心の、木々に覆われた頂の合間には、あの秘密の山があった。

何より彼を引きつけたのは、色づけされた何千という人形だった。プラットホームで別れを惜しむカップルに、貨物車に荷物を積み込む労働者、リンゴの果樹園で誕生日パーティーをする家族。公園で遊ぶ子どもたち。通りを大急ぎで走っていく消防車。本物の水をたたえた湖で休暇を過ごす人々。

その模型はまさに、わくわくするような瞬間を切り取って散りばめた、壮大なおとぎ話の風景だった。列車が通過するほんの一瞬、ミニチュアの場面が命を吹き返す。そのとき、音や音楽、声が聞こえてくる気がする。非の打ち所のない、完璧な世界。

彼は魔法にかけられたようにたたずんでいた。模型の中のミニチュアの場面に目を向け、次の列車を待つ。家に帰る時間だと継父に言われるまで、ずっとそうしていた。

彼女と出会ったのは、そのときだった。ドアのすぐ外にいた。

マリー。

マリーの父親は連隊の指揮官で、一家は町の中心にある大きな家に住んでいた。学校の少年たちは、みなマリーの姿に釘づけだった。転校生というだけでなく、きれいだったから。それだけでなく、マリーには何か別の、人を引きつける魅力があった。模型クラブで顔を合わせたのはごくわずかな時間だったが、彼の中でマリーの魅力は何百倍にも膨らんでいた。

マリーと父親は建物の中に入るところで、彼と継父は外に出るところだった。父親たちが足を止め、言葉を交わしているあいだ、彼とマリーは向かい合って立っていた。

「こんにちは」マリーは言った。彼は返事をしようとしたが、ぼそぼそとした声しか出てこなかった。ただ目を奪われていたのだ。ブロンドの髪、滑らかな肌、きれいな服——彼女のすべてが、模型の中の人形のように完璧だった。

家に帰る車の中で、彼はすでに、彼女の家に行くことを決心していた。自分のものにするんだと。

できるだけ早く。

そんなことはやめようと考えなおしていたら、彼はどうなっていただろうか。誘惑に抗っていたとしたら？

彼の物語は、違うものになっていたのだろうか？

アスカー

アスカーはデスクライトを灯し、腰を下ろした。ホルスト事件の資料を、サンドグレンのデスクの上に並べる。

シェル・リリヤは数時間前、鉄道模型に人形が置かれているのを見つけ、アスカーに電話してきた。記者会見の情報やそこで発表された写真が、ニュースサイトに流れはじめてまもない頃だ。

そんな短いあいだに、プラスチックの人形を用意し、細かいところまで色を塗り、絵の具が乾くのを待てるはずがない。もちろん、模型の中に忍び込ませる時間も。人形を作った人間は、ニュースサイトで偶然ふたりの写真を目にしたのではなく、スミラのインスタグラムの投稿を見ていたはずだ。アスカーはインスタグラムを開いた。スミラのフォロワーは五百人ほどだが、公開アカウントなのだから、誰でも投稿を見ることができる。

スミラとマリクが自撮りの写真を撮ったのは、金曜の朝だ。つまり、人形を作って模型に忍び込ませる時間はたっぷりとあった。

だがどうして？　何の目的で？

アスカーの頭を悩ませていることは、ほかにもある。

リリヤによると、別の人形が現れたらすぐに連絡してほしいとサンドグレンは頼んでいたらしい。サンドグレンは、一時間以上はかかるヘスレホルムまでわざわざ車を飛ばして、それ以前に模型クラブで見つかっていた人形を回収していたと、リリヤは言っていた。

ここまでに見聞きしたサンドグレンの人物像と照らし合わせると、そんなことをする人間だとはとても思えない。それで最初、アスカーはリリヤの話を真剣に受け止められなかったのだ。

事件を見直そうにも、リリヤの言うことを裏づけるようなものは、鉄道模型のカタログ以外、サンドグレンのオフィスからは何も見つかっていない。

アスカーの思い描くサンドグレンと、リリヤの話に出てくるサンドグレンのイメージが一致しない。それに、こうしてサンドグレンのパソコンを使ってはいるが、ログイン情報がなければ、サンドグレンのユーザープロファイルにアクセスできない。

それでも、この部署にいる人間なら、サンドグレンのことをもっと知っているはずだ。

アスカーは席を立つと、廊下に出た。辺りはほとんど真っ暗だったが、ロシエンの部屋のドアの隙間から、白い光が細く漏れているのが見える。中からは、かすかな囁《ささや》き声もする。

ドアをノックし、一気に開くと中に入った。アスカーはここのチーフなのだから、遠慮することはない。

ロシエンはデスクの前に座り、壊れもののように、内線電話の受話器を両手で抱えていた。片手でさっと口を押さえると、驚きとも、しまった、ともとれる表情でアスカーを見つめる。

「あとでかけなおすわ、ジェイムズ……」ロシエンは、電話の相手に意外なほど流暢な英語で伝え、受話器を置いた。

アスカーは問いかけるような目でロシエンを見つめる。

「ぎ、義理の息子なの」ロシエンは口ごもった。「オーストラリアに住んでいて。娘が病気だから――」

「それで、自分の電話から金のかかる国際電話をかけたくないと」

ロシエンは落ちつかない様子で息を飲んだ。

アスカーはしばらくのあいだロシエンをまごつかせていたが、話題を変えた。

「ベングト・サンドグレンだけど、最近はどんな仕事を？」

「ほ、本当に知らないの」ロシエンは嘘をつくのが下手らしい。

「知らない？　あなたはこの部署の要だと思っていたけど」

ロシエンはおどおどし、また息を飲む。

「ベングトは、少し個人的なことを調べていたみたいなの。はっきりとは言おうとしなかったけど」

「でも、あなたは手を貸していたんでしょう？」単なる勘だったが、当たりだったようだ。

「ちょっとしたデータベースの検索とか、そんなことよ」

「どんな検索を？」

ロシエンが言いよどむ。

「どんな検索を？」アスカーは繰り返した。

「ゆ、行方不明者の情報よ。ベングトに頼まれたの……」

そこで声を潜めると、ロシエンは誰かが聞き耳を立てていないか確認するように、アスカーの肩越しに廊下をのぞき込んだ。

「ベングトに、スコーネと関係がある行方不明者をリストにしてほしいと頼まれたの。個人情報とか、そういうことを」

「リストはまだ持っている？」

ロシエンがうなずく。

「ええ。ベングトに、随時情報を追加するよう言われたから」

「どのくらいの期間？」

ロシエンは肩をすくめた。

「数年分かしら。最後に情報を更新するよう言われたのが、数か月前ね」

「ということは、あなたはこの部署の担当でも、本来サンドグレンの担当でもない事件の情報を集めて、秘密の記録を作っているってわけね」

「そんな」ロシエンは両腕を広げた。「記録なんてものじゃなくて、ただのリストよ。ベングトも、特に問題ないからって。いつもそう言ってたもの……」

ロシエンが口ごもる。続きを言うのをためらうように、唇を噛んだ。

「ベングトは、この地下でリソース・ユニットがしていることなんて、誰も気にしていないっていつも言っていたわ。上にいるお偉いさんたちは、うちがどんな仕事をしていて、どんなルールに従っているのかなんて、どうでもいいんだって。目立たず、控えめにしているかぎりはね」

アスカーはロシエンの言葉に眉を吊り上げた。

だがほんの数日前、上にいた頃は、迷宮入り事件を扱う部署の存在どころか、毎日エレベーターに乗っていたというのに、地下に何があるかすら考えたこともなかった。

「じゃああなたは、サンドグレンのために秘密のリストを作っていたと」本題に戻ろうと、アスカーが話をまとめる。「メールで送っていた?」

ロシエンが首を振る。

「ベングトは何だろうと紙の書類にしてほしい人なの。画面で読むのは嫌いだからって。手に持てる書類のほうがいいって」

アスカーは、一瞬考え込んだ。

「そんなリストは、サンドグレンのオフィスになかった。デスクの上にあったのは、二年以上前の書類だけ。サンドグレンは、そのリストを家に持ち帰っていたと?」

ロシエンが肩をすくめる。

「わからないわ。ベングトは、すごく秘密主義になることがあるし……」

「リストをもう一度印刷できる?」

「もちろんよ」

「それなら、明日の朝いちばんに、わたしのデスクに届けて」

「わかったわ。そうそう、あのふたりの情報も追加したほうが……」そこで口を滑らせたことに気づいたのか、ロシエンが口をつぐむ。

アスカーは首をかしげた。

「スミラとマリクのこと?」

「そういう名前なの？」ロシエンは知らないふりをしようとしたが、またしてもうまくいかなかった。行方不明のふたりのフルネームを、ロシエンが知らないはずはない。アスカーは注意深くロシエンの様子をうかがった。こそこそとアスカーのファイルを引っかき回す姿が目に浮かぶ。

「ええ。ふたりの情報も追加して」アスカーは続ける。「それと、もうひとつ」

「な、何かしら？」ロシエンが不安げな顔をする。

「ベングトから、マーティン・ヒルという名前を聞いたことは？」

ロシエンは首を振った。

「いいえ。どうして？」

「別にたいしたことじゃない」アスカーは言った。「サンドグレンのファイルにそんな名前があったから」

わたしの古い友人だからと、心の中でつけ足しながら。

十七年前

あれは夏の初めの暑い土曜日で、レオはうんざりしていた。

パールには来客があった。ノーランド地方から来た元軍人で、二、三日、家に滞在することになっている。ふたりはファームの防御策について、あらゆることをチェックしていた。フェンスの高さから、有刺鉄線の品質、バンカーの深さ、トンネルの直径まで。どこを改善し、どう備えるか。あと何日かすれば、ふたりはいがみ合うようになるだろう。

パールはそういう人間なのだ。しばらくは人の話に耳を傾けるが、一日が終わる頃には、自分のほうがものをわかっていると決めつける。

だが、いつもの結末に至るまでは、パールも気を取られているので、レオは自分の時間を持てるのだった。

そういうときはいつも、自転車で走り回っていた。クラスメートの家の外で立ち止まり、双眼鏡で眺める。

まぬけども、とパールが呼んでいる人たち。

すっかり騙《だま》されている、馬鹿なやつら。

大いなる真実に、待ち受ける危険に気づかない者たち。

その日レオは、マーティン・ヒルの家をのぞき見ていた。

今回が初めてではない。ヒル一家は、森の木立に面した小さな赤レンガの家に住んでいる。その木立は、絶好の観察ポイントなのだ。

マーティンの両親がパブを経営していることは知っている。

父親は黒褐色、母親は真っ白な肌をしていて、ふたりが働き者だということも。どちらも息子にとても優しいということも。

息子をしょっちゅうハグして、一緒に笑い、歌うことも。

レオの母親は、再婚して、妹のカミーレとともにマルメで暮らしている。月に一度、週末に会うくらいだが、ハグも歌もない、レオにとっては堅苦しく、落ちつかない時間だった。

だからヒルの家を眺めているのではない。マーティンの秘密が気になるからだ。いつもリュックサックに入れている道具のことも。

その日は運が良かった。マーティンがリュックサックを背負って、自転車で家を出るところだった。

あとをつけることなど、レオにとってはたやすいことだ。マーティンは何度か周囲を見回したが、アスカーは教え込まれたとおり、ちゃんと死角にいる。

マーティンはゆっくりとペダルを漕《こ》いでいく。すぐに疲れてしまうらしい。小さな坂でも自転車を降り、歩いて進む。

マーティンとそれを追いかけるレオは、どんどん狭くなる小道をつたって、森の奥へと分け入っていく。にわかにマーティンが立ち止まり、自転車を茂みへと押し込んだ。

双眼鏡越しに、地図を確認するマーティンが見える。マーティンは森へとまっすぐ歩いていった。レオも自転車を置き、マーティンを追う。

自転車に乗ったマーティンを追うより、森の中を歩いてついて行くほうが楽だ。

マーティンは人目を忍んでこそこそと行く気はないらしい。目立たない道を選ぶでも、障害物をよけるでもなく進んでいく。よろめき、枝を折り、藪に引っかかりしながら、大声で悪態をつき、派手に咳き込んでいる。

マーティンがやっていることは全部、子どもの頃からパールにやってはいけないと教えられてきたことだった。パールがよく言っているが、森の中では最も静かな者が勝利する。

マーティンは、そういうことを誰にも教わっていないのだろう。レオがすぐ後ろに迫っても、マーティンには一切物音が聞こえないはずだ。

レオは笑みを浮かべた。

そのとき突然、木立の中に、うち捨てられた小屋が現れた。

茂みと苔に覆いつくされ、いまにも崩れそうに見える。

何年も前にガラスが割れ落ち、ぽっかりと開いた窓が、目のように森をまっすぐ見つめていた。マーティンは小屋に向かい、爪先《つまさき》立ちで中をのぞく。

そんなマーティンを、レオは双眼鏡で観察する。

さっきまでとは様子がまったく違う。もっと熱心で、興奮している。

マーティンは小屋の中に入りたがっていた。だが、レオならそうするだろうが、窓から入ろうとはしない。正面の入口から入ることにしたようだ。

ハンドルはとっくに取り外されていて、ドアには手をかけるところがない。

マーティンはリュックを下ろすと、中を漁って二種類のドアハンドルを引っ張り出した。どちらが合うか試し、ちょっとした調整をほどこす。

すると、驚いたことにドアが開いた。

レオは感心せずにはいられなかった。マーティンはアウトドア派ではなさそうだが、同じことを以前にもやっているのは間違いない。ハンドルのないドアと何度も出くわしているからこそ、自前のハンドルを持ち歩いているのだ。

レオは用心しながらマーティンに近づいた。小屋は小さく、姿を見られずに中に入ることはできない。

マーティンが中で何をしているのかを観察しようと、もっとよく見える場所を探す。窓のひとつから、ちらちらとマーティンの姿がのぞいている。

マーティンは懐中電灯をかざし、ゆっくりと動いている。ときおり、カメラのフラッシュが光る。

外に出てきたのは、半時間後くらいだった。しっかりとドアを閉め、ドアハンドルを外してリュックサックに戻す。

ズボンもジャンパーも、埃と土にまみれている。

それでもマーティンは、この上なく幸せで、満足しているように見えた。レオは、あの小屋でマーティンが何をしていたのか、知りたくてたまらなくなった。

自転車のところでマーティンを待った。驚かせないよう、完全に姿を見せて。

マーティンはレオを見て驚いたが、すぐに気を取り直した。

「レオ・アスカー」面白がるように言う。そんなふうにフルネームで名前を呼ばれても、不思議なことに、アスカーは嫌な気分はしなかった。

「すごい偶然だね」

笑いながら言う。目をきらきらと輝かせたマーティンは、いつものように具合が悪そうには見えない。レオが期待したほど驚いてもいないようだ。

「あの小屋で何をしていたの？」少しいらつきながらレオはたずねた。

「何も」

「何も？」

マーティンが肩をすくめる。

「中を見てただけだよ。写真を何枚か撮ったかな」

レオが信じていないことに気づき、怒ったように眉をひそめた。

「何も取ってないよ。そう疑ってるならね。ぼくは泥棒じゃない」

レオは首をかしげた。

「じゃあただ中を見るためだけに、ここまで自転車を漕いで、森の中を必死に歩いて、あの小屋に入ったってこと？」

「そうだよ」マーティンが答える。「でも、ただ中を見るためじゃない」

マーティンは口をぎゅっと結び、答えを出そうとするようにアスカーを見つめる。

どうやら心を決めたようだ。

「ぼくは、古い建物がかっこいいと思ってるんだ」

「かっこいい？」アスカーはわざと皮肉っぽい口調で繰り返す。そんなふうに茶化すべきじゃないとわかっていながら。

「ああ。っていうより……」もう我慢ができなくなったというように、マーティンはため息をついた。「美しいと思ってる」

「美しい？」レオはこらえきれず、また皮肉っぽい声を出す。

マーティンは顔を赤らめ、視線をそらした。ひねくれた言い方をしたことを、アスカーはとっさに後悔した。

アスカーはマーティンの秘密を暴いてしまったのだ。

いや、むしろ――マーティンのほうから秘密を明かした。レオに打ち明けたのだ。いままで誰も、そんなことはしてくれなかった。少なくともこんなふうには。

大切に扱わなければならない、壊れもののような贈り物。

レオはゆっくりとうなずいた。ぎこちなく笑みまで浮かべて。

「美しい、か」今度はもっと優しい声で言う。「わかったわ」

ヒル

ヒルは大学教員としてのいつもの業務を淡々とこなし、勤務時間を終えた。いつもなら、それから友人と一杯やるか、軽く食事をする。ソフィーに電話をして、映画に（それ以上のことも）誘ってもいい。ソフィーはハーグに戻るまで、あと一週間はこの町にいるし、ヒルもソフィーと一緒にいると楽しいのだ。

ひょっとしたら、それ以上かもしれない。

だが、MMの意外な一面を知ったショックで、楽しもうという気分にはなれなかった。ニュースサイトでは詳しく報じられていないが、行間を読めば、警察がMMをスミラ・ホルスト行方不明事件の有力な容疑者とみていることは容易に想像がついた。

ヒルは自分のことを、人を見る目がある人間だと思ってきた。それは、心臓に問題を抱えた病弱な子どもだった頃に身につけたスキルだ。ヒルの両親は、あちこち引っ越しを繰り返した。ひとつの場所に数年以上居ついたためしがなく、しょっちゅう新しいパブやレストランを開いていた。それでヒルは、新しい学校に新しい友だち、新しいいじめっ子と出会うはめになるのだった。

人の気持ちや機嫌を読み取るのは、ヒルの得意技だった。生き残るための手段だったが、時とともにヒルの大きな力となっていった。

ヒルの祖母は、また別の考えだった。

ヒルおばあちゃんはカリブの出身で、昔ながらの宗教を信仰し、ラム酒やタバコを聖人や精霊に捧《ささ》げるような人だった。その祖母によると、ヒルの人を見る並外れた能力は、満月の光のもと、黒い雄鶏《おんどり》の首を手で絞めて捧げたおかげだという。あるいは、新月の光を浴びながら、赤い雄鶏の頭を切り落としたおかげだと。時が経つにつれ、祖母の話は少しずつ変わっていった。

そんな祖母の思い出も、今日ばかりはヒルを笑顔にしてくれない。

人生で初めて、ヒルは自分のことを疑っていた。つい今朝までは、ＭＭはガールフレンドを誘拐するような人間かと聞かれたら、笑い飛ばしていたはずだ。**ＭＭは人懐っこくて、社交的で、才能もある**と答えただろう。**ＭＭはいいやつだ**と。

まったくの思い違いだったというのか？

ヒルが大学を出たとき、外はすでに暗かった。

通りに人影はまばらだ。建物のあいだで、秋の風にあおられた枯葉が舞っている。

街灯の明かりが灯り、雨のしずくが地面に不気味な模様を描いていた。

自転車を漕いで駅の反対側にある大きなスーパーマーケットへと向かい、夕食の食材を買い込む。パブのオーナーの息子だというのに、ヒルの定番料理はたったの七種類だ。たいてい食事は外食ですませている。

今夜のメニューは定番その四の、バンガーズ・アンド・マッシュ（別名ソーセージズ・アンド・マッシュ。マッシュポテトの上に焼いたソーセージを載せた料理）だった。

駐輪ラックのところへ戻る途中、見知った顔と出会った。

ＭＭの友人、ミィだ。

ニット帽をかぶり、緑色のミリタリージャケットの襟を立てて、迎えの車を待っているらしく、電子タバコをふかしながらヤーンヴェグス通りをじっと見つめている。

何か知っていることはないか、ミィにたずねてみようとヒルは考えた。

「やあ」

ヒルの声に、ミィがはっとする。

「すまない。驚かせるつもりはなかったんだ」

「いいの、大丈夫」

ミィは電子タバコを吸いこんだ。会うのはこれで二度目だが、ミィにはどこかなじみ深いものを感じる。

ミィは、二十代前半にしてはかなり小柄で華奢《きやしや》な女性だった。ニット帽の下から黒髪がのぞいている。目は濃いアイメイクで縁どられ、その視線には用心深さと賢さがうかがえた。

「ひどいよな、まったく……」ヒルは言葉を濁したが、手振りをまじえて話を続けた。「マリクのことだけど」

「誘拐のことは何も知らない。それを聞きたいんだったら、だけど」ミィがそっけなく答える。

「でも、きみたちはとても仲が良かったんだろう？」ヒルは言ってみる。

ミィはタバコをもう一服すると、疑うような目をヒルに向け、それから首を振った。

「一緒に出かけたりはしてたけど、マリクの彼女のことは知らないから」

ミィは肩をすくめ、顔をそむけた。明らかに会話を終わらせたがっている。

「最後に会ったのは？」

また肩をすくめる。

「一週間くらいまえ、かな」

「それから連絡を取ったりは？」

ミィはうなずき、タバコを吸うと、煙を吐き出した。

「でも電話しても、すぐに留守電につながるの」

ミィはまた通りに目をやり、フルーツの香りの煙を吐き出す。

「きみも都市探検をするんだろう？」

それほど当てずっぽうな質問でもないはずだ。ミィはヒルの書いた本が好きだと言っていたし、MMと出かけてもいる。それに、ミィのブーツは傷だらけで、セメントの粉もついている。

ミィはしばらく返事をしなかったが、うなずいた。

「MMと一緒に探検したことは？」

「ある」

「どこに？」なぜ場所を聞いたのかは自分でもわからない。ただミィとの会話を続けたかっただけかもしれない。

ミィは答えない。

黒いヴァンが通りを走って来て、二十メートルほど離れた場所で止まると、ライトを点滅させた。静かなエンジンの音がしている。

「いとこなの」ミィが車のほうを顎でしゃくりながら言う。「あたしを迎えにきた」

電子タバコの電源を切ってポケットにしまうと、ミィは歩き出した。だが、急に立ち止まる。

「MMはしょっちゅう、あなたのことを話してた」かすかにほほ笑みながら、優しい声で言う。「あなたは本物だって。信用できる人だって。そうなの？」

「そう願うよ」ヒルはできるだけ誠実に見えるように答える。

ミィは何かを言いたそうに口を開いたが、ヴァンがクラクションを鳴らす。

その音にミィはびくっとする。一瞬、ミィの顔が怯えたような表情に変わる。

「またね」慌てて言った。

小走りでヴァンに向かうミィを、ヒルは見つめた。

雨脚が強くなり、ヘッドライトの光の中にくっきりとした線を描いている。フロントガラスのワイパーは動いていたが、それでも車は近くに来ようとはせず、通りの先で待っている。

ミィがドアを開けたとき、ルームランプはつかなかった。

そんな光景のどこかが、ヒルの不安をかき立てた。

ヒルは道路脇まで歩いていき、ヴァンが通り過ぎるときに運転手の顔を見ようとした。だが見えたのは、運転席に座っている暗い人影だけだった。

ミィのほうは、ヒルをじっと見つめていた。音は聞こえなかったが、窓に手のひらを当て、手を振ったように見えた。

だがあとになって、そのときのミィの目を思い出すと、そこに何か別のものがあったような気がしてならなかった。

木曜日

アスカー

いつものように、アスカーはアラームが鳴る頃にはとっくに目覚めていた。ランニングシューズを履き、木曜日のランニングに出る。ヘッドライトの光が、秋の朝の暗がりを照らす。イヤホンのボリュームを上げ、体を動かし続ける。

グラウンドを抜け、湖を一周してゴルフコースへと向かう。五キロメートルの目印にしているオークの古木のところで向きを変える。外は寒く、できるだけ早くランニングを終わらせようと、アスカーはペースを上げる。最後のひと区画を駆け抜けたときには指先の感覚がなくなっていた。

熱いシャワーを浴びたあと、今日のタイムを先週と比べて、同じレベルを維持できていることを確認する。

自分はまだ衰えておらず、ペースも落ちていないし、老いてもいないと。

朝食をとりながらニュースサイトに目を通すが、昨日の記者会見の映像以外に、新たな情報は出ていない。少なくとも、マスコミはまだ何もつかんでいない。

小さな人形の画像を、もう一度画面に出す。細かいところまで、気味が悪いほどそっくりだ。

もちろん、頭のおかしな人間が、スミラのインスタグラムの写真を見て、ニュースが出るより先にスミラとマリクが行方不明になったという噂を聞きつけ、ふたりの人形と車を作った可能性もある。

そのとき、アスカーの頭にあることがひらめいた。

スミラのインスタグラムの、マリクとの自撮り写真の投稿を開き、拡大する。確かに、マリクとスミラの後ろには黒い車がはっきりと写っており、誰でも車種を特定できる。だが、ナンバープレートはまったく見えない。

それなのに、あの小さな模型車のナンバープレートには、本物と同じ「ＭＭ」という文字があった。

アスカーは、マリクのソーシャルメディアをざっとチェックしたが、車の写真はどこにもない。

スウェーデン交通局にナンバープレートの番号や車の登録番号を照会することも、理屈上は可能だ。

だがそんな理屈は、話を余計にややこしくするだけかもしれない。

最もシンプルで、最も筋が通っているのは、あの人形を作ったのはマリク・マンスールと会ったことがあり、実際に彼の車を見て、カスタマイズのナンバープレートに気づいていた人物である、という結論だ。だがこの結論は、さらなる謎を呼んでしまう。なぜそんな人形を作り、なぜそれを鉄道模型の中に置いたのか。そして、なぜこのタイミングなのか。

そうした疑問の答えをひとつでも多く見つけ出すには、北に向かうしかない。

森の奥の、シャドーランズへと。それを考えただけで、アスカーの体に震えが走った。

アスカーの家のガレージには車が四台駐まっている。どれでも使っていいと家のオーナーには言われているが、アスカーはいつも、入口のそばに駐めてある電気自動車を選ぶ。ハイパワーの大型車や、ガレージの奥に置いてあるレンジローバーも乗れないわけではない。四輪バイクや大型バイクもそうだ。プレッパー・パールのおかげで、アスカーはたいていの乗り物は運転できるし、いざというときは簡単な修理だってできる。だが、パールのファームには電気自動車はなかった。当時はまだ発売されていなかったのだ。それで、アスカーは電気自動車を好むのかもしれない。

静かで、速くて、現代的だから。

過去とも無関係だから。

目的地まで車で一時間二十分かかった。刺青の下の傷がうずく。この方角へ向かうときは、いつもこうなる。

ルンド北部でまず目に飛び込んでくるのは、起伏の多い風景だ。うねるように続く畑、風力発電所、リング湖を囲むまだら模様の落葉樹林。

水面。紺碧《こんぺき》の空。燃えるような紅葉。絵画のような美しさ。

それから少しずつ針葉樹が姿を現しはじめ、道にせり出さんばかりの勢いで、秋の色を青や緑のくすんだ色に変えていく。あとはときどき、暗い水面の反射と険しい岩肌が見えるだけだ。

原始との境界線。この地域のことをプレッパー・パールはそう呼んでいた。パールは、フェノスカンジアン楯状地の堅実さについて講釈を垂れては、孔《あな》だらけの南部の岩質を、シャベルを入れる価値もないとせせら笑うのがお決まりだった。あんなくだらない場所にしがみつくのはまぬけどもだけだと。

だが原始の楯状地の懐に抱かれた、深いバンカーの中にいれば、パール・アスカーとその娘は安全で、守られているのだと。

少なくとも、周囲の世界からは。

結局、本物の驚異は、外界からは来なかったのだが。

アスカーは傷に指を這わせると、痛みを感じるまで、肌に彫った文字に爪《つめ》を立てた。

アスカー

ヘスレホルムは鉄道の拠点駅であり、かつては駐屯地《ちゆうとんち》だった、人口二万人ほどの町だ。スコーネ北部のちょうど真ん中にあり、西のカテガット海峡と東のハーネ湾からはほぼ同距離で、スモーランド地方との境まで数十キロメートルのところに位置している。

鉄道模型クラブは、おあつらえ向きというべきか、戦車工場を改築した建物に入っている。スチールのゲートと有刺鉄線のフェンスに囲まれ、窓もほとんどない。

地平線の上に灰色の雲が広がっている。じきに空全体を覆いそうだ。

シェル・リリヤは敷地の外で待っていた。ひょろっとした猫背の男で、角縁の眼鏡をしょっちゅう鼻筋へと押し上げている。生え際が頭のてっぺんに届きそうなほど額が広い。

リリヤのことはインターネットで調べていた。もうすぐ五十五歳になる、学校の校長。趣味はオリエンテーリングと、お菓子づくり番組を観ること、そして言うまでもなく、鉄道模型。

「ちょっと待ってくださいよ……」リリヤは不慣れな様子で鍵を開けると、警報を解除した。

「わたしはめったに鍵を開けないんです」と言い訳する。「集まるのはいつも夕方ですし、誰かが先に来てますから」

「鍵を持っていて、警報解除の暗証番号を知っている人間は、どのくらいいますか?」アスカーがたずねる。

「そうだなあ……」リリヤが首をかく。「それを考えていたんですがね。うちはメンバーの入れ替わりが激しいし、それにちょっと——」ぴったりの言葉を探していたが、結局は「ごたついていて」という言い方に落ちついた。

「つまり、わからないと」

「まあ、そういうことです。わたしはここの会長になって、まだ日が浅いんですよ。それに以前は、セキュリティーのことをあまり気にしていませんでしたから。ですが状況は変わってきています。またあとで、セキュリティー会社の人も来ますよ。では、中へどうぞ」

リリヤはようこそというように、両手を広げた。

入口を抜けた先は、チケットブースを備えたロビーだった。ブースのガラスに開場時間と入場料が書かれた紙が貼られている。

「一般の入場者も出入りしているんですか」アスカーは気づいた。

「ええ、そうなんです。一か月のうち二週間ですが。あと、鉄道模型フェアなどのイベントもやっています」

リリヤはさらに奥へとアスカーを案内する。古い鉄道の標識などが飾られたガラスの陳列ケースの横を通り、スチールの二重ドアへと向かう。リリヤはここでも鍵をごそごそとして、ドアを開けるのに手間取っていた。

部屋の中は広く、ほとんど真っ暗だ。見えるのは小さな赤いLEDライトの光だけで、アスカーは一瞬、イーノック・ザファーのオフィスを思い出した。

リリヤはブレーカーボックスを探り、天井の蛍光灯を一列ずつ点灯させていく。アスカーは鉄道模型を写真では見ていたものの、それでもこの大きさには感嘆するよりなかった。そんなアスカーの反応に、リリヤが気づく。

「じきに七百平方メートルの大きさになります」大きく手を振りながら言う。「1／87スケール、鉄道模型業界でHOと呼ばれているスケールを使っています」

リリヤは線路の長さや、一度に何台の列車が走行できるか、次から次へと数字を並べ立てていく。アスカーは話をうながすように相槌《あいづち》を打っていたが、意識は模型へと向けられていた。目の前の、透明なプラスチック板の向こうには、引き込み線や貨物の積み下ろし用のプラットホームも備えた、ヘスレホルムの鉄道駅が建っている。その駅のさらに向こうには、町そのものが広がっていた。ネオンサインや窓がきらめき、道路には六〇年代の車が連なる。

プラットホームや道路の上、庭や家の中など模型のさまざまな場所に、色づけされた小さな人形が置かれていて、それぞれが何かをしている。貨物車に荷物を積み込んでいる人形に、バスから降りる人形、車を運転する人形や、芝生を刈る人形。隣人とおしゃべりしたり、学校に通う子どもに手を振ったりしている人形もある。昔のニュース映画で目にするような、のどかで、パステルカラーに彩られた小さな町の風景。あまりに本物そっくりにできているので、模型の中で人形が何を話しているのか、想像できそうなほどだった。

「……六〇年代の半ばです」リリヤが話を続けている。「基本的にはその年代に設定しています」

「それは誰が決めたんですか?」

「ああ、そう決まったのはもうずいぶん昔のことですよ」リリヤは笑った。「ご覧のとおり、最初の線路の模型は、四十年以上前に置かれています。当初のメンバーのほとんどは、もうこの世にいません。ですが、計画はずっと守られています。わたしたちの目標は、鉄道交通が最盛期だった時代、この自治体に存在していた七つの駅すべてを復元することなんです。隣の部屋で、六つ目の駅をつくっているところですよ」

リリヤは右手の奥にある大きなドアを指さす。模型はそのドアの向こうへと続いているらしい。

「あちらにあるのは冬のジオラマです。少し季節のバリエーションをつけようかと思いましてね。ですが、ジオラマの大部分は、ご覧のとおり夏のレイアウトになっています」

リリヤはアスカーをうながすと、模型の側面に沿って歩きはじめた。

ジオラマの中央には、ほかの部分よりも一メートルほど背の高い、木々に覆われた頂がそびえていた。そこからアスカーたちがいる側面へと向かってなだらかに広がり、農場や田畑、平原へと変わる。

「鉄道以外の模型もかなり置いているようですね」

アスカーは戦車を指さす。リリヤがジオラマの縁に取りつけられているボタンを押すと、大砲の筒の中で小さな赤いランプが光り、スピーカーから大砲が放たれる音が響く。

「この町と軍隊との関わりを表した、ちょっとしたオマージュです」リリヤがうれしそうに言う。「お気づきかもしれませんが、スウェーデン国防軍がここの家主でしてね。とはいえ、おっしゃるとおりです。鉄道を走らせることに熱心なメンバーもいれば、模型づくりそのものに重きを置くメンバーもいます。とことん細部にこだわった完璧な世界をつくりたいとね」

リリヤはアスカーを先導しながら、線路を追って右手の部屋に入る。リリヤの言葉どおり、冬の風景へとレイアウトが変わっており、人形たちも帽子をかぶり、暖かい服を着込んでいる。スキーやアイススケートをしている人形までいる。

「駅から駅までの距離は、実際の縮尺とは違っています。同じにしようとすると、模型が大きくなりすぎてしまいますから。それ以外はすべて本物に近づけるよう努力しています」リリヤは続ける。「例えば、これなんかもそうです」

別のボタンを押すと、除雪車が冬の通りを走りはじめた。

「車などの動くフィギュアは、小さな磁気ループを埋め込んだ土台に乗せて、色づけしています」

アスカーは、その手仕事に感心しきりだった。除雪車のヘッドライトが光り、運転席にはちゃんと人がいる。道路をこする刃の音まで聞こえてきそうだ。

「こちらへどうぞ」リリヤが手招きする。

部屋の奥ではレイアウトの拡張が続いていた。線路がさらに伸びているが、建物などのオブジェはまばらで、合板もまだ色が塗られていない。丘や木々もなく、模型はのっぺりとした、ただの平面にしか見えなかった。

「言うなれば、世界の果てですよ」リリヤが言う。そして「あれです」と、レイアウトの正面の、むき出しの合板の上に置かれた車と二体の人形を指さした。

あの写真と同じだと、アスカーにはすぐにわかった。マリクの黒いゴルフと、その前で自撮りのポーズのまま凍りついた、ふたりの恋人たちの人形。

アスカーは身をかがめ、できるだけ近づいて観察する。髪の色や服装、ポーズ。すべてが、リリヤが送ってきた画像を見て想像していたよりも、これ以上ないほど本物そっくりだった。

「人形を見つけたときの状況は？」

「昨日の午後、この新しいジオラマの作業で、何人かのメンバーとここに来たんです。人形にはすぐに気がつきました。それがやつの狙いだったんでしょう。そうじゃなければ、わたしたちが作業中の場所に置いたりしないはずですから」

「やつ？」アスカーは体を起こす。

リリヤは肩をすくめた。

「うちのメンバーとここの訪問者は、圧倒的に男性が多いんです」

「最後にこのパーツの作業をしたのは？」

リリヤはその質問の答えを準備していたようだった。

「先週の金曜ですよ。みな七時過ぎに帰りましたが、そのとき人形はなかった。それは確かです。その週末は、ここを一般公開していました。土曜と日曜の十一時から三時まで。わたしが知るかぎり、結構な数の訪問者が来ていたようです」

そこでリリヤはわびるようなしぐさをした。

「ここの会長ですから、一般公開する週末はここにいるようにしていますが、先週は都合がつかなくて」

「つまり、理屈上は、訪問者の誰もが人形を置くチャンスがあったと？」

「ええ、理屈上はね」リリヤも認める。「ですが、やっぱりわたしはメンバーの誰かだと思っているんです。過去のメンバーか、いまのメンバーか」

「どうしてそう思うんです？」

「何といってもあの手際ですよ。1／87スケールの人形に色を塗るには、それに適した絵筆と絵具、ピンセット、ライト付きの拡大鏡なんかを備えた作業場が必要ですから」

そこでリリヤは話を止めた。まるで、生徒が話を聞いているのか確認している教師のように。もちろん、アスカーはちゃんと聞いている。

「人形をよく見れば、色づけが完璧だとわかるでしょう？」リリヤは声を潜めて話を続けた。「描き損じや線の乱れは一切ありません。やり方を熟知している人間の仕業ですよ。必要な道具と、技術と忍耐力があって、とことん細かいところまで完璧に仕げたい人間のね」

リリヤは自分の結論に納得したようにうなずいた。

「それに、ご承知のとおり、うちの模型に勝手に人形が置かれたのは、これが初めてではないですし。サンドグレンさんとは話しましたか？」

「サンドグレンは残念ながら入院中です。現時点で、わたしには彼の捜査資料を見る権限がありません」

「ああ、そうだったんですか。何も知らなかったものですから」リリヤは悲しげに眉を寄せた。

「少し話を戻しますが」アスカーは言った。「会長になってまだ日が浅いとおっしゃってましたね」

「ええ、そうなんです。校長の職を得て、数年前に家族でこちらに越してきました。実を言うと、わたしはこの近くで育ちましてね。鉄道模型には昔から夢中でしたから、当然クラブに入会したってわけです。いわゆる同好の士のたまり場に」

リリヤはまた眼鏡を押し上げた。もう五回はやっている。

「最初はわたしも、単なるメンバーのひとりでした」リリヤの話が続く。「ですがすぐに、当時の会長に対する不満が爆発しそうになっていると気づきました」

「どんな不満ですか？」

「そうですね……」リリヤはそわそわと体を動かした。「ウルフ・クルックが長いこと会長をやっていましたが、だいぶ年をとってきましてね。そろそろ新たな会長を迎えるべきだということになり、去年の十二月の年次総会で、わたしが会長に選出されたんです」

「ウルフの反応は？」

リリヤは気まずそうに笑った。だが勢いづいたのか、続きを話さずにはいられないようだ。

「正直なところ、いいとは言えませんでした。ウルフは気難しい人ですし、父親がクラブの創立メンバーのひとりでしてね。ウルフもその取り巻きも、会長になるのは、言ってみればウルフの生まれながらの権利だと思っているんです」

「もめましたか？」

「ええ、残念ながら。年次総会は大荒れでした。ウルフが会長を降りるのを拒みましてね。最後は警察まで呼ぶ始末です。本当に遺憾《いかん》な出来事でした」

どれほど遺憾だったのかを示すように、リリヤは顔をしかめた。

「ウルフの忠実なる信奉者たちが、あらゆる手段でこちらを脅してきました。何か月かすったもんだがありましたが、いまは落ちついていています」

「そこにどうベングト・サンドグレンが関わってくるんです？」

「わたしが会長に選ばれてからしばらくして、サンドグレンさんから連絡がありました。たしか昨年のクリスマスの頃だったかと思います。なんでもサンドグレンさんは重大な事件の捜査中で、模型に見慣れない人形を見つけたら、すぐに知らせてほしいと言ってきました」

「それで、あなたは言われたとおりにしたと」

リリヤがうなずく。

「それから何週間か経って、スプレーで落書きをしている人形を模型の中で見つけました。六〇年代にはまずあり得ない。メンバーはみな、ウルフの仕業だと決めつけていたんですが、サンドグレンさんから連絡するよう言われていましたので、ともかく知らせたというわけです。サンドグレンさんはその日のうちにここに来て、写真を撮り、人形と落書きの両方を持って帰りました。ゴム手袋をはめたりして、それはもう真剣な様子でね。わたしも驚きましたよ。ですがサンドグレンさんは、以前も同じようなことがあったと言っていました」

「何回あったか、言っていましたか」

「少なくとも三回はあったそうです。わたしの聞き間違いでなければね。その件で、サンドグレンさんはウルフと連絡を取っていたようでした。それ以上のことはわかりません。ウルフも何も言いませんし。それに言ったとおり、人形のことはウルフの仕業だと、メンバーたちは思い込んでいますから」

「あなたはどう思いますか？」

リリヤがまた首を掻《か》く。

「わたしは人のいいところを見ようと努力していますが、ウルフに関していうと、それは簡単ではない、とだけ言っておきます。ウルフは難しい人です。それでも、対立していようがいまいが、ああいうことはやるべきじゃない。これは、ほかの模型制作者に対する敬意の問題です。わたしたちの主義に完全に反することだ」

「どういうことです？」

「もう言いましたが、鉄道模型というのは、列車を置けばいいというものじゃないんです。例えば、これを見てください」

リリヤが模型の中の建物を指さす。

「わたしたちは、ここに学校を建てました。子どもたちが校庭で遊んでいるのが見えるでしょう？　けんけん遊びをしている子もいれば、ボールを蹴っている子もいる。用務員が落ち葉をかき集め、郵便配達員が自転車で通りすぎ、あの木にはネコが座っています。ここにあるのは、みなで語り合えるすばらしい物語で、みなで作りあげる世界の一部なんです。こんなことをする人間は――」

リリヤは手を振って、スミラとマリクの人形を示した。

「――共同作業なんてどうでもいいと思っている。ただ自分の物語を語りたいだけだ」

言いたいことは言ったというように、リリヤは背筋を伸ばした。

「どこに行けばウルフ・クルックと会えますか?」

リリヤは驚いたように見えた。「ええと、ウルフはずいぶん前に退職してますから、家にいると思いますよ。ですが……」

「何です?」

リリヤは眼鏡を押し上げ、声を落として言った。

「言ったように、ウルフは独特なんです。かなり寂しいところで暮らしてましてね。わたしはここで、警報装置の会社のダニエルを待ってなきゃいけません。それに、わたしとウルフは水と油なんですよ。ですから……」あれこれ言い訳するのが苦痛だというように、リリヤは身をよじっている。

「何が言いたいんです?」

リリヤは深呼吸して言った。

「わたしが言いたいのは、ひとりで行かないほうがいいということですよ」

ヒル

マーティン・ヒルのオフィスからは、野外ジムを備えた公園が一望できる。ヒルはよく、寒い時期などは特に、コーヒー片手にオフィスに腰を下ろし、眼下で汗を流すまばらな人影を眺める。持ち上げたり、押したり、引いたり、引っ張ったり、ジャンプしたり。こんなひどい天気の日も外に出て、自らを痛めつけるという軍隊の訓練めいたことをしている人を見ると、感心せざるを得ない。

ヒル自身は、かなりものぐさなほうだ。自転車で走るくらいがちょうどいい運動なのだ。それに、運よく父親の代謝の良さを受け継いでいるので、食べるものや飲むものに気を使う必要がない。

今日、外のジムにいる人間はひとりだけだ。鋼の決意で、ひとつの動作も抜かすことなく、次から次へとエクササイズをこなしていく。

その粘り強さに、ヒルはレオ・アスカーを思い出した。

ここのところ、MMにミィを紹介されてからというもの、ヒルはよくレオのことを考える。

ミィはレオよりも背が低く、小柄で、髪の色も黒いが、ふたりには似たところがある。強さと弱さの両方を合わせ持っていて、ヒルはそこに抗いがたい魅力を感じる。レオには、九年生のときのクリスマスを最後に、もう長いあいだ会っていない。それでも、レオへの思いはヒルの頭の片隅でくすぶり続けている。ヒルを悩ませ続けている。

だからこそ、この誘拐事件に強いショックを受けたのかもしれない。まるで自分に関わることのように。

もちろん、インターネットでレオのことを検索したが、何もわからなかった。ソーシャルメディアにも顔を出していない。レオの過去を考えると、それも当然に思える。プレッパー・パールは、学校のアルバムだろうと娘の写真を撮らせなかった。政府のやつらに見られるといけないから、といって。

レオの母親と継父、妹と義理の弟のことは、検索すると簡単に見つかった。みな、マルメ随一の法律事務所と名高いリサンデル・アンド・パートナーズで仕事をしている。

事務所のウェブサイトには、プロのカメラマンが撮影した家族全員の顔写真が載っていた。

写真を見たところ、レオの妹のカミーレは、記憶の中のレオを少し優しげにした顔つきをしている。

カミーレの夫、フレドリック・ギリングは、いかにも法律家という雰囲気だ。横分けの髪、高そうなスーツと時計。信頼感と真面目さを演出する、冷静な笑み。イザベルの夫、ジュノーが写真の中で浮かべているのと、ほとんどそっくりの表情だ。

レオの母親であるイザベルが最高権力を握っているのは明らかだ。

ゆるぎないまなざし、意志の強そうな口元。話を聞くより聞かせることに慣れた者のたたずまい。

人を従わせることにも。

ヒルは実際、イザベルに会ったことがある。おぼえているのは、レオとイザベルのどちらもが、一緒にいて気まずそうにしていたことだけだ。

レオは、両親の離婚後、母親や妹とマルメで暮らすこともできたが、その頃はプレッパー・パールもいたって普通だったから、と言っていた。

レオはパールを愛し、尊敬していたからこそ、父親のほうを選んだのだった。それ以来、レオとイザベルの関係はぎくしゃくしたままだ。

ヒルは椅子の背にもたれた。イザベルの事務所に電話をかければいいだけの話だ。親しみのある口調で、レオとは子ども時代の友人だと説明して、連絡先をたずねればいい。たぶん、うまくいくだろう。人を信用させるのは得意なのだ。

それでも、ヒルは電話ができずにいる。

理由ははっきりしている。この十六年間というもの、ヒルはジレンマに悩まされてきたのだ。いまのように、それこそ数えきれないほど何度も電話をかけようとした。だが結局、罪悪感に負けてしまうのだ。

コーヒーを飲み干すと、パソコンに向かう。今日中にやるべきことが待っているが、仕事をする気分ではなかった。

代わりに、学生のデータベースを起動し、ミィの名前と住所を検索する。にらんだとおり、ミィという名前の学生はヒルの講義を履修登録していなかった。

だがヒルは、講義で何度かミィの姿を見た気がしていた。大学の門は鍵がかかっているわけではないので、ときにはこの大学の学生ではない人間が講義を聞きにくることがある。たいていが、ヒルに興味を持った都市探検家だ。ミィもそうかもしれない。あるいは、面白半分にMMについてきただけかもしれない。

ヒルは頭の中で、昨日のミィとの会話を何度も繰り返していた。ミィの最初の返事から、どこか不自然に手を振るところまで。

ミィは冷静を装っていたが、MMの名前を出したときは不安そうだった。ヒルには、ミィが助けを求めているようにさえ思えた。ミィは無意識のうちに合図を送っていたのだと。遠い昔にレオがしたように。

あのときのヒルは若すぎて、関わることを避けた。

だがいまは年を取り、賢くなり、もっと力がある。

とはいえ、苗字さえわからないのに、ミィをどう助けるというのだ。

いら立ったヒルは、椅子に強くもたれかけた。

そのしぐさにデスクが揺れ、デスクライトに置いてあった小さな模型の人形がひっくり返る。もう十回くらいは同じ目に合っている。ヒルは人形を手に取ると、ポケットに収め、窓の外にふたたび目をやった。

野外ジムにいたエクササイズマニアは、どうやら今日は終わりにしたようで、十月の弱い霧雨の中を走り去っていく。

そしてヒルの視界から消えた。

レオ・アスカー。ヒルはまた考える。

彼女のような人間に、これまで出会ったことはなかった。

十七年前

「馬鹿なやつら」レオはつぶやく。

レオは肩にジムバッグを引っかけ、ロッカーの前に立っている。シャワーを浴びたばかりで、髪は濡れたままだ。スチールの扉はまたへこまされ、開かなくなっている。しかも今度は、誰かが殴り書きを残していた。

キモイやつ、と下手な字で書いてある。

今年も残り数週間になり、九年生の人気者たちはますます手がつけられなくなっていた。規則すれすれまでやってやろうと決めたらしい。

いったい何なのよ。じきに卒業だっていうのに。

だからこそ、タガが外れたのかもしれない。人気も、力も、いまが彼らの絶頂期なのだ。

レオは振り返り、マーティンを探した。いつものように、スクリュードライバーを借りようとした。

だが、休憩時間が重なっているはずなのに、マーティンの姿はない。

レオは眉をひそめ、廊下の奥に目をやった。

トイレの辺りで騒動が起きている。荒っぽい動き。がさつな笑い声。

「色黒のチビをひっくり返せ！」誰かが叫んでいる。

関わるのはよしたほうがいい。あと何週間かすれば、あいつらはみんないなくなる。

レオは歯を食いしばった。

ロッカーの扉に書かれた言葉を見つめる。廊下の向こうから、どっと笑い声があがる。

レオはジムバッグを下ろし、濡れたスポーツソックスを取り出すと、廊下を歩いていく。

初夏の風を通すため、入口のドアのひとつが丸い石で固定され、開けっ放しになっている。

その石を拾い上げ、靴下の中に入れる。空中で振り回して伸ばし、重さとバランスを確かめる。しばらくすると靴下は一メートルほどの長さになり、石は爪先におさまった。それを背中に隠し持つと、レオはトイレへと向かった。

やじ馬たちが輪になっていた。興味本位で集まった、いろんな学年の生徒たち。面白がると同時に、自分でなくてよかったとほっとしている。

開いた個室の扉の向こうで、人気者の上級生ふたりが、水の流れる便器の中にマーティンの頭を押し込んでいた。

さらにもうひとり、Yで終わる名前ということしか知らない、イミテーションのステーキみたいな赤ら顔の生徒が横に立ち、命令していた。

「奥まで突っ込んで、さっぱりさせてやれ」

三人いるということは、すばやく動かなければいけない。迷っている暇はない。

レオはやじ馬たちの輪の中に踏み込んだ。「なんとかY」が気づき、満面の笑みを浮かべる。

「これはこれは。キモイやつのお出ましだ。このチビを助けに来たってんなら——」

靴下が風を切り、一瞬で弾みをつけると、ドスンと音を立てて「なんとかY」の股間を打つ。「なんとかY」はうめき声をあげ、自分の大事な部分をつかんで膝から崩れ落ちた。

ふたり目がとっさにマーティンを離し、一歩前に出る。

さらにもう一歩進もうとしたところで、風を切って飛んできた石に顎か鼻先を打たれる。

ふたり目はうめき声をあげ、手で顔を覆うと、ふらふらと倒れ込んだ。

三人目の上級生は、まだマーティンの首を押さえていた。

次に何が起きるかわからない様子で、倒れているリーダーとレオを、ぎょろついた目で見つめる。

レオは靴下を揺らし、大きな音を立てて振り回すと、首をかしげ、様子をうかがう。

三人目はマーティンを離して個室からはい出てくると、哀れっぽい声を出し、怯えながら壁のほうへ逃げ込んだ。レオは靴下を振り回すスピードを落とし、腕を下ろす。

「なんとかY」は床に倒れ、痛みでうめいていた。その子分はというと、顔を手で覆い、壁際に倒れ込んでいる。手の隙間から血とよだれを垂れ流しながら。

その周りを、あっけに取られた生徒たちが半円状に取り囲んでいたが、誰ひとりとして、目の前で起きた出来事を理解できずにいるのだった。

アスカー

雨が不規則な音を立てながらフロントガラスを叩いている。うっそうとした木立の合間からのぞく灰褐色の地面が、この雨でいっそう陰気に見える。落葉樹の森はほぼ姿を消し、しぶとく生き残った数本のカバノキが、針葉樹の中で黄金色に光っていた。

道幅は狭くなり、アスファルトもひび割れ、空には低い雲が立ち込めようとしている。

目的地までの道のりも残り半分というところで、携帯電話が鳴った。妹からだ。アスカーはいつものように電話を無視した。あとで送られてくる、お決まりの長ったらしいテキストメッセージが届くのを待つ。

カミーレが電話をかけてくる理由はふたつしかない。近々に迫った誕生日の話か、そうした祝いごとに招待したいか。そのどちらにも、アスカーはまったく興味がわかないのだった。

ウルフ・クルックの家は、ヘスレホルムの北側の、木々に覆われた丘に建っていた。

踏みならされた砂利道が母屋《おもや》へと続いている。私道につき、用のない者は近寄るな、と書かれた錆びついた標識が見える。道には茶色い雨水の溜まる窪《くぼ》みがあちこちにでき、車をジグザグに走らせなければならない。車の上には、青緑の針葉樹が重苦しい天井のようにせり出していた。

ときおり、森のさらに奥に続いているらしき側道が姿を現し、その行き止まりには、いまにも壊れそうな小屋がちらっと見えることがある。傾いた郵便ポストが、住人の存在をうかがわせていた。

目的地へと車を近づけると、開けっ放しのスイングゲートが側溝へと傾いている。門柱には新たな標識が掲げられ、私有地につき侵入者の安全は保証しない、という警告が繰り返されていた。脅しのつもりなのか、金属の標識に銃で撃った穴が残っている。

前庭はもはや泥沼だった。雨が水たまりを嵐のように巻き上げ、暗い水面を波立たせる。

前庭の左手には大きな納屋が建っていて、苔むしたスレート屋根はところどころ崩れ落ちている。右手にはトタン板のオープンガレージがあり、長いこと動かした気配のない車の残骸《ざんがい》や錆びついた機械でいっぱいだった。

敷地の中でも、母屋はひときわ目立っている。幽霊屋敷を地でいくような、陰気なゴシック建築風の、ごちゃごちゃとした三階建ての建物だ。アスカーはこんな家を、少なくともスウェーデン国内では見たことがなかった。木造のファサードは汚れと苔でまだら模様になっている。その上には好き勝手な方向に傾いた、切り立った屋根が乗っていた。

屋根の上に黒猫をかたどった風向計が見える。その傍《かたわ》らの切妻屋根の上に二羽のカラスがとまり、近づいてくるアスカーをもの珍しげに見つめていた。マダム・リンドの家の外にいたミヤマガラスの姿が脳裏をよぎる。

この家に来たことはなくとも、この場所の雰囲気にはどこか見おぼえがあった。人けがなく、陰鬱で、外の世界への猜疑心《さいぎしん》が漂っている。シャドーランズ、とアスカーが呼んでいた場所。何もかもが見かけとは違っている場所。

プレッパー・パールの世界。

玄関の前には、車が五台並んでいる。どれも十年はくだらないだろう。

そこから少し離れた場所に、汚れた黒いヴァンが駐まっていた。アスカーはその隣に車を駐めると、ジャケットのボタンを留め、雨よけにと襟を立て、ドアを開けた。電気自動車はほとんど音がしないので、アスカーが来たことに誰も気がついていないようだ。

玄関へは急なコンクリートの階段が長々と続いていた。ドアにチャイムはなく、重そうな金属のノッカーがついているだけだ。ノッカーの音が家の中に小さく響いたが、誰もドアを開けない。

アスカーはもう一回、今度は強くノッカーを打ちつけたが、結果は同じだった。

階段を下りて窓から中を見ようとしたが、家は高い土台の上に建っており、のぞき込むことはできない。それでなくとも、窓にはぶ厚いカーテンが引かれていた。

アスカーの腰くらいの高さのところに、地下室の窓がある。アスカーはガラスに丸めた手をかざした。窓の内側には格子がはめられており、中はボイラー室のようだ。さらにその向こうに、作業場のようなものが見える。

アスカーは壊れた雨どいから流れ落ちる水をかわしながら、家の周りを回った。芝生は雑草の苗床のようになり、果樹も荒れ放題で、伸びすぎた枝が飛び出している。

次の角の手前までくると、裏口へと続く、ひび割れたコンクリートの階段が見えた。

屋根の上のカラスが、警告するように鳴き声をあげる。

驚いたアスカーは足を止め、慎重に辺りを見回した。

誰の姿も見えない。動くものは、地面に降り注ぐ雨だけだ。

三つ目の明かり取り窓の向こうは、意外なほど整然とした作業場だった。ライト付きの拡大鏡が据えつけられた作業台。壁には大小さまざまな工具が列をなし、棚には塗料の缶とブラシが並ぶ。リリヤが言っていたとおりのものが揃っている。

窓際のテーブルの上には、模型の家と、数えきれないほどの小さなプラスチック人形が乗せられている。携帯電話を窓に近づけ、何枚か写真を撮っていると、いきなり破裂音がして、アスカーははっとした。

銃撃だ。

アスカーはすばやく振り向くと、しゃがみ込み、辺りを見回した。

ふたたび銃声が聞こえ、アスカーは確信した。大口径のピストルかリボルバーで、至近距離から撃ってきている。

裏口の階段と外壁のあいだへともぐり込みながら、アスカーはとっさにジャケットの内側に手を入れ、銃を探した。だが手で確かめるまでもなく、状況を思い出す。

警察本部に銃を取りに行かず、家からまっすぐここに来たのだった。

プレッパー・パールなら、この過ちの罰として、何時間もの労働を課すところだ。これは正式な捜査ではなく、鉄道模型クラブを訪ねに来ただけで、銃撃されるなど思いもしなかったという言い訳も通じないだろう。とはいえ、銃で撃たれることを想定している人間がどれほどいるというのか。

銃撃は三発、四発と続いた。銃声が少しくぐもっているのは、最初のとは別の銃から発砲されたからだろう。ということは、狙撃手《そげきしゅ》はふたりいる。

だがアスカーは、銃弾が風を切る音も、何かに当たる音も聞いていない。五発目に続いて、六発目、七発目の銃声が響く。それから悲鳴、というより歓声が聞こえた。

アスカーは慎重に立ち上がると、鼻先から雨粒を払う。

銃撃は自分を狙ったものではない。おそらく、誰かが何かの標的に向かって撃っている。

そっと角を回り、家の裏手へと向かう。庭の成れの果てが納屋まで続いている。深紅に塗られていた納屋の正面は日に焼けて色あせ、黒い屋根はタイルがはがれて穴が開いている。納屋の中央にあるスライドドアは開いていて、中から声がしていた。

アスカーは庭を突っ切り、声のするほうへと進んだ。雨音に消されないよう、わざと砂利を蹴って歩く。

納屋の近くまで来ると、「すみません」と声をかけた。

武器を持っている人間を驚かせるのは、得策とはいえない。

声がやみ、黒い革のジャケットを着て、顎髭を生やした赤ら顔の男が納屋から出てきた。

男は大きくて丸い、金属溶接用のゴーグルをつけている。服装と相まって、ＳＦの登場人物のように見える。

男はアスカーをにらみつけると、納屋に消えた。

アスカーはゆっくりと近づき、戸口で足を止めた。

納屋は長さ二十メートルくらいで、奥のほうに、朽ちてボロボロになった大きなわら俵《だわら》が横たわっている。それ以外には何もなかった。木の壁は屋根と同様に穴が開いており、光や雨が差し込んでいる。部屋の中は湿気と火薬のにおいがした。

納屋の真ん中にはテーブルが据えられ、その上に拳銃が三丁と、弾薬の入った段ボール箱が数箱置いてある。

わら俵の上に、人の形をした等身大の段ボールがふたつ立てかけられていた。

髭の男は、年配の男の隣に立ち、何かを話しかけていたが、アスカーには聞き取れない。

「あんた、どこのどいつだ?」年配の男のほうが、ゴーグルを額へと押し上げながら言う。七十歳くらいのがっしりとした男だ。ベルトとサスペンダーでジーンズを吊り上げ、黒いフリースのジャケットを羽織り、白髪頭を撫でつけてポニーテールにしている。大きな顔は、伸ばしているのか、ただの無精髭かわからない髭に覆われていた。首に引っかけたひもから耳栓がぶら下がっている。

「ウルフ・クルックを探しているのですが」アスカーは言った。

「それであんたは?」

アスカーが警察手帳を示す。

男たちは顔を見合わせた。

「へえ、町から来たお巡りってか」男は含み笑いを漏らす。「それが、こんな山奥にひとりで来るとはな」

明らかにウルフ・クルックと思われる男は、黄色い痰を勢いよく地面に飛ばした。

「同僚のベングト・サンドグレンと、鉄道模型のことでやりとりしていたとか」

「サンドグレン、あの飲んだくれか」ウルフは意地悪そうに口元をゆがめる。顎髭男も申し合わせたようににやにや笑った。

「サンドグレンとはどんな話を？」

ウルフがうなり声をあげる。

「あいつに聞けよ！　お巡りと話をする気分じゃない。見てのとおり、試し撃ちをしとるんだ」テーブルの上の銃を指さす。「聞かれる前に言っとくが、銃を扱う許可も取っとるし、何もかもちゃんとしとるからな。こいつは本物の銃だぞ。あんたらお巡りが使ってるような、ひょろっちい９ミリとはわけが違う」

ウルフはアスカーに向かってうるさそうに手を振ると、会話は終わりだと言わんばかりに耳栓とゴーグルをいじくり出した。

アスカーはテーブルに目をやった。リボルバーが二丁と、セミオートマチックのショットガンが一丁。

「わたしなら、そんな伸びたチンポみたいなリボルバーよりも、ひょろっちい９ミリ

た。

「話す気分になったら、教えてあげてもいいけど」気のない顔つきでアスカーは答えた。

「何だと?」ウルフが身を固くする。「357のどこが悪いっていうんだ」

のほうをとるけど」平然と首を振り、アスカーは言った。

「357は金で買える銃のなかじゃ、最高の銃だぞ」怒ったようにウルフが言い返す。

「そう思いたいなら、どうぞご自由に」アスカーが肩をすくめる。

「おまえさんに、銃の何がわかるっていうんだ。こいつみたいなデカブツ、生まれてこのかた触ったこともないだろうが」ウルフはからかうように、自分の股間とテーブルの銃をひけらかす。顎髭男も一緒になって薄ら笑いを浮かべている。

「じゃあ、こうしない?」アスカーは提案した。「わたしがそこに置いてある銃のモデルを当てて、警官の銃よりも使えないわけを言えたら、わたしの質問に答えて」

アスカーは、オッドアイの眼を頑固な老人へと向けた。

ウルフは餌に食いついた。

「いいだろう」嚙みつくように言うと、一歩横にずれ、アスカーからテーブルを隠す。

しばらくして、ようやく察した顎髭男がその横に並んだ。

「さて、お嬢ちゃん」からかうようにウルフが言う。「始めてもらおうか」

「それじゃあ」アスカーは応じると、男たちが隠しているテーブルに顎をしゃくった。

「ご自慢のその357は、ルガーGP100。まずまずのリボルバーだけど、ちょっとオールラウンドすぎる。特にこれって強みもないけど、悪いところもない」

そこでアスカーは皮肉っぽく笑う。

「そっちのデカブツもどきは、44マグナム。もっと正確に言うと、スミス・アンド・ウェッソンのモデル29。ダーティハリーが、本物の男にしか持てない銃だとか、ホモっぽい台詞《せりふ》を吐いてから、銃マニアにもてはやされている」

アスカーの言い方と笑みが、皮肉っぽさを増す。

「賭《か》けてもいいけど、この十五分くらいのあいだに、あんたたちのどっちかは、そのマグナムを振り回して**ツイてると思うか？　クソ野郎**とかなんとかほざいてたんじゃないの？」

顎髭男が気まずそうに視線をそらす。

「マグナム44も、別に悪くはない」アスカーは続ける。「でも重いし、音はうるさいし、357もそうだけど、撃った反動がすごい。そんな大砲で一発撃ってから次を狙うあいだに、わたしの9ミリの拳銃なら三発は撃てるし、カートリッジにはまだ十二発も残ってる。リボルバーは五発だけ。ダーティハリーみたいに弾を数えるまでもない。9ミリは軽くて、ベルトに挟んでもかさばらないし、すぐ引き抜ける。そんなこんなで楽勝、ってわけ」

ウルフが顔を真っ赤にし、口を半開きにしてアスカーを見つめる。顎髭男はもっと驚いた顔をしている。

「そっちのショットガンはレミントン870」アスカーはつけ加えた。「いつも売れ筋の、連射式のショットガン。いわゆるマスかき銃ってやつ。装塡《そうてん》するときの手の動きが似てるから。連射式のショットガンだったら、わたしならモスバーグ590を選ぶ。レミントンの二倍は弾を充塡《じゅうてん》できるし、見た目も洒落《しゃれ》てる」

アスカーはクールな笑みを浮かべ、話を終わらせた。

「何言ってやがる……」ウルフがあえぐ。

この男に話してやってもいい。アメリカに交換留学していた一年間、アスカーは射撃練習場でアルバイトをしていたのだと。だがそのずっと前から、銃の扱いはお手のもので、ここにある銃のどれだろうと、分解して組み立てなおし、充塡して、わら俵の上の標的を紙吹雪に変えることだってできるんだと。

だが、そんなことは一切言わない。

「常識でしょ」また肩をすくめながら、アスカーはこともなげに言う。「次はこっちの質問に答えてもらいましょうか」

マリーと初めて会った日から三日後の夜、彼は彼女の家の裏庭にいた。

家の窓はほとんどが真っ暗だったが、三階にひとつだけ、ランプのうっすらとした光が見える窓がある。空気は、露と刈りたての草のにおいがした。

彼はいつもの安全対策をとらなかった。明るいうちに下見に来ることも、スペアキーの隠し場所を見つけることもしなかった。

もうその必要がないからだ。熟練し、音も立てずにひっそりと動けるようになった彼は、透明人間も同然だった。

裏口に鍵がかかっていないことがわかったとき、彼はいささか自信過剰になった。この家にいる者たちは、自分のような人間がやってくるとは思いもしないのだ。

深夜の訪問者。侵入者。

数分のあいだキッチンでたたずむと、彼はいつものルーティーンを始める。暗闇に目をならし、聞こえてくる物音に耳をすます。どれが自然の音で、どれが住人の立てる音かを聞き分ける。

いつもながら、この儀式は彼を興奮させる。ポケットの中の、顔のない小さなプラスチック人形を指でまさぐる。

この家は、彼のものになろうとしている。数分後には、彼は三階の暗がりに立ち、ここに暮らす人々を眺めることになる。

ベッドですやすやと眠る人たちを、まったく気づかれることなく観察する。彼らを支配するのだ。

起きていようが眠っていようが同じことだ。年齢も、職業も、立場も関係ない。この暗闇の中では、すべてが彼のものになる。

そんな空想は、くぐもったうめき声に打ち破られた。

それを聞いた途端、背筋を冷たい衝撃が走り抜け、体がこわばる。

犬だった。大きなジャーマン・シェパードで、その存在を彼は完全に見過ごしていた。犬はゆっくりと、彼の方に向かってきている。暗闇の中でも、犬が背中の毛を逆立て、歯をむき出しているのがわかる。

「い、いい子だね……」彼はささやいたが、恐怖に震える声で言っても、犬を余計に大きな声でうならせるだけだった。ついに犬は吠《ほ》え声をあげると、飛びかかってきた。

横に飛びのいたとき、すぐそばで犬の顎が鳴る音がした。

彼の腰がキッチンワゴンにぶつかる。とっさに天板をつかみ、自分にそんな腕力があったことに驚きながら、犬に向かって投げつけた。

テーブルがぶつかる大きな音と、陶器が割れる音が部屋の中に鳴り響く。犬の狂ったような吠え声も。

彼は裏口へと走った。途中にそんなものがあるとは気づかずに、犬の食器につまずいたが、ぎりぎりバランスを立てなおす。

後ろで石のフロアを引っかく爪の音が響き、その声が遠吠えに変わる。だが危機一髪、彼は裏口のドアをすり抜け、犬が飛び出してくる前にどうにかドアを閉めた。

身をかがめ、彼は庭を走り抜けた。芝生に窓の四角い光が落ちている。寝室の明かりがついたのだろう。窓へと駆け寄る住人の影が見え、叫び声が聞こえた。ということは、姿を見られてしまったのだ。

家の裏手の低い垣根を飛び越えたとき、片足に傷を負ったことに気づくが、立ち止まって確認する暇はなかった。

自転車を漕いで家に帰りついたとき、ようやく痛みがアドレナリンを上回った。

ズボンが大きく破れ、血だらけになっている。あの犬に嚙まれていた――あるいは、ワゴンをひっくり返したときに切ってしまったのか。幸い傷口はそう深くなく、自分で手当てできそうだった。

それでも、この傷が何よりの証拠だ。
彼は透明人間などではないし、不死身でもない。
涙がこみ上げてきて、ガレージの裏の暗闇に突っ立ったまま、彼は泣いた。
村のほうからサイレンの音が聞こえてきて、ようやく我に返ったのだった。

アスカー

ひび割れた階段を上がり、勝手口から中へ入ると、そこはくたびれたキッチンだった。この家はどこもかしこもそうらしい。擦り切れたリノリウムの床、汚れた食器。がたついたテーブルには染みだらけのオイルクロスのカバーがかけられ、四脚のスピンドルチェアが囲んでいる。

ほかの部屋は、ごつごつした木のドアの向こうに隠れている。だが、そのドアの隙間から、何かがにじみ出ている気がする。古くさい、不愉快な空気が。

「変わった家」アスカーが言う。

「俺のじいさんが設計して、建てたんだ。ちょっといかれたじいさんでね」

ウルフ・クルックは椅子にどさりと腰を下ろした。

アスカーはその反対側に座る。

顎髭男は妙なマグカップを二個取り出すと、アスカーとウルフにコーヒーを注いだ。自分の分はない。腰は下ろさず、カウンターにもたれると爪を嚙みはじめた。ひとこともしゃべろうとしないが、その目を見れば、必死に聞き耳を立てているのがわかる。

アスカーのちょっとした講釈を聞いて、ウルフは話す気になっていた。この老人は約束を守るつもりらしい。

「あのお上品ぶった校長が、あんたをここへ寄こしたってわけだ」ウルフが言う。「去年のクリスマスだったか、壁に汚ねえ言葉を落書きしてる人形が、模型に置いてあったって聞いてるがな。まったく笑わせてくれるじゃねえか」

ウルフが歯を見せて笑い、顎髭男もすぐにまねをする。

「言っておくが、リリヤは聖人ぶってるが、ただのまぬけ野郎だよ。あいつの父親は、自由教会の牧師だった。そんでリリヤは気取って校長なんぞやってるが、自分の息子もろくに扱えんからな。てんで役立たずだよ、あいつは」

そこでウルフの笑みに影が差し、口調も険しくなる。

「俺は十八年も会長をやってたんだ。そこにリリヤが割り込んできて、面倒を起こしやがった。俺の親父は、会を立ち上げた人間なんだぞ――」

「そのことは聞いてる」アスカーがさえぎる。「話を先に進めても？　模型に置いたおぼえのない人形が、最初に見つかったのは？」

ウルフは怒りの目を向けると、汚いナプキンで騒々しく鼻をかんだ。

「少なくとも十年まえだ」つぶやくように言う。「十五年くらいかもな。メンバーの誰かが、模型の中に、時代が新しすぎる車があるって気づいてな。つまりだ、模型の時代は六〇年代後半までって決めてあるのに、その車はもっと新しかったんだよ。八〇年代か九〇年代の車で、横には人形がふたつ置いてあった。俺は悪ふざけだと思ったよ」

「どうしてそう思った？」

「そうだな……」ウルフが小指で耳をほじくる。「いま思えば、あれは不細工な車だった。ドアの色もちぐはぐで、錆みたいな染みにまみれてたしな。それに、横に置いてあった人形の片っぽは、バールを持ってやがった。俺たちの完璧な模型に、クズ野郎ふたりとポンコツの車を置くなんざ、エイプリルフールのにおいがプンプンするじゃねえか。そんでも、誰も自分がやったとは言わなかった」

「写真は撮った？」

ウルフは鼻でせせら笑う。

「撮るもんか。笑い飛ばしただけさ。あんながらくたは捨てちまったよ」

「でも、また同じことが起きた。それはいつ？」

音を立ててコーヒーをすすると、ウルフが答えた。

「はっきりとはおぼえてないな。あの車の一件から、何年か経ってたことは確かだ。妙に手の込んだやつだった。メンバーのひとりが、親指を立ててヒッチハイクしてる人形を見つけたんだ。そいつはヘッドホンをかぶっていたんだが、そいつが問題なんだよ。六〇年代のガキどもは、そんなもんつけとらんかったからな」

ウルフが手で耳を覆う。

「まったく、よく見つけたもんだ。だってよ、人形はせいぜい二センチくらいで、模型にはそういうのが山ほど置いてあるんだ。まあ、つまらんことに目を光らせるメンバーもいるからな」

「そのヘッドホンをかぶった若い男のヒッチハイカーが、模型で見つかったふたつ目の人形だったと？」

「そうだ。あんた、メモを取らねぇのか？」

アスカーは質問を無視した。

「そのとき、写真は撮った？」

「いいや」ウルフが首を振る。「俺は見てもいないんだよ。集会のときに話が出たんだったか。そんときも、誰も自分がやったと白状しなかった」

「三度目は？」アスカーはたずねた。リリヤから聞いた話は、細かいところまですべて記憶しているのだ。それこそ、眠っていても復唱できるくらいに。

ウルフがいらいらとマグカップを指先で叩き、顎髭男が大急ぎで注ぎ足す。

「三度目は、一、二年前だ」ウルフが答えた。「見つけたやつは、たいしたことじゃねえのにいちいち騒ぎ立てて、俺に相談もなしに警察に通報しやがった。俺だったら放っておけと言っただろうよ」

「なぜ?」

ウルフはまた鼻を鳴らした。

「役所や警察の人間とは、なるべく関わりたくないからな」

その言い方に、アスカーは聞きおぼえがあった。プレッパー・パールとウルフ・クルックは、うまくやっていけそうだ。少なくとも最初のうちは。結局は、相容れぬ関係になるだろうが。

「警察に通報したおかげで、あんたのお友だちのベングト・サンドグレンがやってきたってわけだ」ウルフが話を続ける。「酒のにおいをプンプンさせて、さっきまで車で寝てましたってな顔をしてな。ズタボロもいいとこだったよ」

また小指で耳をほじくりながら、ウルフは笑った。

「だが人形を見た途端にしゃきっとしてよ。頭ん中の電球がついたみたいにな。写真をどっさり撮って、そんな大層なものかってくらい気をつけて人形を包んでたな」

「その理由を、サンドグレンは言っていた?」

ウルフは、小指の爪をしげしげと見つめる。

「いいや。あんたみたいに、あれやこれやとうるさく聞いてきただけだ。俺もうんざりしてきて、失《う》せろって言ってやったんだ。またこの辺をうろついて、人のことに鼻を突っ込んで回るんなら、ろくなことにならねぇぞってな」そう言いながら、ウルフはテーブルクロスに耳かすをなすりつけた。

「どんな人形だった?」アスカーがたずねる。「サンドグレンが持っていったのは」

ウルフは唇をめくった。歯は黄ばんでガタガタで、犬歯は獲物を狙う動物のようにやたらととがっている。

「あいつに聞けばいいじゃないか」

「サンドグレンは入院中で、面会謝絶だから」

「なるほどな」ウルフが唇を鳴らす。「アル中のリハビリか?」

ウルフが返事を期待するような目で見てきたが、アスカーは何も言わなかった。

「人形だけど」アスカーは繰り返す。「どんなものだった?」

ウルフは、またにやにやと笑った。

「そうだな、あんときのは、まったく趣味が悪いってやつさ」ウルフが身を乗り出す。

「人形はふたつで、ジオラマの森の中に置いてあった。ひとつはブロンドの女で、走ってたよ」

「走っていた? ジョギングしていたってこと?」

「違う、違う。そういうんじゃない」

ウルフが首を振る。

「逃げるみたいに走ってたんだよ。死ぬほどおっかないものに追いかけられてな……」

ウルフはさらに身を乗り出す。目をギラギラと光らせ、コーヒーとすえたにおいが混じった息を吐く。斜め後ろにいた顎髭男は、爪を嚙むのをやめ、聞き耳を立てている。

「女の後ろの森の中には、男の人形が置いてあった」ウルフは話を続ける。「どう見ても、そいつが女を追いかけていた。女は一目散に逃げていた。こっからが、ちょいと不気味な話なんだがな」

ウルフは言葉をひとつひとつ味わうかのごとく、歯のあいだから息を吸い込む。おいしいところをほんのひと口でも逃したくない、というように。

「女の人形は、そりゃあきれいに色づけされていたよ。髪も服も顔も、背中に背負った赤いリュックサックまでな。絵具を何色も使って、細いところまで塗ってあったし、はみ出したところなんかも一切なかった。数センチの人形にだぞ。まさにプロの技だな。その域までいくには何年もかかるはずだ」

ウルフはそこで話を止め、顎髭男がちゃんと話を聞いているか、確かめるように振り向いた。

「それで?」アスカーが話をうながす。

「追いかけている男の人形は、真っ白だったんだよ」ウルフが声を潜める。「色も塗ってなけりゃあ顔もない。ほかのメンバーは、時間が足りんかったせいだと思っていた。誰の仕業か知らんが、そいつは急いでいて、人形をひとつ仕上げるのが精一杯だったんだろうってな。サンドグレンもどうやらそう考えていた。だが俺に言わせれば、まったくの見当違いだな」

「なぜ？」

ウルフが上唇をまくり上げ、犬歯がむき出しになる。目が興奮で暗く光る。

「森に人形を置いたやつは、ちゃあんと計画どおりにやったんだよ」その声はほとんどささやき声だった。「ひとつは若い美人の女で、顔を見りゃあ怯えてんのがわかるくらい、作り込んである。もうひとつは、その女を追っかけてるやつだが、ほとんど人間じゃない。怪物なのさ」

犬に見つかったあの日から、何もかもが変わってしまった。学校ではマリーの家に強盗が入ったという話題でもちきりだった。マリーの父親の仕事が関わっているとか、警察が犯行現場を捜査中だとか。犬がいたおかげで最悪の事態に陥らずにすんだとか。マリーは一躍、学校の主役になり、彼女の話を聞き漏らすまいとする大勢の生徒にいつも囲まれていた。

一方の彼は、それを遠巻きに見つめていた。マリーやその取り巻き連中からできるだけ離れようとした。ひょっとしたら、マリーに姿を見られたかもしれない。彼のほうを指さして、芝生を逃げていった人間は彼だと叫ぶかもしれない。

そうなったら、みなが彼を責め立てるだろう。

彼を押さえつけて、殴ったり蹴ったりするかもしれない。

彼の名前を叫びながら、校長のオフィスに引っ張っていくかもしれない。そして彼は屈辱にまみれながら、自分のやったことを白状させられるのだ。

彼は赤くなったり青くなったりして、ひどく気分が悪かった。それでも、学校に行かずに家にいるのは論外だった。そんな彼を見たら、彼が事件に関わっていると、母親がたちまち気づいてしまうだろう。

継父と模型鉄道クラブに行った夜も、彼の気分は優れないままだった。強盗の話題は一向におさまる気配がなかった。模型クラブには二十人ほどのメンバーが勢ぞろいしていたが、誰ひとりとして模型の話をしない。以前、知り合いの家に強盗が入ったというメンバーが何人かいたが、その知り合いたちは警察に通報せず、その話題を持ち出すことさえしなかったらしい。押し入られた証拠もなく、大事なものは何も盗られていなかったからだ。だがマリーの家の事件があって以来、「目撃証言」が次から次へと飛び出してくるのだ。

何かが動かされていたとか、寝室に泥の跡が残っていたとかいうものから、誰かが部屋にいた気がするというあいまいな記憶まで。

彼はますます具合が悪くなった。空気が重苦しく感じられて息がつまり、みなが集まっていたキッチンから模型が置いてある部屋へと、ふらふら歩いていった。そして仕切りにもたれ、模型に並ぶ小さな家や人形を見つめた。

自分は透明人間だと思っていた。それが、何でもやりたいようにできる原動力だった。だが実際のところ、彼は無力なのだった。

そのうち見つかって、恥をさらし、みなに軽蔑されるかもしれない。

キッチンから聞こえる話し声を耳にしていると、部屋の中がぐるぐると回りはじめた。

「よその家を嗅ぎ回るなんざ、頭のおかしなやつのすることった」

「この手でそのサイコ野郎を捕まえてやりたいよ」

「そんなやつは電柱にでも吊るしちまえ」

一瞬、模型の中の何百という人形たちが動き出したように見えた。

「怪物！」人形たちが叫ぶ。

「異常者！」

「取り替え子！」

回転はますます速くなり、天井と床が逆さまになっていく。

彼は模型を囲むプラスチックの風景に摑《つか》まろうとしたが、手が言うことをきかない。

がくりと膝を落とすと、暗闇の中に真っ逆さまに落ちていった。

アスカー

裏さびれたウルフ・クルックの家から車を出す頃には、雨はやんでいた。だが空はまだ木々の上に重くのしかかっている。予想どおり送られてきた妹からのメッセージが、携帯電話の画面の半分を覆っていたが、アスカーは読まずにスワイプした。

森の中の曲がり角のところで、若い女性が郵便受けから郵便物を取り出しているのが見えた。女性は顔を上げて通り過ぎる車に目をやったが、手を止めない。おそらく、この辺のコテージのどれかに住んでいるのだろう。

女性はアスカーの車をじっと見つめていたが、やがてその姿は森の中に飲み込まれていった。

一瞬、あの女性は空想だったのではないかとアスカーは思った。ものごとが別の方向に進んでいたら、そうなっていたかもしれない自分の姿を垣間見たのだと。

もしも、違う道を選んでいたら――。

アスカーは車のスピードを上げた。エアコンと座席のヒーターをつけていても、車の中は寒く湿っている。車輪が道路の水たまりを跳ね上げ、茶色い水が滝のように降り注ぐ。こういう場所のことはよく知っている。忘れることのできない光景として、頭の中に刻み込まれている。

それでも、忘れようと努力を続けている。

ヘスレホルムまでの道のりもあと半分というところで、携帯電話が鳴った。とっさにカミーレだと思い、無視しようとした。だがぎりぎりになって、別の誰かからだと気づく。

「レオ・アスカーです」

「もしもし、こんにちは。マダム・リンドよ。昨日会ったでしょ。残念だけど、悪い知らせがあって電話したの」

「というと？」

「ガルムが夕べ亡くなったわ」

アスカーは、何と言えばいいのかわからなかった。

「ああ、それはお気の毒に」どうにか言う。

「ええ、ほんと辛いわ。でもガルムは長生きした。十九歳だもの。あの子のお気に入りだった、庭の赤いカエデの木の下で、眠りながら逝《い》ったの。精神世界に入っていくのにぴったりの場所よ」

「ともかく、ガルムがあなたに伝えてほしいって。心配しなくてもいいと」

「そうなんですか」

「ガルムが？　亡くなったあなたの犬が？」この会話に意味を見出そうと、アスカーは必死に頭を働かせていたが、それは無理だと思いはじめる。

「ええ、そうよ。昨日の夜、ガルムの夢を見たの。あの子は死ぬと毎回、夢に出てくるのよ。ガルムは夢の中で、次は何に生まれ変わるのか、どこを探せばいいのかを教えてくれる」

「なるほど」それしか言葉が思いつかず、アスカーは言った。

この会話の馬鹿馬鹿しさは、世界記録レベルかもしれない。

「ガルムがね、どの犬種に生まれ変わるつもりなのか、あなたに伝えてほしいっていうの。あなたにとって、何より大切なことだからって。生きるか死ぬかの問題だと」

「それで、どの犬種だと？」必死に冷静さを装って、アスカーはたずねる。

「パピヨンよ」マダム・リンドが答える。「ガルムから、パピヨンに注意するようあなたに伝えてほしいって頼まれたの。ということで、伝えたわよ。じゃあいい一日を、レオ・アスカー」

電話を切ったアスカーは、思わず吹き出した。

ヘスレホルム警察署は町の中心にある。角がガラス張りになった、くすんだベージュ色の四階建ての建物だ。鉄道の駅からもそう離れていない。ウルフ・クルックは最終的に人形のことを話してくれたが、リリヤがウルフを疑いつつも恐れているわけも理解できた。

ウルフはひねくれ者の老人で、警察を毛嫌いしている。それならば、地元警察には過去にウルフとやりあったことがあり、いろいろと話を聞かせてくれる警官がいるはずだ。

アスカーは受付で自分の身分を明かし、鉄道模型クラブでのトラブルに詳しい警官を探していると伝えた。

受付の女性はアスカーをしげしげと見つめていたが、何もたずねてはこなかった。その女性が何本か電話をかけると、ドアが開き、アスカーと同じくらいの年齢の制服警官が出てきた。細身で筋肉質、身長は百八十センチちょっとくらいだろうか。どこかで見たことがある気がする。

「ヤコブ・テルだ」男が名乗る。「この管轄の局長補佐をしている。あんたがアスカー、だよな？」

鮮やかな青い目と笑顔がなかなか魅力的な男だ。軽く横にかき上げた、明るい色の前髪も。

「あんたとは何年か前に、現場で会ったことがあるんだ」テルは話を続ける。「ティリンゲのアパートで、酔っぱらいが殺された事件だ。俺は現場担当の警官だった」

「ああ、あの事件」アスカーは言った。テルのことをはっきりと思い出した。「見習いの警官と一緒にいたでしょう。黒髪の新米で、顔が真っ青だった。殺人現場は初めてだとかいって」

「ユースフね」テルが答える。「記憶力がいいんだな。いまは交通課にいるよ。コーヒーでも?」

テルは自分のパスでアスカーを中に通すと、休憩室に案内した。

「いつか殺人課の刑事になりたいと思っていたんだ」自分とアスカーのコーヒーをいれながら、肩越しにテルが言った。

アスカーは、おきまりの台詞を待った。刑事になるのがどれほど大変か、という恨み節。女性やマイノリティーが優遇されて白人男性はつまはじきにされるという、露骨な当てこすりも混じるはずだ。

だが、テルはそんな泣き言を言う人間ではないようだ。

その話題を自分から終わらせた。

「どうぞ」アスカーにコーヒーを手渡すと、向かい合わせに座る。

ウルフ・クルックの家の小汚いキッチンでは飲む気になれなかったが、アスカーはコーヒーに口をつけた。

「それで、用件は？」テルがたずねる。「重大犯罪課がこんな小さな町の鉄道模型クラブになんだって興味が？」

アスカーは深呼吸する。いい質問だ——答えのほうは、そうでもないが。

「実は——」アスカーは口を開き、コーヒーカップを置いた。「同僚の代役でね。前任のベングト・サンドグレンが、未解決の案件を残していたから」

「サンドグレン？　ひょっとして『殺人者のバイブル』を書いた人か？　俺が警察学校にいた頃、講義を聴いたことがある」

「そう、そのサンドグレン」アスカーが答える。「サンドグレンは心臓発作を起こして、病院にいる。持ちこたえられるかどうかはわからない。そのサンドグレンが、鉄道模型クラブが関係した事件を調べていたから」

「なるほど。どんな調査なのか、あんたにはわからないのか？」

「鉄道模型に置いてあった、予定外の人形が関係しているらしいんだけど——何か心当たりは？」

「予定外の人形？　悪いが何も……」テルは片方の口の端を上げた。「それって、そもそも犯罪なのか？」

またしてもいい質問だが、アスカーは答えない。

「サンドグレンと連絡を取り合ったりは？」代わりにそうたずねた。

「俺はないな。でも、同僚に話を聞いている可能性はある。聞いて回ってもいいが？」

「ありがとう。そうしてもらえると助かる」

テルは探るような目をアスカーに向けた。

「会長が変わるときに、あのクラブでもめ事があったらしいけど、それは本当？」アスカーは質問を続ける。

「あの悪名高い年次総会のことか？　ああ、本当だ」テルが首を振る。「俺もあの場にいたんだ。じいさんたちが三十人くらい集まって、模型の鉄道のことで言い争いをしていた。こぶしを振り回して、ごろつきだのろくでなしだの、ののしり合ってな」

アスカーは苦笑せずにはいられなかった。

「会長のシェル・リリヤとは、今日話をした」アスカーは言う。「リリヤと付き合いは？」

「個人的にはないな。だが、学校ではいろんなトラブルを解決しているらしい。妹がリリヤの学校で教師をしてるんだが、校長についてはいいことしか言わないな」

「少々問題ありの息子がいると聞いてるけど」

テルが眉根を寄せる。

「ああ、そうだ。オリバー・リリヤ。ドラッグがらみの軽犯罪に、車上荒らし、無免許運転、ほかにもいろいろとやってる。いま少年院にいるよ」

口元にカップを持っていきながら、テルがたずねた。「誰がそのことを?」

「ウルフ・クルックだけど」

「ああ……」テルがまたにやりとする。「山のトロールじいさんか。よく連絡がついたな」

「一時間くらいまえに、キッチンで一緒にコーヒーを飲んだけど」

テルがコーヒーでむせそうになる。

「ウルフが話をしたのか? いつもなら、警官を見たら地獄に落ちろって言うのに」

「まあ」アスカーが肩をすくめる。「わたしは人を説得するのが得意だから」

「恐れ入ったよ」テルは面白がるような、感心したような目でアスカーを見る。「ここじゃあウルフ・クルックに関する記録は増える一方なんだが、そんなことはもう知ってるよな? 隣近所から役場の人間、郡のお偉いさんまで、誰だろうとやり合ってるよ。あのじいさんを怖がる人間は山ほどいる。でもあんたは違うようだ」

これにもアスカーは答えなかった。

「ウルフはひとりだったか? あの家に女は?」

「わたしが見たところはいなかった。どうして?」

テルが首を振る。

「ウルフはパートナーをとっかえひっかえしてきた。結婚も四、五回はしている。だが長いこと一緒に住んでいる相手は、しばらくいない。ほとんどがもって数年だ」

「それの何が問題？」アスカーがたずねる。テルがそんなことを気にしているなど、少し意外だった。

テルが顔をしかめた。悪びれているようにも、面白がっているようにも見える。

「問題はないさ。ただ気になっただけだ。ウルフの敷地に入ることが許される人間なんて、そうお目にかかれないからな。ましてや、神聖なる家の中にね。中はどんなだった？」

「わたしはキッチンに入っただけ。残りの場所は、ほとんど封鎖されてるって感じ。控えめに言って、薄気味悪い家だった」

「ほかに誰かいたか？」

「三十代くらいの男がひとり。帽子をかぶって顎髭を生やした、物静かな感じの」

「フィン・オロフソンだな」テルがうなずきながら言う。「ウルフの義理の息子だ。そのひとり、と言ったらいいか。さっきも言ったが、ウルフには何人もパートナーがいたんだ。うちの管轄の半分くらいに、ウルフの子どもやら義理の子どもやらが散らばってるよ。ちょっとした一族だな。フィンはトラックの運転手で、あいつも軽犯罪で何度か捕まってる。ウルフの家から何キロか離れた場所に住んでいて、ウルフの右腕みたいなもんだ」

「あの一家のことに詳しいようね」

テルがほほ笑む。

「それが地域の警察の役目ってもんだろう？　それに言ったとおり、なんたってウルフ・クルックは、ここ何年も注目の存在だからな」

「それなのに、まだ銃所持の許可が出ている」

「まあ確かに。ウルフが許可を取ってから、もう四十年くらいになるはずだ。その許可を、本来なら所持できるはずのない機関銃を買い集めて、コレクションする言い訳に使ってるんだ。許可を取り消そうとしてるんだが、いろいろ噂はあっても、ウルフはスピード違反と、盗品を受け取ったっていう軽犯罪くらいしか罪に問われたことがない。それに訴えられても、ウルフは大金をはたいてクリファンスタッドの弁護士を雇い、対処しているしな」

そう言うと、テルはあきらめたようなジェスチャーをした。

「ウルフはずる賢い古ギツネだよ。あの森の中なら、好き勝手できるとわかっているんだ。ウルフを責めるやつなんていないし、みんなただ見てるだけだ。あのねぐらにこもられちゃあ、こっちは手が出せない」

「森の中に放置されているコテージは？」アスカーは質問を続ける。「若い女性がいたように思ったけど」

「ウルフがときどき貸してるんだよ。ウルフの親戚とか、ほかに行くあてがない人間にな。ほとんどが目立たないようにして、しばらくしたらどこかに行っちまう。そいつらの動きを追うのは無理な話なんだよ」

　テルはそこで黙り込み、唇をすぼめると、しばらくアスカーを見つめていた。それから真面目な表情を浮かべ、あらたまった口調で言った。

「こうやって話ができるのはうれしいよ、アスカー。だがそろそろ、本当の目的を教えてくれないか？」

アスカー

タイミングよくアスカーの電話が鳴る。カミーレの番号だ。いつもなら無視するのだが、ヤコブ・テルとの会話から逃げ出す口実が必要だった。

テルは賢く冷静な人物に思えるが、ホルスト誘拐事件と鉄道模型に関連があると疑っていることを明かすつもりはない。

「この電話には出ないと」アスカーは深刻な顔つきで言った。「ご協力をどうも。何か思い出したことがあったら、ぜひ連絡を」

テルはうれしそうには見えなかったが、それでも軽くうなずいた。

アスカーは立ち上がり、受信ボタンを押す。

「レオ・アスカー」できるだけ堅苦しく聞こえるように応答する。

「カミーレだけど」アスカーが電話に出るとは思っていなかったのか、ほっとしたような声だ。

「ああ、うん」アスカーは返事をしながら、出口を探す。「ちょっと待って」

出口のドアを見つけると、駐車場に出て、車に乗り込んだ。

「オーケイ。これで話せる」

「そう、ええと……調子はどう？」カミーレはまだ落ちつかない様子だ。

「元気。おかげさまでね。そっちはみんな元気？」

「ええ。子どもたちはまだ学校よ。フレデリックは忙しくしてるわ……」

夫の話になると、カミーレはいつも言葉を濁す。まるでその話題は地雷だらけだというように。実際そうなのだが。

「今晩来られるかどうか、聞こうと思って」

「今晩？」

「ジュノーの聖人祝日のお祝いよ。何度もメールしたじゃない」

アスカーは内心でうめいた。

「あれ、まだやってるの？」

「当然でしょ。うちの伝統なんだから」

ジュノー・リサンデルはイザベルの夫だ。ふたりのもとで大きくなったカミーレは、ジュノーのことを父さんと呼ぶ。このリサンデル一家の恒例行事は、伝統的な名前ではないせいで聖人祝日のないジュノーがかわいそうだと、まだ幼かったカミーレが言い出し、イザベルが思いついた移動祝祭日だった。日にちはイザベルの気分で決まる。

つまり、今日だった。

「午後六時にオフィスで。シャンパンとカナッペもあるわよ」

アスカーは言い訳を探し、「仕事がある」という手を使おうとしたが、カミーレが先手を打つ。

「来てくれたら、父さんがすごく喜ぶって知ってるでしょ」

アスカーは唇をかんだ。ジュノーのことは好きだ。一家の中でいちばんまともな人間だと思っている。

「もちろん、子どもたちも来るわよ」訴えかけるようにつけ加える。

アスカーはしばし目を閉じた。

「わかった」ようやく言う。「行く」

携帯電話からビープ音が鳴る。

「もう切らないと。別の電話が入ったから」

アスカーは通話を切り替えた。かけてきたのはシェル・リリヤだった。

「セキュリティー会社の人が来て、鍵の交換と警報システムの更新をしてくれているので、お知らせしておこうと思いまして」

「それは良かった」

しばし沈黙が広がる。セキュリティーのアップデートは、アスカーに電話をする口実に違いない。とはいえ、アスカーのほうから話を振ることはしなかった。

「それで、ウルフ・クルックと話はできましたか?」

「ええ、しました」

「それで、この件に関してウルフは何と?」

「それをお話しするわけにはいかないんです。捜査上の機密事項ですから」

「ああ、そうですね、了解しました」リリヤは気まずそうに咳払いした。

「実は、お聞きしたいことがあって」アスカーが言う。「一年前にあなたが見つけた、落書きしている人形のことです。ウルフが言っていましたが、その人形は何か下品な言葉を落書きしていたとか」

「ええ、でもそれは誤解だったんですよ」

「というと?」

「まあ、その……人形は略語を落書きしていたんですが、それをわたしたちは卑猥《ひわい》な言葉だと思ってしまって。でも、違ったんですよ。うちの生徒が教えてくれまして――」

「どんな言葉だったんですか?」

「UEXです。都市探検《Urban Exploration》の略ですよ。廃棄された建物などを、たいがい違法で探検することなんですが、その――」

「なるほど、わかりました」アスカーは話をまとめる。「何かほかに思い出したことがあったら、連絡をください」

そこで電話を切った。かつての戦車工場へと続く曲がり角は、すぐそこだ。リリヤとの会話でひらめいたことがあり、アスカーは道を曲がった。


鉄道模型クラブの建物の外に、セキュリティー会社の名前が入ったトラックが駐まっている。

中に入ると、警報装置の技術者がいた。背が高く、髭を生やした、親しみやすそうな顔つきの男だ。アスカーは男に警察手帳を示し、自己紹介した。

「ダニエル・ニーゴードです」男が大きなグローブをはめた手を差し出す。「いちおう社長です」

「ああ、それはすごいですね」アスカーが言う。「ちょっと頼みたいことがあるんです。ただ、内密にお願いしたいのですが」

「どういったことでしょうか」

「この建物に、隠しカメラをつけてほしいんです。誰にも言わずに」

ニーゴードは驚いたように顔をしかめる。

「ええと、それはどうかな」ためらいがちに答える。「つまりその、このクラブはうちのお客さんですし。それに、そういうことは警察のほうでやるものじゃないんですか?」

「確かにそうなんですが、あいにく手の空いた技術者がいないもので」アスカーは嘘をついた。「すみません、詳しいことは話せないのですが、緊急事態でして。だからこうしてお願いしているわけです」

ニーゴードが考え込むように髭をかく。

「さっきも言いましたけど、お客さんをスパイするようなことはどうかと……」ニーゴードがぼそぼそと言う。

「でも、見張るのはあなたではなく、わたしです」アスカーは言い張る。「苦情があった場合は、わたしがすべて責任を取ります。あなたはわたしの依頼で動いただけ、ということで」

ニーゴードは相変わらず髭をかいていたが、あともう少しで折れそうだった。

「協力していただけるのなら、ものすごく助かるんです」できるだけ優しい声を絞り出し、アスカーがひと押しする。

ニーゴードがため息をついた。

「わかりました。警察の頼みであれば……」

「すばらしい。言ったとおり、内密にお願いします。費用はすべてこちらで持ちますから、シェル・リリヤさんやほかの人には伝えないでください。よろしいですね？」

ニーゴードは神妙にうなずいた。

「どこにでも取りつけられる小型カメラがあります。映像をオンラインで確認できるようにしますか？」

「ええ、完璧です」

ニーゴードがもう一度うなずく。「ではやっておきます。携帯電話の番号を教えていただければ、マニュアルへのリンクを送ります。クラブのメンバーが出てこないうちに、早速設置したほうがよさそうだ」

アスカーは礼を言い、車に戻るまえに、模型をひと周りすることにした。

この模型には、大きいというだけでなく、どこか人を深くひきつけるものを感じる。ここにあるのは、絵葉書に出てくるような、現実にはもうどこにもないスウェーデンの風景だった。みなが楽しく、満ち足りて、安心していられる、幸せに満ちた街並み。少なくとも、ほとんどの人間にとって。

この幸せなミニチュアの風景の中で、異質で、邪悪な物語を語る人間がいる。

問題はひとつだけだ。それは誰なのか。

山の王

目覚めたとき、彼は病院にいた。医者にはてんかん発作のようなものが起きたのだろうと言われた。彼は口から泡を吹き、眼球がひっくり返って白目をむいていたと。四十度の高熱まで出ていたらしい。

子どものときにかかった髄膜炎の影響かもしれない。

気分はどうかとたずねられ、彼は答えた——大丈夫だと。

でも、この二日間のことを、何もおぼえていないんだと言った。

でもそれは嘘だ。熱にうかされて見た夢のことは、何もかもおぼえている。子どものときに見たあの夢と同じだ。ただ今回は、もっと鮮明だった。

廃墟、暗闇、山。

彼の山。彼の領域。

中では人々が助けを呼んでいる——クラスメート、隣人、両親、模型鉄道を取り囲む老人たち。みな絶望し、必死になって石の壁にこぶしを叩きつけている。その声は誰にも届かないというのに。

彼以外の人間には。

みな、彼の世界にいるのだ。

彼が権力を握る王国に。

前回入院していたときと同じように、彼は病院から別人になって出てきた。新たな気づきを得た、新たな人間に。

自分は物事を小さく考えすぎていたのだ。

あんなクズ同然のがらくたよりも、もっとすばらしい戦利品を手にできるのだ。

そのためには、周りに溶け込まなければならない。取り替え子のようにふるまったりせず、新たな外見を身にまとう必要がある。怪物は自分の奥底へと隠し、人間のふりをするのだ。


それから数日後、マリーが泣きはらした目で登校してきた。前の日の夜、マリーの愛犬が何か毒のあるものを口にして、家の裏で苦しみながら死んだのだという。

彼はただ遠巻きに見つめるのではなく、マリーのところに歩み寄っていった。背筋を伸ばして立ち、とても気の毒に思うと伝えた。自分も数年前に愛犬を亡くしているからと。

だから、どれほどつらいかよくわかると。そんな彼の嘘に、マリーはありがとうとほほ笑みを返してくれた。マリーの仲間たちに受け入れられる、最初の一歩だった。

家では妹や弟たちにやさしくするようになり、手伝いも買って出るようになった。母親を驚かせ、喜ばせたことに、夕食での家族の会話にも加わるようになったのだった。

それからしばらくして、彼は鉄道模型クラブにもまた顔を出しはじめた。気の利いた質問をし、年寄りたちの話にちょうどいいタイミングでほほえみ、笑い声をあげたりもした。

それから誰も見ていない隙に、プラスチックの仕切りをのぞき込むと、模型の中から人形をひとつくすねた。

それをもとの位置からマリーの家まで動かし、裏口のすぐ外のところに置いた。ジャーマン・シェパードの人形だった。

それから何年も、模型鉄道を見るたびに、彼は同じ人形を探した。

彼の初舞台を。

そして思い返していた。小さな釘と殺鼠剤《さっそざい》を詰めたミートボールを、マリーの家の裏庭のフェンスの隙間から押し込んだことを。それをむさぼり食った犬が、胸に違和感を、いままで経験したことのないような強烈な痛みをおぼえ、家の周りをぐるぐると歩き回るのを、少し離れた場所で見つめていたことを。
命をも左右する、彼の力を。
死でさえも左右する力を。

アスカー

アスカーは車に戻り、南に車を走らせてマルメに向かった。今朝通った、木々が立ち並ぶ田舎道を走る。雨雲は去り、灰色の霧も消えかけ、空がどんどん高くなっていく。

結局のところ、何がわかったのか？

この事件に関わる小さな人形は全部で八体。この十年のあいだに五回、模型の中に置かれている。

そのうち三回は、ウルフ・クルックが鉄道模型クラブの会長をしていたときだ。おんぼろのボルボに乗るコソ泥ふたり。ヘッドホンをかぶった孤独なヒッチハイカー。それから、顔のない不気味な人間に追いかけられ、森の中を逃げる女。ウルフ・クルックも、その片腕でだんまりを決め込んでいたフィン・オロフソンも、人形の出来栄えの細かさを、やたら面白がっているふしがあった。

残りの二回はリリヤが見つけている。ＵＥＸという言葉を壁に落書きしている若い男。最後の五回目が、最近見つかった、自撮りしているスミラとMMが一瞬凍りついたような場面。

この人形たちはどうつながっているのか？　そもそも、つながりはあるのか？

少なくともベングト・サンドグレンは、つながりはあると確信していたようだ。

森を逃げる女と顔のない追跡者の人形の何かが、サンドグレンの注意を引いた。だからこそ、自ら足を運んで人形を回収した。それから落書きをしている人形も。新たな人形が見つかったらすぐに連絡するよう、リリヤに指示までしている。

サンドグレンのオフィスを隅から隅まで調べたが、手垢のついた鉄道模型のカタログ以外、サンドグレンが捜査をしていた形跡は何も見つからなかった。回収してきたはずの人形でさえも。サンドグレンは興味をなくしたのか？　手近なゴミ箱に何もかも放り込み、また酒をあおりはじめたのだろうか？

もちろん、それもあり得る。

それでも、アスカーはその説を受け入れる気にはなれなかった。

少なくとも、いまはまだ。問うべき質問があるうちは。例えば、マーティン・ヒルはどこで関わってくるのか。サンドグレンは彼の電話番号を手に入れ、おそらく連絡をしている。

そのとき、アスカーはなじみのある感覚をおぼえ、思考が急停止する。不安がうなじから背筋へと広がっていく。

子ども時代、ともに生きてきた感覚。磨きをかけ、体におぼえ込ませてきた感覚。アスカー自身の命を救った感覚。

何かがおかしいという感覚。

アスカーはバックミラーに目をやった。二百メートルほど後ろに一台の車が見える。その車は近づいてくるでもなく、ずっと後ろを走っていることにアスカーは気づいていた。

潜在意識が警告を発しはじめる。

追い抜いた記憶がないということは、あっちがアスカーに追いついてきたのだ。だが運転手は、近づきすぎないよう距離を保っている。

アスカーはバックミラーで車の特徴を観察する。黒いヴァンで、ウルフ・クルックの家のぬかるんだ庭に駐まっていたものとよく似ている。だが、あのときは遠くからちらっと見ただけだ。それに、同じ車かどうかを確かめようにも、つけてくる車と距離が離れすぎている。

アスカーはスピードを落とした。束の間、二台の車の距離が縮まるが、すぐにまた広がっていく。

何よりの証拠だった。あのヴァンは、間違いなくアスカーをつけている。

少し先の道端にちょっとした待避所があるのを見つけたアスカーは、いきなり急ブレーキをかけて車を寄せた。車内に身を潜めていると、バックミラーに映るヴァンがどんどん近づいてくる。その車には、正面のナンバープレートがなかった。

待避所にさしかかると、ヴァンの運転手は突然スピードを上げ、アスカーの横を高速で通り過ぎた。ディーゼルエンジンが青い煙を吐き出す。ほんの一瞬、野球帽をかぶり、フードのついた上着を着た運転手の姿が見えた。

アスカーは車を車線に出しヴァンの後ろにつけると、アクセルを踏み込んだ。電気自動車が追いつくのに、ほんの数秒しかかからない。

後ろのナンバープレートはついていたが、泥で隠れている。アスカーはぎりぎりまでヴァンに近づき、携帯電話を取り出して写真を撮ろうとした。塗装はこげ茶色で、車種はウルフ・クルックの家の敷地で見たものと同じに見える。だが免許証番号がわからなければ、確定できない。

そのとき突然、ヴァンがブレーキをかけた。ブレーキランプが危険を知らせるように灯り、タイヤから立ち上った灰色の煙が道路をたなびく。

アスカーは急ハンドルを切り、あと数十センチのところでヴァンをかわした。車が大きく揺れ、タイヤがアスファルトをきしませる。アスカーは大慌てでハンドルをさばき、どうにか車をコントロールした。バックミラーに視線を送ると、ヴァンがターンして脇道に入り、走っていくのが見えた。

アスカーは大声で悪態をつくと、ブレーキを踏んだ。車が止まると、今度はギアをリバースに入れてアクセルを踏み込み、バックでスピードを上げる。そして車を百八十度回転させ、ギアをドライブに入れなおすと、流れに逆らってヴァンを追いかけた。

アスカーは脇道に滑り込んだ。ヴァンの姿はどこにもなく、さらにスピードをあげる。道は狭く曲がりくねっていて、カーブに差しかかるたびに、トウヒの枝や家屋に視界を遮られる。アスカーは電気自動車の速度を限界まで上げ、レーシングドライバーのようにカーブを曲がり、向かってくるトラックをすんでのところでかわし、怒りの警笛を浴びせられる。

急カーブを何度も曲がるが、それでもヴァンは見つからない。

さらに数キロ、猛スピードで車を飛ばしたが、ちょっとした住宅街まで来たとき、アスカーはアクセルから足を離した。

とっくにヴァンに追いついているはずだった。アスカーは、運転手にしてやられたのだ。森の中の小道にそれたか、建物の陰に隠れてアスカーをやり過ごしたか。スピードの速い車に乗った追跡者をかわすのに、アスカーならそうするだろう。

くそっ！

アスカーはもといた田舎道に戻るが、ヴァンは影も形もなかった。

記憶をたぐり寄せる。色もメーカーも車種もすべて一致する。ウルフ・クルックの家で見たヴァンだと、アスカーはほぼ確信した。ヴァンがアスカーをつけてきたことは、どう見ても間違いない。

だがなぜ？　運転手はいったい誰なのか？

アスカー

さまよいし魂の課に戻ると、何もかもが静止していた。どのオフィスもドアを閉ざし、天井の蛍光灯が物憂げに点滅している。

アスカーはロシエンのオフィスのドアをノックし、返事を待たずに開けた。前回と同様、まずいところを見られたというような顔をしている。何も妙なことをしているわけではなく、編み物をしているだけなのだが。

「あなたがいるとは思わなくて……」デスクの引き出しに編み物を押し込みながら、ロシエンが口ごもる。「事件のことで外出中だと、ヴァージルソンに聞いてたものだから」

アスカーは気にするなというように手を振った。

「頼んだものはできている？」

「もちろんよ」ロシエンは別の引き出しから数枚の書類を取り出し、アスカーに渡す。

「ベングトに更新するよう言われていたリストよ。この十五年間に行方不明になった、スコーネと関連のある人たちが載っているわ」

「何のためのものなの？」アスカーが書類に目をとおしていると、ロシエンがたずねてきた。

「こっちが同じことを聞こうと思っていた」

ロシエンが不安そうに首を振る。

「まえに話したこと以外は、何も知らないの。ベングトにはリストを作るよう言われただけ。自分の仕事のことは何も話さない人だから」

ロシエンは、いつもより少々まばたきが多いように見える。

「それでも」アスカーは言う。「ほかにも何か知っている。でしょう？」

ロシエンは唇を湿らせた。

「リストに名前のある、ジュリア・コリン。四年前に行方不明になった、エンゲルホルムの女の子だけど」

「それが？」急かすような言い方にならないよう、アスカーは気をつけながらながす。

「その子は……」ロシエンは咳払いすると、誰も聞いていないことを確かめるように周囲を見回した。「ベングトが名づけ親になった子」

「名づけ親？」

「ええ。ゴッドファーザーっていうのかしら。ベングトはジュリアの父親とかなり親しかったのよ。ベングトは、ジュリアが行方不明になったことに心を痛めていたわ。それでジュリアが見つかるよう、ジュリアの家族に手を貸そうとしたの。そのせいもあって……」

ロシエンは落ちつきなく唇をなめる。

「……ベングトは体を壊したの。ここに配置転換されたのも、それが原因」ロシエンが話を締めくくった。

アスカーは考え込むようにうなずいた。

「ほかには？」

ロシエンはやけに勢いよく首を振った。

「ないわ。知っているのは本当にそれだけよ。ベングトは話そうとしなかった。なんにもね」

アスカーは書類をオフィスに持ち帰ると、ドアを閉めた。

リストには全部で十二人の名前が載っている。上からさっと目を通すが、どの名前も見おぼえがなかった。

ありがたいことに、ロシエンの仕事ぶりは思った以上に徹底していた。リストにはそれぞれの事件の概要が添えられているのだが、驚くほど簡潔に手際よくまとめられている。重大犯罪課で見てきた書類となんら遜色《そんしょく》のないレベルだ。

まずはジュリア・コリンの事件から見ていくことにした。

ジュリアが行方不明になったのは二十歳のときで、当時は母親と兄、継父とともにエンゲルホルムで暮らしていた。

中学校では優等生だったが、高校に進学すると成績が落ちている。

柔道をし、フルートを演奏していた。十五歳のときに実の父親を車の事故で亡くし、母親によると、そのことがきっかけでジュリアは道を見失ったという。勉強への興味をなくし、音楽の演奏もやめてしまい、パーティーにふけるようになる。

高校卒業後は、ヘルシンボリのナイトクラブでウェイトレスをし、母校の中学校でも臨時教師として働いていた。人生の進むべき方向を探していたのかもしれない。

だが九月の終わりのある日、学校での昼間の仕事を終えたジュリアは、家に戻らなかった。

その日の夜、地方行きのバスをオンラインで買ったのが最後の痕跡だった。ただ、チケットがスキャンされていなかったため、ジュリアが実際にバスに乗ったかどうかははっきりしない。バスの運転手は、ジュリアを見かけたかもしれないが、はっきりとはおぼえていないという。捜索願が出され、家族は娘を探し回った。フェイスブックのグループで呼びかけ、張り紙もしたが、何もわからなかった。

数週間が経ち、手がかりは途絶えた。少なくとも、警察はそう考えた。ジュリアは成人していたし、犯罪の被害者になったという証拠もなかった。

ジュリアは、ただ姿を消したのだとみなされたのだ。

書類のページのいちばん下に、ジュリアの写真と容姿についての記述がある。

長いブロンドの髪に青い目。スミラ・ホルストと非常によく似ているが、ジュリア・コリンの目には不安の色が見える。

四年前の九月の午後、学校での仕事を終えたジュリアの恰好は、青いジーンズに白いジャケット、赤いリュックサックだった。

最後の言葉にアスカーは反応する。

赤いリュックサック。

ウルフ・クルックの言ったことを、頭の中で再現し、ある部分を切り出す。

ブロンドの女で、走ってたよ……。

……背中に背負った赤いリュックサックまでな……。

……顔を見りゃあ怯えてんのがわかるくらい……。

森の中で誰かに追いかけられていた女は、ジュリア・コリンだ。

サンドグレンがピンときたとしても不思議はない。

スミラとマリクそっくりの人形を見たときのアスカーと同じように、サンドグレンも反応したはずだ。

行方不明者のリストの残りをざっとチェックする。

落書きという言葉が目に飛び込んできた。

行方不明当時、二十七歳だったトール・ニルソンの記述にある言葉だ。典型的な危険人物。よくある話だが、学校では問題児で、教師と衝突し、ちょっとしたドラッグから麻薬にまで手を出し、さまざまな悪事に手を染めていた。トールの逮捕歴には器物損壊や落書きに関するものも含まれており、行方不明になってから一年ほどが経っている。鉄道模型で見つかった、UEXという言葉をスプレーで落書きしていた人形の特徴と、トールが姿を消したタイミングや行動が一致している。

アスカーは椅子にもたれ、考えをまとめようとする。

赤いリュックサックの女、落書きをする男、自撮りをする若いカップル。彼らに共通するのは、行方不明になったという事実だ。

一切痕跡を残さずに消えた、という事実。

次に姿を現したときには、鉄道模型の中の、小さなプラスチックの人形になっていた。

なぜ？

その答えには近づきつつある。

誰かが自分の物語を語りたがっている。自分のやったことを見せつけたいのだ。こんなことをしても、まんまと逃げおおせているということを。

最初の頃は、動物を獲物にすることで満足していた。猫から始めて、どんどん大胆になり、犬や野生動物にも手を出すようになった。

動物たちを捕まえては、彼の領域である山の奥へと連れていき、小さな部屋に閉じ込めて、自分だけのものにしていた。ドアにつけたハッチから、何時間も獲物を眺めていた。そして、学んだのだ――大切なことを。

獲物に食事と水を与えたとしても、何週間かすれば、結局、獲物は死んでしまうということを。

獲物はじょじょに飲んだり食べたりしなくなり、彼がハッチを閉めたときも、出してくれと飛び跳ねなくなり、ただ隅のほうで丸まって、死を待つのだ。動物が野生であればあるほど、この死へのプロセスも早くなる。

その理由を理解するまでには、少し時間がかかった。動物たちの反応は、あの蝶と同じなのだった。命あるものには、あきらめるときがやってくるのだ。

望みは絶たれたと悟るときが。

最初に本物の獲物を捕らえたとき、彼はまだ若かった。

ある晩、山に来てみると、古いボルボが車回しのところに駐まっていた。南京錠が壊され、奥へと通じる門が開いている。

彼は凍りついた。誰かがヨハン叔父の仕事を引き継いだのかと思った。彼の秘密の隠れ家が永遠に失われてしまったのだと。だが中から声が聞こえ、貨物用プラットホームの上でキャンプファイヤーの炎が揺れるのを見た彼は、中に入ってみることにした。

侵入者は若いふたり組の男だった。鋭い目に、がっちりとした体。酒とタバコのにおいがする。車は盗んだもので、ふたりは逃走中らしかった。最初はけんか腰だった。彼がここを飛び出して、自分たちのことを通報するのではと思ったのだ。ぶちのめしてやると脅された。だがしばらくして、彼が密告するような人間じゃないとわかると、ふたりの態度も落ちついた。

それに、彼はもう以前とは違う人間だった。人当たりがよく、親切で、逃亡者たちに救いの手を差し伸べさえした。

ふたりのうち年上のほうが、この山のことをどこかで聞いて、来てみる気になったと言った。子どものときから廃墟が好きだったらしい。放置された農場や使われなくなった工場、閉ざされた家などが。だがこの山は、いままで見てきたものとはまるきり違っていると。

部屋の中に妙なものが置いてあると、若いほうが気づいていた。瓶やら何やら、こまごましたものと、下着。

侵入者たちの話に、彼は黙って相槌を打ち、無理やり笑みを浮かべ、ふたりが見たものに――ふたりに汚された、彼の宝物に、自分はまったく関係ないふりをした。

偉そうにしているのは年上のほうだった。体も大きく、力もあり、とことん悪そうな目つきをしていた。若いほうは痩せっぽちで、年上のほうにくっついて、言われたとおりにしているだけだった。

彼の山に来る途中で、ふたりは誰かの家に押し入り、食べ物と酒を盗んできていた。すでにどんちゃん騒ぎをしていて、すぐに腹もふくれ、酔っぱらってしまった。そこらに小便をし、彼のことを家族とヤリたがる田舎者だとか、ありとあらゆる汚い言葉で呼んだ。彼は言いたいように言わせておき、笑い飛ばし、酒をあおるふりをして、ふたりの気がすむまで待った。

やがて、ふたりは上着を枕に、火のそばで眠りこけた。

彼は少しのあいだそこに座り、ふたりを眺めていた。ここは安全だと思っているらしい。彼は無害だと。

それは間違いだ。

ふたりが眠っているのを確かめると、彼は重いコンクリートブロックを手に取り、年上の男のほうをまたぐようにして立った。

ブロックをちょうど男の真上に持ってきて、しばらく立っていた。俺が間違っていたと言い出すのを待つ。

だが、男は何も言わない。

そのとき彼が感じていたのは、自分の聖域を踏みにじられた怒りだけだった。どれほど神聖な場所に足を踏み入れているか、この男たちはわかっていないのだと。この場所を仕切っているのが誰なのかを。

卵のパックが地面に落ちたときのような湿った音を立てて、コンクリートが男の頭をつぶした。

もうひとりの逃亡者は酔っ払いすぎていて、起きる気配がなかった。その数時間後、自分が鋼鉄のドアに遮られた、真っ暗な部屋に閉じ込められていることに気づく。そのときになってようやく、男は泣き、叫び、ドアを打ち叩くのだ。

七日後、男は望みを失った。

九日後、男は死んだ。

十五日後、男たちは小さなプラスチックの人形となって、乗ってきた車と一緒に鉄道模型の中にいた。

マリーの犬のときと同じように、彼は自分のやったことを見せつけた。どこまでやれるのかを示したのだ。

彼が本当は何者なのかを。

アスカー

アスカーは、アッティラのオフィスの閉ざされたドアの前に立っていた。赤いランプが相変わらず怒ったように光っている。深呼吸すると、力強くノックをして、ハンドルに手をかけた。鍵がかかっている。

ランプの赤い光が、一段と濃くなったように見える。

もう一度ノックする。もっと強く、もっとしつこく。

「レオ・アスカーだけど」ドアの向こうにも響くように、大きな声で言う。

視界の端で何か動くものが見えた。ヴァージルソンがオフィスから顔を出していた。こっそりと中に引っ込んだが、まだこちらを見ていることは、アスカーにはわかっていた。

ドアが開いた。

アッティラが戸口に現れた。妙なことに、アスカーと身長は同じくらいのはずなのに、アッティラのほうがずっと大きく感じる。

アッティラはアスカーをじっと見つめ、それから一歩脇に寄った。

「入ってくれ」

アッティラはデスクの向こうに腰を下ろすと、ドアを閉めて向かい側に座るよう、アスカーを促した。

「廊下で聞き耳を立てているやつらがいるからな」アッティラが言う。

オフィスの中はじつに整然としていた。アッティラの背後には、色分けされたファイルが並んでいる。窓のそばに、そっくりに整えられた盆栽がふたつ置いてあり、一瞬、造花と見間違えたほどだ。

「それじゃあ用件をうかがおうか、アスカー警部?」アッティラはからかうような、それでいて抜け目のない視線をアスカーに向けた。

「ベングト・サンドグレンのパソコンのアカウントにアクセスしたい。受信メール、書類、連絡先、とにかく全部。IT部門には連絡したけど、あの調子じゃ何週間も待たされそうな気がする。それで、あなたなら何とかできるじゃないかと思って」

アッティラが眉を上げる。

「よければ聞かせてほしいんだが、なぜサンドグレンのアカウントにアクセスする必要がある?」

アスカーは、その質問がくると予想して、あながち嘘ではない答えを用意していた。

「サンドグレンはある事件の捜査中だった。その重要な情報が見つからなくて」

アッティラが疑うような表情を浮かべる。

「捜査？　ベングトがか？」

アスカーは肩をすくめた。

「ええ、わたしだって驚いた」

アッティラはしばらくのあいだ、むっつりとした顔でアスカーを見つめていたが、にやりとする。

「あの男は、秘密にしていたんだな。まあ無理もないか……」

「無理もない？」アスカーが眉を上げる。「どうして？」

その質問を、アッティラは意外に感じたようだった。

アッティラはふたたびアスカーを見つめた。だが、オッドアイの眼に見つめ返され、長くはもたない。口の端が引きつっている。

「そうだな、簡単に言えば、ここにいる人間は誰ひとり信用できないってことだ。ここはキャリアがはじけ飛ぶか、死んじまう場所だからな。何とでも好きに言えばいいがな。ここから抜け出す方法はないんだ。だからみな、ちょっとでも自分の得になることをやろうってわけだ」

「つまり？」

アスカーの問いに、アッティラはいらつきながらも、面白がっているようだった。

「要するに、ここにはルールがないってことだ。例えばロシエンだが、あいつは〈シードスヴェンスカン〉の記者に熱を上げていてな。いいネタをつかんだら、そいつに電話してるんだよ。甘い言葉やら、たまに一杯やりながらのランチに付き合ってもらうのを期待してな。実のところ、その記者っていうのはゲイなんだ。みんな知ってることだが」

アッティラが鼻で笑う。どうやら調子が出てきたらしい。

「ザファーは、もう気づいてると思うが、耳が聞こえないだけじゃなく、頭もおかしい。報告書とやらに、もう四年もかかりっきりだ。それからヴァージルソン。あのチビガエルは、腐りきってる。御大層に鍵なんかぶら下げて、得意げな顔で歩き回っている。何かっていうと取引を持ちかけて、やたらと顔を突っ込んできやがる。ブタ箱にいるやつらと同じだよ」

「じゃあ、あなたは?」アスカーがたずねる。「あなたはどうなの?」

「俺は人とは関わらない」アッティラが答える。「そのほうが気楽だ」

「わかった」アスカーはひじ掛けを叩いた。「じゃあ、もう邪魔はしない。サンドグレンのログイン情報は、いつ手に入る?」

アッティラは腕時計に目をやった。中にかぎタバコでも入っているのかというほど文字盤の大きなダイバーズウオッチだ。

「ＩＴ部門のやつらからコードを手にいれなきゃならんが、もう今日は帰ってるだろう。早くて明日の朝いちばんだな」

そこでまた、アッティラはアスカーを見つめた。濃い眉毛の下の目を細める。何か言いたいことがあるらしい。

「アスカーってのは、珍しい苗字だよな」

自分の中で出した答えに満足したように、アッティラがうなずく。おかげでアスカーは返事をする必要がなかった。キッチンでアッティラと話をしたときから、こうなる予感はしていた。

「秘密警察にいた頃、捜査をしたことがある。パール・アスカーのな」アスカーの反応を期待するように、パールの名前をゆっくりと言う。

だが、アスカーは何も言わない。

「頭の切れるやつだったよ」アッティラは話を続ける。「予備兵でもあったエンジニアで、軍需企業の開発部で部長をやっていた。当時の上司によると、正真正銘の天才だったとか。だがパール・アスカーは雇い主ともめ事を起こした。自分に権利があると思っていた特許のことが理由だとか。パールはクビになり、会社を訴えて、裁判で負けた。同じ頃、妻に見捨てられて、それで完全に頭をやられちまった。天才と狂気は紙一重、ってことだ」

　アッティラは、人差し指で頭を何度か叩いた。

　アスカーは、まだ何も言わない。

「それでパール・アスカーはマルメを出て、スコーネの未開の森に移り住んだ」アッティラは話を続ける。「ちょっとした土地を買い、ファームと名づけた。それで、審判の日の預言者だか、プレッパーだかになった。近頃じゃあ、そういう頭のおかしい連中を何と呼んでいるのか知らんがな。バンカーをつくり、野菜を育て、この世の終わりに備えて、あれやこれやの演習をしていた。最後の裁判に負けてから一年ほど経った頃、パールの元の雇い主が所有する研究施設で、不可解な爆発が起こった。怪我人は誰もいなかったが、爆発の後始末に莫大《ばくだい》な費用がかかった。

　元の雇い主は、パールがスウェーデン版ユナボマーにでもなったんじゃないかと恐れ、秘密警察の出番になった。だが、パールをスパイするのは至難の業だった」

「へえ、そうなの？」

「ああ。パールは偏執症のサイコ野郎だったのさ。あいつは見張られていることも、盗聴されていることも知っていた。車の中でただ座って見張っていてもらちが明かない。それで、軍隊経験のある俺と同僚とで森へ乗り込んだってわけだ。俺たちは何日も張り込んで、双眼鏡でファームを監視した」

アッティラは含み笑いをした。

「人生で最悪ってくらい、こっぴどく蚊《か》に刺されたよ。あの森にいる蚊は、スズメバチくらいの大きさだからな」

アッティラは、お前ならわかるだろう、というような目をアスカーに向ける。もちろん、アスカーにはわかっているが、知らんぷりを決め込む。

「ともかくだ、爆発事件を捜査したが、何もわからなかった。結局、パール並みに頭のいかれた俺の上司は、パールは危険人物ではないと判断して、放っておくことに決めたのさ。それから何年かして、パールは自分自身を爆破しちまった。確か手と目をやられて、精神病院に入るはめになった」

アッティラは口を閉じ、アスカーが何か言うのを待った。

「面白い話」アスカーはうなずきながら言う。

「だろう？」アッティラはゆがんだ笑みで応えた。「俺は、あいつのファームを夏じゅう見張っていたんだ。あそこで起きたことは、ほとんど見ている。なかでもひとつ、忘れられないことがある」

「どんなこと？」アスカーはたずねたが、その答えに見当がついていた。

「パール・アスカーには娘がいたんだ。その娘は、パールの偏執的な生活スタイルにどっぷり浸《つ》かって育った。正気とは思えん訓練や仕掛けにもな。パールにとって、娘は人生最大のプロジェクトで、切れ味抜群になるまで磨きをかけた。射撃に接近戦、車の運転、ありとあらゆることを教え込んでな」

アッティラはひとりで笑う。

「俺が情報を探っていたとき、その娘が振り返って、双眼鏡越しにまっすぐ俺を見たんだ。誓ってもいい。こっちはカモフラージュネットにくるまって、二百メートルも離れていたんだぞ。俺は完全に隠れているはずなのに、あの娘には見えているようだった。あの目はいまだに忘れられん」

参ったというように、アッティラは舌を鳴らした。

「正直に言うとな、あのパールの娘がどうなったのか、ときどき考えていたんだよ。あの育ちから抜け出せたのか、父親と同じくらい狂った大人になったのかってな」

アッティラはそこで黙り込み、アスカーが答えるのを待った。

「興味深い話をどうも」アスカーはゆっくり立ち上がりながら言った。「サンドグレンのログイン情報が手に入ったら、知らせて」

アスカーは冷たくほほ笑むと、ゆったりときびすを返し、ドアへと向かった。

震えているのを悟られないよう、手をポケットに突っ込んで。

十七年前

校長室の前の椅子は、岩のように固い。わざとそうしているのだろう。ここで待つ人間は、不安で落ちつかない気分になるべきなのだ。誰だろうと、軽く考えてはいけないのだ。

レオは目を閉じて座っていた。涙でまぶたの裏が火照《ほて》る。

校長室の中には父親がいる。

ときおり、その父親と校長が交わす話し声が、途切れ途切れに聞こえてくる。

「暴力は……弁解の余地が……虐待……」

ただではすまないだろうと、レオもわかっている。学校のトイレで騒動を起こした罰として、何がいちばんふさわしいのか、パールはすでに目星をつけているはずだ。何を禁止するか、どんな雑用をどのくらいの期間やらせるのか。

レオが暴力をふるったことではなく、パールをここに来させたことへの罰なのだ。安全な場所であるファームから、まぬけどものところに引っ張り出した。

レオはパールに背いたのだ。

嗚咽がこみ上げてくる。アスカーは何度もそれをこらえ、引っ込めようとする。目を開けると、マーティンが横に座っていた。ジャンパーはまだ濡れているが、プライドはどうにか取り戻したようだ。

マーティンがいつからそこにいたのか、何を聞いたのか、レオにはわからない。何も言わず、ただレオの隣に座っている。

ドアの向こうで、パールが話しはじめた。くぐもっているが、落ちついた声だ。レオにはほとんど聞き分けられる。あの声。パールが穏やかで落ちついた声を出しているときこそ、最も危険なのだ。悔し涙がまつげをつたってきて、レオは急いでぬぐう。

マーティンが咳払いをする。

「きみのお父さん、ずいぶん個性的な人だね」

レオは返事をしない。

「実はいちど会ったことがあるんだ。ホームセンターでね。きみのお父さん、斧《おの》と防水シートと、かごいっぱいの銃弾を買ってた。『あの人が殺そうとしているのは、僕じゃありませんように……』って思ったよ」

アスカーは鼻を鳴らした。なぜだろうか。マーティンの声か、パールのことを話す口ぶりか、それとも冗談のせいか。

理由が何だろうと、アスカーの反応にマーティンは背中を押されたようだ。

「いやほんと、どう見たって連続殺人犯って雰囲気だったんだよ。それで音が鳴るくらい膝がガクガクしてきちゃってさ。マラカスをぶつけてるみたいに……」

レオはまた鼻を鳴らした。もう我慢できなかった。

マーティンが椅子から立ち上がる。

「こんな感じでさ」膝をガクガクいわせながら、廊下を行ったり来たりする。

レオは声を出して笑っていた。涙は止まっていないが、もう気にしない。

マーティンはまだ廊下をうろうろしている。

「ゲッ！　ちびっちゃったよ！　プレッパー・パールが殺しに来る……」

そのあだ名に、レオは息ができないほど笑った。

「プレッパー・パール」クスクス笑いながら、息を弾ませて言う。「それ最高！」

マーティンは爪先立ちになり、かかしのように肘を肩まで上げると、頭を低くして、不気味な目つきでレオを睨《にら》みつけた。

「こっちを見ろ、俺はプレッパー・パールだ。バンカーに住んで、みんなを死ぬほど怖がらせている。世界の終わりはそこまで来ているぞ！」

そのとき物音がして、マーティンが振り返る。

校長室のドアが開いていて、パールが戸口に立っていた。

フランネルのシャツに迷彩柄のズボン、ブーツという恰好だ。一文字に結んだ口と落ち窪んだ目、後退した生え際にとがった鼻が、猛禽《もうきん》を思わせる。視線を向けられると、頭を打ちぬかれたような気分になる。

マーティンは慌てて背筋を伸ばした。

マーティンが怖がっているのは見てわかった。無理もない。ほとんどの人が、レオの父親を見るとそうなる。マーティンの本能が、さっさと逃げろと叫んでいるはずだ。それでも、マーティンはそこに立っていた。パールの刺すような視線を受け止めて。

「お伝えしておきたかったんです……」咳払いすると、勇気を出して顎を上げる。「……レオは僕を助けてくれました。本当にすばらしい人だと思います」

パールはしばらくマーティンを見つめていた。それから鼻を鳴らして何かをつぶやくと、レオのほうに顎をしゃくり、行くぞとうながした。

出口のところで、レオは肩越しにちらりと振り返った。

マーティンはまだそこに立っていた。膝が少し震えている。

それでも、マーティンは片手をあげ、振ってみせた。

車に乗っても、パールは数分間、何も言わなかった。まっすぐ前を見つめ、家へと車を走らせる。物思いにふけっているようだ。

「受け入れられない」パールはつぶやいた。ほとんど聞き取れないくらい、小さな声だった。

レオは返事をせず、ただうつむいていた。

自分の行動のことを言っているのに違いない。

だがさらに沈黙が続き、パールが何か別のことを考えているのではないかと思いはじめる。マーティンのものまねをどこまで見ていたのか？　笑い声を聞かれただろうか？　茶化されたのは自分だと気づいたのか？

レオはいつものように、パールのことを恐れていた。

それでも、パールの声には、いままで聞いたことのない何かがあった。

受け入れられない、という短い言葉の中に、アスカーはそれを感じ取ったのだ。

驚き。ひょっとしたら、ほんの少しの――不安。

パールがいつもの口調で話しはじめた。

考え出したありとあらゆる罰を、父親の信頼を取り戻すための試練を並べ立てている。

だがこのときばかりは、レオも聞き流していた。

プレッパー・パール、とレオは考える。それから、マーティン・ヒルの姿が目の前に浮かぶ。
思わず笑みがこぼれた。

スミラ

赤いライトが灯ったとき、前回とは違って、スミラは準備ができている。ドアの足元のハッチがガタガタと音を立てた瞬間、ベッドから跳ね起き、ドアの向こうで誰かがライトのスイッチを押したときには、スミラは待ち構えていた。

こぶしで鋼鉄のドアを叩き、大声を張り上げる。

「ねえ！　ちょっと！　聞こえる？」

返事はない。靴底が床をこするかすかな音が聞こえるだけだ。

スミラはもう一度、ドアを叩いた。

「何か言いなさいよ！」

だが、辺りは静まり返っている。誘拐犯の手掛かりはない。ハッチの向こう側に見えるのは、食事のトレイが置かれた床だけだ。

犯人と接触するために、ありとあらゆる手を使った。人質学校の講師にも言い聞かされていたが、話をする気がない相手に、こちらの人間性をアピールして同情心を起こさせようとしても無駄なのだ。

だが幸い、スミラにはプランBがある。

今日の食事も、いつもと同じメニューだ。パック入りのジュース、ぱさぱさしたパンが少々と、紙皿に盛られた野菜。野菜には冷えたソースがかかっていて、指ですくって食べなければならない。たまらなく空腹だったが、食事には手をつけなかった。明かりが消えるまで、約三分。その時間を最大限利用したい。ここを逃げ出す助けになるようなものを見つけるのだ。情報、何らかの道具、即席の武器になるようなものを。

食事が出てくるドアとハッチは、すでに調べている。ドアハンドルがあるはずの場所には、丸い金属のプレートが取りつけられている。ハッチは内側にしか開かず、開口部はトレイが通るだけの高さしかない。ドアからベッドまでは三歩。赤いライトの光は、マットレスと毛布、枕を照らし、部屋の奥まで届いている。

部屋は長方形だ。それももうわかっている。

幅は三メートルで、奥行きは四メートル程度。壁、天井、床はコンクリートで、グレーに塗られている。ベッドの反対側の壁には、約五十センチ四方の換気用の金属格子がはめられている。

スミラは格子に指を突っ込み、壁から外そうとした。しっかりと固定されていると、最初からわかっていたのだが。

そのほかには、部屋の中には何もない。

だが、部屋の片隅の床に、以前は気づかなかった亀裂《きれつ》があるのを見つけた。

ひざまずき、亀裂を壁のほうまで指でなぞっていく。

コンクリートに指先を引っかかれるが、じょじょに壁から破片が剝がれていく。

赤いライトが消えたそのとき、スミラはちょうど手の中に納まるくらいの、先のとがったくさびのようなコンクリートの破片を剝がし終えていた。

アスカー

木曜の午後六時半になろうとする頃で、街灯はすでに灯っていた。エーレスンド海峡から吹き寄せてきた霧が、波止場に乗り上げ、ゆっくりと通りへ這い広がり、やがてすべてを霞《かす》ませる。

リサンデル・アンド・パートナーズのだだっ広いオフィスは、マルメのストートリエット広場にほど近い、十九世紀末に建てられたビルのフロアを占領している。

高い天井、ヘリンボーン柄のフロア、モダンアートやデンマークデザインの家具。天井ライトだけで、警部の年収を超えているだろう。

ガラス張りの入口は鍵がかかっておらず、受付に人はいない。会議室から話し声や音楽が聞こえてきた。ロッド・スチュワートがアメリカのスタンダードナンバーをしっとりと歌い上げている。

アスカーは一瞬、このままそっと出て行こうかと考えた。

心を決められずにいるうちに、会議室からカミーレが出てきた。

妹は、いつものように完璧だった。肌も髪も化粧も服も、綿密に整えられ、ばっちり決まっている。

母親をそっくりそのまま若くした感じだ。ただし、母親ほど恐ろしくはないが。

「レオ、来てくれたのね！　父さんもすごく喜ぶわ！」

カミーレはアスカーの腕をつかむと、会議室のほうに引っ張っていった。

十五人くらいの人間が集まっている。すべてここの職員で、みな似たような恰好に似たような見た目、似たような行動をしているので、見分けるのは容易ではない。アスカーにしてみれば、見分けようという気もないのだが。

シャンパンがグラスの中ではじけ、テーブルの上にはカナッペのトレイが置いてあるが、ほとんど残っていない。

アスカーの姿を見つけ、ジュノーの顔が輝く。人込みをかき分けて近づいてくると、アスカーを抱きしめた。

「来てくれてありがとう」耳元でささやく。「無理しなくてよかったんだよ」

「あなたの聖人祝日だもの、もちろん来るわよ」アスカーが答える。「まあ、夏にしてくれたほうが良かったなと思うけど」

「わたしもだ」ジュノーが笑う。「イザベルには内緒だよ」

母親が現れた。どこからともなく、などということはない。イザベル・リサンデルが部屋にいれば、その存在に気づかない人間はいない。
「レオ、来てくれてうれしいわ」
「ああ、母さん」
「まだ少しカナッペとシャンパンが残っているわよ」
アスカーは、まだ昼食を食べていなかったことを思い出す。
マニキュアで完璧に飾られた手で、テーブルを指さす。
グラスを片手に、サー
モンのカナッペを口に放り込んだ。言うまでもなくすばらしい味だ。見あたらないので、同じ皿からさらに二切れ取って、口に入れる。ほかの食べ物が
振り返り、ジュノーと母親のほうに目をやると、カミーレとフレデリックもやって
きていた。
「やあ、レオ！」フレデリックは軽薄そうな笑みを浮かべて言った。いまとなっては
よくわからないが、アスカーはその笑顔を魅力的だと思ったこともあった。
カナッペをほおばっていたので、アスカーはうなずくだけにした。
「フレデリックはいま、大きな案件に取り組んでいるのよ」カミーレが言う。
「企業の合併だよ。たいしたことはない」フレデリックは控えめなふうを装う。「だ
がうちの会社にはじゅうぶんな手数料が入るだろうね。そっちの仕事はどうだい、レ
オ？」

カミーレがフレデリックの腕を軽くゆすり、たしなめるような横目を送る。レオが左遷されたのはみなが知るところだ。当然、イザベルは顔には出さない。シャンパンのグラスを軽く揺らしているだけだ。

「順調よ」カナッペを飲み込むと、アスカーは答えた。「新しい役職に配置換えになったんだけど、行ってみたら面白い発見がいくつかあって」

「ああ、それは良かった」フレデリックは言い、カミーレとほっとしたような笑みを交わす。

アスカーたちはひどく気まずい沈黙のなか、五秒ほど立ちつくしていたが、カミーレにとっては三秒ほど長すぎたようだ。

「子どもたち、わたしのオフィスにいるの」カミーレが言う。「iＰａｄを渡して、好きにさせているわ」

アスカーはシャンパンを飲み干した。

「じゃあちょっと行って、あいさつしてくる」

カミーレのオフィスは、入口からいちばん遠い部屋だ。明るい色調と白樺《しらかば》の木材、マリメッコの模様でまとめられている。

ふたりの少女がソファーに腰かけ、どちらもiＰａｄに夢中だったが、部屋に入ってきたアスカーを見て大喜びした。アスカーの首に飛びつき、自分たちの間に引っ張り込む。そして六歳児にしかできないやり方で、アスカーの手や髪をいじくり回し、あれやこれやといっぺんにわめきたてている。アスカーは話について行こうとしたが、とても無理だった。

そのうちに、子どもたちはまたiPadに気を取られはじめた。しばらくその姿を見ていたアスカーだったが、絡みついている子どもたちの手や腕、足をそっとはがすと、こっそり廊下に出た。

カミーレの隣の部屋はイザベルのオフィスだ。ドアは細く開いており、デスクランプだけが灯っている。ここにはいままで何度も訪れているが、中の様子をうかがわずにはいられない。

あいかわらず堂々とした部屋だ。高級そうな絨毯に、天井まである本棚。部屋の片側には、少なくともふたつの法律事務所をイザベルと共に渡り歩いてきた、がっしりとしたオークのデスク。反対側には艶《つや》やかなダークレザーに覆われた、アルネ・ヤコブセンのソファーセット。背の高い窓と窓の間にはバーワゴンが置いてあり、チャーチルもご機嫌になるくらいの酒がたっぷり揃っている。

イザベルのオフィスの中で何よりもすごいのは、壁のパネルに埋め込まれた秘密のドアの向こうに、専用のバスルームを持っていることだろう。化粧直しにはもちろん、ほかの人間とトイレを共有したくない人間にとっては最高だ。そこは、アスカーとイザベルの数少ない共通点のひとつだった。

アスカーは中に忍び込むと、ドアの鍵を閉めた。ズボンを下ろし、便座に腰を下ろす。このオフィスのすべてが気に入らなかった。理由は自分にもわからない。ジュノーもカミーレもフレデリックも、このオフィスで働く人たちは悪い人間ではない。彼らはただ、堅苦しく、退屈なのだ。アスカーが知っている、あるいはかつて知り合いだった人間はみんなそうだ。マーティン・ヒル以外は。

ズボンのポケットの中で、携帯電話が振動した。

隠しカメラへのリンクと、ログイン情報です。

ではまた。ダニエル・ニーゴード

アスカーはウェブサイトを開き、タップしてログインした。少し雑音が聞こえたあとで、鉄道模型のライブ映像が映し出される。

部屋は真っ暗だったが、非常口のサインが点灯しているおかげで、部屋の中は見える。カメラは部屋の長辺側の壁の中央辺りに設置されていた。といっても、模型が大きすぎるのと、カメラが模型に近すぎるのとで、すべてを見渡すことができない。冬のジオラマが置かれている部屋は戸口しか映っていない。一方で、正面入口と非常口ははっきりと見える。ニーゴードはそちらを映すのを優先したのだろう。

賢い選択だ。設置したのがアスカーでも、そうしただろう。

カメラのセッティングを微調整し、録画が二十四時間になっていることを確かめる。

ご協力に感謝しますとニーゴードにメールを送り、携帯電話をしまうと、立ち上がった。

水を流そうとしたそのとき、オフィスのドアが開く音がした。寄木細工のフロアを打つハイヒールの音が続き、デスクのそばの絨毯のところまで来ると途絶えた。それから、イザベルの声が聞こえてきた。

「いいわ。ここなら大丈夫」

しばしの沈黙が広がる。どうやらイザベルは電話に出ているらしい。

「わかった」イザベルが言う。「それで、どこに駐まっていたの?」

アスカーは耳をそばだてた。車の話をしているのは明らかだ。だがイザベルは仕事モードの声を出している。ということは、つまらない駐車違反の話をしているのではない。アスカーの直感が、イザベルは間違いなくホルスト事件のことを話していると告げていた。

「それで、どうやってそこまで来て、いつから駐まっているのか、わからないというのね?」イザベルが言う。電話の相手が説明をしているらしく、さらに長い沈黙が続いた。アスカーはできるだけトイレのドアに近づく。

「それは残念ね」イザベルが話を続ける。「つまりあなたは、スミラを誘拐した犯人について、自分が立てた仮説を見直しているということ？」

アスカーはドキッとした。直感は正しかった。

ヘルマン――電話の相手はまず彼だろう――が話しているあいだ、また沈黙が広がる。

「了解」イザベルが答える。「すぐにホルストに知らせるわ。連絡をどうも」

イザベルは電話を切った。

アスカーはほとんど息ができなかった。ヘルマンたちは、マリクの車を見つけた――そこまではつかめた。だが、ほかにも何かある。

オフィスでは、イザベルが別の電話をかけていた。

「トーマス、イザベル・リサンデルよ。ついさっき、ヨナス・ヘルマンから連絡が入ったわ。警察がマリク・マンスールの車を発見した。マルメのはずれの廃工場の横に駐まっていたそうよ。でも、残念ながら話はそれだけじゃないの……」

短い沈黙ののち、イザベルがふたたび口を開いた。

「マリクは助手席に座っていたのだけれど」重々しい口調で告げる。「数日前に死亡していた」

アスカー

鑑識は、マリクの車と、その周辺のひび割れたアスファルトの上にテントを張り、降りしきる雨から犯罪現場を守っている。作業ができるよう、テントの中には強い照明が当てられており、ときおりテントの側面に人影が映る。

現場には完璧な非常線が張られていた。百メートル四方の区画で、その奥には、崩れかけた工場の輪郭を囲う、錆びついた古いフェンスが見える。

大きなゴルフ用の傘で雨をしのぎながら、視聴者に向けて生中継しようと奮闘するずぶ濡れの記者たちに、レインコートを着た数名の警察官が目を光らせている。

アスカーはだいぶ離れた場所に車を駐め、駐車場を取り囲むように生い茂るカバノキの雑木林の中に身を置いていた。

言い訳をしてパーティーをあとにしたときは、車とマリクの遺体を見せてもらえるよう、科学捜査課の人間に取り入るチャンスがあるかもしれないと思っていた。だがヘルマンとその部下たちがまだ現場にいる以上、アスカーが顔を出すわけにはいかない。

双眼鏡越しに、ヘルマンを観察する。

鑑識の人間に向かって何かを話しているが、遠く離れているうえ暗すぎるため、唇を読むことはできない。だが、ヘルマンの態度はわかりやすかった。そっけなく、ぎこちない。緊張しているようだ。

当然だろう。ヘルマンの捜査は振り出しに戻ってしまった。第一容疑者は死んでいたのだから。ヘルマンの捜査は振り出しに戻ってしまった。

ヘルマンは部下たちを自分の周りに集めた。エスキルとあと数名。

数日前までは、アスカーの部下だった者たち。

彼らはヘルマンに疑問を抱きはじめるだろうか？　この窮地に部下たちをまとめているのがアスカーだったら、彼らは間違いなくそうしただろう。

互いに意味ありげな視線を交わしたり、眉をほんの少し上げて、そもそも見立てが間違っていたんじゃないかとほのめかしたり。

だが、そんなそぶりは見えない。小さな声で話をしているのか、彼らの輪が狭まる。リーダーを囲んで団結している。

ヘルマンが向きを変え、非常線のほうへと歩いていく。大きな傘をヘルマンの上に差し出しながら、エスキルがいそいそと後に続く。

ヘルマンは颯爽《さっそう》としている。それは否定できない。黒いトレンチコートにポロシャツ。ストラップで首から下げたバッジ。テレビに出てくる刑事そのものだ。

記者たちがすかさずヘルマンの周りに群がるが、アスカーのほうからはおぼろげにしか見えない。

携帯電話を取り出し、ニュースサイトを画面に表示する。

しばらくすると、ライブ映像にヘルマンの姿が現れる。音声をオンにしたまま、双眼鏡でヘルマンを見つめる。

「ご承知の通り、ホルスト事件と関連があると思われていた車が、数時間前、この場所で発見されました」ヘルマンは話を始める。「車内には、車の所有者であり、スミラ・ホルストの元恋人であった人物の遺体が残されていました。家族にはすでに連絡をしており、車はこのあとすぐ、科学捜査に回されます。現時点でお伝えできることは以上です。スミラ・ホルスト行方不明事件の捜査は、引き続き警察の総力をあげて行われます。ご理解に感謝します」

ヘルマンは質問の声を無視し、記者たちに背を向けると、部下たちが待つ鑑識のテントに戻った。そのとき、大きなレッカー車が駐車場に入ってきた。アスカーは双眼鏡を下げる。

残念なことに、マリクの車を調べるチャンスはないようだ。少なくともこの場所では。

雨が激しさを増す。もうここにいる理由はない。きびすを返すと、よく訓練された軽快な足取りで茂みを抜けた。

だがそこではたと立ち止まり、視線を上げる。

背筋がぞわぞわするような感覚が、また戻ってきたのだ。

今朝、バックミラーに映るヴァンに気づいたときに感じたのと同じ感覚。

ゆっくりと振り返る。

駐車場では、記者やカメラマンたちが、雨をよけようと車やヴァンに飛び乗っている。何かを大声で叫び、大きな音を立ててドアを閉める。

みな自分の仕事に集中しているようだ。

車のヘッドライトや現場を照らすスポットライトの光が見えるだけで、廃工場は闇に埋もれている。街灯の明かりも灯っていない。アスカーは双眼鏡を目元に持ってきて、駐車場の反対側の木立に焦点を合わせる。

すべてが暗闇と静寂に包まれている。動くものも、ちらっとでも光るものもなく、人がいる気配はない。

それでも、誰かに見られているという感覚はぬぐえなかった。

彼はプリペイドの携帯電話から、マリクの車のことをこっそりと通報した。ＳＩＭカードと携帯電話を破壊し、辛抱強い猟師のように暗闇に潜むと、二番目に眺めのいい場所から見つめる。

最初のパトカーが現れたのは、通報からわずか十分後のことだった。

それからは、何もかもがあっという間だった。非常線、鑑識、テレビや新聞で見たことがある横柄《おうへい》な刑事。

そんな光景を、彼は強力な暗視機能のついた双眼鏡で眺めていた。警察官たちの動きを観察し、彼らの表情を観察する。

期待どおり、誰もが当惑していた。起きていることがよく理解できていない。明らかな事実以外は。

車の持ち主は死んでいたという事実以外は。

だが、警察のやつらにはその理由がわからない。彼が暗闇の中にいて、自分たちを見つめていることにも気づかない。

いま起きている出来事は、何ひとつとして――自分たちが立っているこの場所でさえ、偶然ではないということも。

実のところ、彼が何よりも気にしているのは、警察の動きではなかった。通報するというリスクを負ったのにはわけがある。もっと安全な方法で、車を処分することもできた。二度と見つからない方法で。あの二人組の逃亡者が乗ってきたポンコツのボルボのように。

だがそうしてしまうと、このチャンスを逃すことになる。記者たちが非常線の周囲に群がり、そこにあの傲慢な刑事が歩いてきた。警察の捜査に思わぬほころびができてしまったことを認めたくはないはずだ。何が起きているのかも、誰を追っているのかも、それを摑む手掛かりが一切ないということも。

なぜなら、彼は目に見えない存在だからだ。

怪物なのだ。

彼はフェンスに沿って双眼鏡を走らせた。駐車場の反対側の雑木林へと。そこがいちばん眺めがいい。

薄暗くて肉眼では何も見えないが、暗視双眼鏡なら見つけるのはたやすい。

彼の心臓が高鳴りはじめる。

彼が期待したとおり、彼女がそこにいた。

彼の餌に食いついたのだ。彼女のために残しておいた場所をちゃんと選んでいる。彼女の顔にズームする。彼の双眼鏡の中では、彼女の姿は緑がかって見えるが、それでも彼は直感で、あの魔法の目をとらえていた。

彼女は犯罪現場に完全に気を取られており、双眼鏡と携帯電話で警察の動きを監視している。誰かが自分のことを見ているなどと、まったく疑いもしていない。

彼は興奮していた。

呼吸が荒くなり、口が乾く。

「レオノール・アスカー」ささやくように言う。

音のひとつひとつを味わうように。

もう何年も、こんなふうに感じたことはない。赤いリュックサックを背負ってバスから降りてきた少女を目にして、特別な存在だと気づいたとき以来だ。そのとき彼は、どんな危険を背負っても、その少女を手に入れなければならないと決めたのだった。

アスカーは、彼と同じ観察者だ。外側にいて、のぞき見ている。決して中に入ろうとしない。なぜなら彼のように、ほかとは違っているから。

「レオノール・アスカー」もう一度ささやく。

彼女なら彼を理解できる。模型をとおして、彼が何を見せようとしているのかを。

彼が誰なのか、わかるはずだ。

彼が何者なのかを。

しばらくのあいだ、彼は双眼鏡越しにアスカーの姿を見つめていた。どんな小さな動きも、魅入られたように追いかける。ガラス瓶の中の美しい蝶にうっとりしたときのように。

アスカーが携帯電話をしまい、その場を去ろうとしたので、彼はがっかりした。

だが、アスカーは立ち止まり、ゆっくりと振り向く。

彼はその顔にズームすると、唇をなめる。

そのとき突然、驚くべきことが起きた。

圧倒されるような出来事が。

レオノール・アスカーが、彼を見つめ返したのだ。自分の双眼鏡を上げ、暗闇を貫くように彼を見つめている。彼の姿など見えないはずなのに。

彼は狩る者で、彼女は獲物だというのに。

「魔法の目だ」彼はつぶやく。

ほんの短い、息を飲むような瞬間に、彼はずいぶん長いこと味わっていなかった感情をおぼえる。十代以来、感じたことのないもの。

恐怖。

そして、暴力的な欲望を。

ヒル

ヒルが友人たちとパブにいたとき、携帯電話の画面にニュース速報が表示された。

行方不明になっているマルメの若者二名のうち、一名が遺体で発見。

ヒルは友人に断ると、ニュース映像を観るため人けのない場所に移動する。

ポロシャツにトレンチコートを羽織り、警官バッジをストラップで首から下げた刑事が、車を発見したことと、車の所有者が死亡していたことを淡々と説明している。

さっと血の気が引いた。マリク以外にあり得ない。詳しい情報を探すが、見つからない。

MMは亡くなり、恋人のスミラはまだ行方不明だ。

ひどすぎるニュースだ。

上向きかけていた気分が、一気にしぼむ。友人に言い訳をして、家に帰ることにした。

MMが死んだなんて信じられなかった。何日かまえに会ったばかりで、そのときはまったく元気そうだった。少なくとも、ヒルはそう思っていた。それとも、ヒルが見過ごしていた兆候でもあったのだろうか？　ＭＭが問題を抱えていることを示す何かが。

自分にできることは、何もなかったのだろうか？


家に着くなり、ヒルはもう一度ニュース映像を再生した。今度はパソコンの画面で。ポロシャツの刑事は断固とした表情を浮かべている。カメラが向きを変え、非常線の奥にある、照明で照らされたふたつのテントを映し出す。さらにその向こうには、錆びついた金網と、ヒルにも見おぼえのある廃墟が見える。

ヒルは映像を巻き戻し、一時停止させる。拡大と縮小を繰り返し、それが本当に自分の考えているとおりのものなのかを確かめる。

背後に映っている建物は、ほんの数日前、ソフィーと一緒に訪れた古い廃工場だった。

「どういうことなんだ」ヒルはつぶやいた。

金曜日

アスカー

アスカーは家に帰ると、熱いシャワーを浴び、乾いた服に着替えた。深夜のミステリー番組を観ながらテイクアウトを食べ、リラックスしようとする。

だが、うまくいかない。いろんな考えが頭の中で渦巻いている。

マリクの母親、ハナのことを考える。息子のベッドを整え、わけのわからない状況に、ほんの少しでも秩序を見出そうとしていたことを。

ハナは息子が行方不明になったと聞かされ、さらには誘拐犯だと疑われていることを知った。だが実は、息子は死んでいたのだ。

絶望しているに違いない。

そしてスミラは行方不明のままだ。彼女も遺体で発見される恐れがある。そうなると、ふたつの家族が絶望することになる。

一方で、ヘルマンの捜査方針は根底から覆された。ヘルマンは迷っているはずだ。自信が揺らぎ、ひょっとしたら弱気になっているかもしれない。

問題は、ここで自分がどう動くかだ。

そもそも、この件に関して、自分は何かをすべきなのか。

それよりも、目立たずにいることが最も効果的な戦略であるのは明らかだ。ヘルマンの捜査が自滅することを期待して。

それでも、ベングト・サンドグレンに何か心当たりがあったことは否定できない。ジュリア・コリンとトール・ニルソンも、スミラやマリクと同様、痕跡も残さず姿を消し、同じ鉄道模型の中に小さな人形となって現れている。サンドグレンをのぞけば、このつながりに気づいているのはアスカーだけだ。

ベングト・サンドグレンが、現時点でアスカーが知っていること以外に何かを探ろうとしていたのなら、それはスミラの誘拐犯を見つける手掛かりになるはずだ。そしてうまくいけば、ヘルマンが尻尾《しっぽ》を巻いてストックホルムに逃げ帰るよう仕向けるチャンスが手に入る。

もちろん、まだ探ることがあるのなら、だが。

真夜中を過ぎ、アスカーはいつのまにかソファーでうたた寝をしていた。だがちょうど二時を回った頃、首の痛みと口の渇きを感じて目を覚ました。

もう一度眠るのは無理だと、経験上わかっている。

何かしていたほうがましだ。服を着替え、ガレージから電気自動車を出すと、夜に向かって車を走らせた。強風が舞い上がりはじめる。地面を這いのぼってくる突風に、ハンドルが激しく揺れた。

ベングト・サンドグレンは、集中治療室の個室にいた。頭には包帯が巻かれ、顔には治りかけの痣《あざ》だろうか、青みがかった黄色いしみがまだらに浮かんでいる。目は閉じたままだ。鼻と頰の辺りには、長年のアルコール依存を物語るように、壊れた毛細血管が網目のように広がっていた。

肺に空気を送り込むための挿管チューブが、太った芋虫のように毛布の上にらせんを描き、サンドグレンの肋骨《ろっこつ》がゆっくりと上下する。部屋の隅に置いてあるモニターが、弱々しい呼吸や心拍数をモニターしていた。

何を期待してここに来たのか、自分でもわからない。アスカーが探し求めている答えを、サンドグレンが教えてくれるはずもない。

だが謎の解明に、サンドグレンが思っていた以上に迫っていたという予感は消えない。黒いヴァンに追いかけられて以来、特にその思いは強くなっている。

そして、マリク・マンスールが死んでいたという事実。

それでも、アスカーが抱えている疑問のいくつかは、少なくとも答えが得られるだろう。ひとつは、サンドグレンが倒れたときの状況だった。

アスカーは、廊下ですれ違いかけた勤務中の医師をつかまえた。アスカーと同年代の、疲れた目をした女性の医師だ。アスカーは身分証を示し、ここに来た理由を説明する。

「ベングト・サンドグレンさん?」ドクターが聞き返す。「ああ、そういえば、彼が運ばれてきたとき、わたしが当直でした。心臓発作と、落下による頭蓋骨《ずがいこつ》損傷です。隣人が発見したらしいと、救急救命士が言っていました」

「そうなんですか?」

医師がうなずく。

「何かを借りに来たお隣の男性が、玄関の窓越しに、階段の下に倒れているサンドグレンさんを見つけて救急車を呼んだ——少なくとも、そう聞いています。サンドグレンさんは単に階段から落ちたのではなく、心臓発作を起こしていたのだと、救急救命士もすぐにはわかりませんでした。幸い、サンドグレンさんが服用している心臓病の薬が見つかったので気がついたわけです。サンドグレンさんはお気の毒でしたが、それでもいろんな意味で運が良かった。お隣の方が来るのがもう少し遅かったら、助からなかったでしょう」

「サンドグレンの持ち物などは?」

「そういうものがあれば、病室のロッカーに入っているはずです。看護師に鍵を開けるように言いましょうか?」

結局、ロッカーに入っていたのは、心臓病の薬とサンドグレンの財布だけだった。

「家の鍵は？」看護師にたずねる。

「ありません。緊急連絡先になっている方が持っていったと思いますが」

「緊急連絡先？」

「ヴァージルソン、という方だったかと。ときどき訪ねてきていますよ。あの花を持ってきたのも、その方です」

看護師が窓際に置いてある、しなびた小さな花束を指さす。

アスカーは礼を言うと、サンドグレンのベッドの横でしばらくのあいだたたずんでいた。

サンドグレンの心拍は落ちついている。挿管チューブを通って、空気が一定のリズムで運ばれてくる。

窓の外では、夜が少しずつ早朝へと変わろうとしている。

マリク・マンスールのことを、ふたたび考える。スミラのことも。

鉄道模型に置かれていた人形のことも。

「何を追っていたの、サンドグレン？」アスカーはひとりごちる。

「どこまでわかっていた？」

もちろん、答えはなかった。

スミラ

小さなコンクリートの破片は、スミラが置いたベッドの脇になかった。しばらく床をはいつくばって探すと、誰かが偶然、蹴飛ばしでもしたように、壁のすぐそばに落ちていた。

それがわかったとき、スミラは勝ち誇ったような不思議な感覚をおぼえた。顔の見えない誘拐犯を、初めて出し抜いたのだ。

向こうに悟られずに、犯人のことが少しわかったのだ。

スミラが悪夢だと思っていたことは、実際に起きていたことだった。想像でも幻覚でもなかった。

コンクリートの破片が動いていたことが、何よりの証拠だ。

誘拐犯はスミラの食事に薬を仕込み、スミラが意識を失っているあいだに部屋に忍び込んでいるのだ。ベッドに腰かけさえしている。

触れてきたりはしない。少なくとも服の下には。何かあったらわかるように、しっかりと服を着込んでいるのだ。

だが、髪をなでられているのは間違いない。

つまり、こっちから攻撃できるくらいには、犯人が近づいているということだ。

あとは、スミラがその勇気を出せるかどうか。

先のとがったコンクリートの破片を握りしめる。暗闇の中で、何度か刺すふりをしてみる。

そのとき物音が聞こえ、スミラはハッとした。

部屋の横側から、かすかな声がする。

「こんにちは」声の主がささやく。「そこに誰かいるの?」

音のした方向へ、注意しながら移動する。心臓が激しく高鳴る。

「こんにちは」弱々しい女性の声が、また繰り返す。

声は壁の換気口から聞こえてくる。スミラはできるだけそばに寄った。

「こんにちは」スミラがささやき返す。

「あなたは誰?」声が怯えたような響きに変わる。

「わたしはスミラ。あなたは?」

一瞬、部屋が静まり返る。

「ジュリアよ」しばらくして、声の主が返事をする。「わたしの名前はジュリア」

アスカー

ちょうど午前六時前に、アスカーは警察本部に出勤した。まずは科学捜査課のガレージに忍び込み、マリクの車を調べられないかやってみることにした。

優先度の高い事件なので、科学捜査課の技術者たちは夜を徹して作業をしていたはずだ。うまくいけば、シフト交代のタイミングで、自分はまだ重大犯罪課の一員のような顔をして、こっそり中に入ることができる。ともかくそれがアスカーの計画だった。

だがガレージ入口のカードリーダーは、アスカーのパスをあっけなく拒否した。アスカーのアクセス権が制限されているのだ。当然ヘルマンの仕業だ。ここでもアスカーは先手を取られている。

そうするよう、誰かがヘルマンに進言したのかもしれない。アスカーを左遷するだけでは不十分だと。捜査から確実に排除する必要があると。そのために、ありとあらゆる手段を講じるようにと。

そこまで冷酷な対応ができるのは、母親であるイザベルしかいなかった。

むしゃくしゃした気分で、アスカーはオフィスに戻った。ドアを閉め、アスカーの追放を象徴するようなわびしく陰気な廊下を遮断する。

ロシエンが作成した行方不明者のリストを、いらいらとめくる。模型に置かれていた人形につながる手がかりを必死に探した。だが、ジュリア・コリンやトール・ニルソンのときのように、簡単にはいかない。若い男性のうち何人かは、ヘッドホンをかぶったヒッチハイカーの可能性があるが、ウルフが言っていた、おんぼろのボルボに乗った二人組のコソ泥と一致しそうな人物は、リストには見あたらない。

パソコンから受信音がした。アッティラからのメールが届いている。件名も挨拶もない。アッティラが出てきたのに気づかなかったのか。それとも、自分が着いたときには、すでにここにいたのだろうか？

このリンクを使えば、サンドグレンのアカウントにアクセスできる。

リンクをクリックし、ポップアップ画面の手順に従うと、次の瞬間、ベングト・サンドグレンとしてログインできていた。

仕事用のメールの受信箱から手をつけるのが、合理的に思えた。

受信箱はメールでいっぱいだった。サンドグレンは整理しようという気がないらしい。

ほとんどが無駄なメールだ。ニュースレター、内部通達、転送メールやスパムメールなど。

それからインターネットのブラウザを開き、履歴を調べる。

サンドグレンは、主にニュースを読むのにインターネットを利用していたらしい。だがお気に入りのところに、いささか変わった趣味に関する記事がブックマークされている。

記事では、フードで半分顔を隠したふたりの若者が、都市探検にまつわる話をしていた。ファーストネームしか明かされていないが、ふたりは廃墟や廃坑を探検するスリルを生々しく語っている。

「探検家も強盗も、似たようなもんだよな。探検家は何も盗んだり壊したりしないってだけで。それはUEのルールに反するから」と、ジョンと名乗るほうが言う。もうひとりはトールと名乗っており、ジョンはトールがときどきルールを破るんだと当てこすっている。記者が詳しく話してほしいとたずねると、トールは、真っ当な都市探検家ならやらないだろうが、自分はグラフィティ・アーティストだから、行った場所に落書きやサインを描かずにはいられないんだと答えた。

この男は、トール・ニルソンに違いない。記事を少し先まで読むと、それで捕まったことはあるが、刑務所に入れられる心配はないと男は語っている。

「廃墟に押し入ったって、警察は気にしちゃいない」とトールは言う。正直なところ、もっともな言い分だろう。

記事の最後の情報欄に、都市探検について詳しく知りたい読者に向けて、参考文献のリストが掲載されていた。

そのリストのいちばん上にあったのが、マーティン・ヒル著の『忘れ去られた場所とその物語』だった。

アスカーは、サンドグレンの受信箱に戻り、タイトルを検索する。にらんだとおり、本の注文確認書と領収書が見つかった。日付は、落書きをしている人形のことを、リリヤがサンドグレンに知らせたという日の直後になっている。

アスカーは椅子の背にもたれ、時系列に沿って振り返ってみた。

約二年前、サンドグレンは、自分が名づけ親になり、長らく行方不明のジュリア・コリンにそっくりの人形を鉄道模型で見つけ、仰天する。

当時の鉄道模型クラブ会長ウルフ・クルックに話を聞いてみると、数年にわたり、謎の人形がいくつも模型の中に置かれていたことがわかる。サンドグレンはロシエンに、模型のある地域と関連のある行方不明者をリストアップし、定期的に更新するよう依頼した。

サンドグレンはさらに模型のことを嗅ぎ回ったが、それがウルフの癇《かん》に障り、失せろと言われてしまう。ふたりの協力関係は（そんなものがあったのだとしたら、だが）ここで途絶えた。

そこで、リリヤがウルフに代わって会長になったとき、模型に新たな人形を見つけたら知らせるよう、サンドグレンは頼んだ。果たして、人形は現れた。

UEXという文字をスプレーで落書きする若い男。

サンドグレンは、その人形がグラフィティ・アーティストのトール・ニルソンではないかと疑いを抱く。ロシエンのリストによると、人形が見つかる数週間前に、行方不明の通報があったという。

人形が落書きしている言葉に着目し、サンドグレンは都市探検について調べはじめた。

そして、トールがインタビューを受けている、都市探検の新聞記事を見つけ、さらに疑惑を深める。記事をとおして、都市探検のバイブルともいえるマーティン・ヒルの著作を知る。

サンドグレンは本を取り寄せて読み、どの時点かはわからないが、マーティン・ヒルの電話番号を手に入れる。連絡を取ろうとしていたのは間違いないだろう。

すでに連絡しているかもしれない。

マーティンに電話して、話を聞いたほうがいい。それが当然、次にやるべきことだろう。

それでも、アスカーはためらっている。

最後に顔を合わせてから十六年になる。何を話せばいい？

行方不明になった人たちと、鉄道模型で見つかったプラスチックの人形との関連性を捜査していると？　そして、アルコール依存症で、心臓発作を起こして昏睡《こんすい》状態の刑事ベングト・サンドグレンと同じ結論に至ったのだと？

ところでマーティン、昔のよしみで教えてほしいんだけど、ベングトから連絡はあった？　あったのなら、どんな話をした？

メールをスクロールしていくと、サンドグレンが放置していたのは受信箱だけでないとわかった。サンドグレンはメールの送信も滅多にしない。送ったメールのほとんどが、電話で話したいから番号を教えてくれと、一方的にたずねるものだった。どうやらデジタル上のコミュニケーションが嫌いな人間らしい。

それでも、気になるメールが見つかった。

ジュリア・コリンの母、ウルリカ・コリンからのメールで、一か月前に送られてきたものだ。

親愛なるベングト

ジュリアを失ったことは、一生癒えない心の傷です。

でもあれから四年が経ち、わたしたちはゆっくりと前に進もうとしています。少なくとも、そう努力しています。いつの日か、あなたもそうできるよう祈っています。

それまではどうか、わたしにも、ローベルトにも、息子にも、もう連絡してこないでください。

それでは。

ウルリカ

アスカーはメールを読み返した。どこか深い悲しみを感じる。

サンドグレンのことが、まだ理解できずにいる。

ウルフやリリヤの話によると、サンドグレンは事件にとりつかれていたらしい。ジュリアの家族が、連絡をしてこないでほしいと頼むほどに。だが、オフィスの中には事件と関係したものがほとんど見あたらない。ロシエンに依頼して集めていた、山ほどあるデータベースの検索資料や、保管しているはずのメモ類はどこにあるのか？

サンドグレンのパソコンのドキュメントフォルダーを開く。保存されているのは、署内ビリヤードクラブの、はるか昔のミーティングの記録だけだった。

それだけに、写真フォルダーの中身がより興味深く感じられる。三枚の写真が残っていたが、すべてが鉄道模型に関わるものだった。

どの写真にも、茶色い箱のようなものにＵＥＸと落書きしているプラスチックの人形が写っている。人形は青いフードつきジャケットに野球帽、絵の具で汚れたジーンズという恰好だった。一方の手にはスプレー缶、もう片方の手には黒いバッグを持っている。スミラとＭＭをモデルにした人形と同じく、細かい部分まで気味が悪いほど正確に作ってある。

人形の男は、まるで捕まるのを恐れているかのように、おどおどと振り返りさえしている。

それにしても、この人形はいまどこにあるのだろうか。

ジュリア・コリンと、顔のない謎の追撃者の人形は？　ほかの事件書類と一緒に、人形もサンドグレンの自宅に保管されているのかもしれない。

看護師が言っていたことが真実なら、ヴァージルソンが鍵を持っているはずだ。それを使って、サンドグレンの家に行き、探してみればいい。

だが、何かが引っかかる。

サンドグレンは心臓発作を起こすまで、何日もこのオフィスで寝泊まりしていたようだ。ここから半時間ほどのところに住んでいるのに、家に帰りたくないか、帰るのが面倒だったのかもしれない。

そんなサンドグレンが、必死に調べている事件の捜査書類を自宅に保管しておくだろうか。元の生活に戻ったというなら、それもあり得るが。捜査をあきらめ、ソファーにひっくり返って、アルコールでかすむ思考の中に溺《おぼ》れていったのなら。アスカーは写真のデータを自分の携帯電話に転送した。

それから立ち上がり、窓へと歩いていく。

重大犯罪課の捜査本部には明かりがついている。窓の向こうに動く人影が見える。アスカーはサンドグレンの双眼鏡を取りあげ、焦点を合わせた。

ほんの数秒で、ヨナス・ヘルマンの姿をとらえた。部屋の奥にいる誰かに話をしている。夕べと同じ黒いポロシャツと、目の下にできたくまを見れば、徹夜だったことがわかる。

ヘルマンのことはよくわかっている。

凄腕の刑事というヘルマンの評判が、危機にさらされている。スミラ・ホルストを発見できなければ、ロディックの地位を奪うチャンスは、ほぼ失われることになる。

その一方で、もしアスカーが、サンドグレンの秘密の捜査を利用して、本物の誘拐犯を突き止めることができれば、重大犯罪課に返り咲ける可能性は高い。

ヘルマンに仕返ししてやることもできるかもしれない。

そうなるためには、あらゆる手がかりを追求する必要がある。どんなにやりたくないことでも、どんな扉を開くことになったとしても。

アスカーはデスクに戻った。

マーティン・ヒルの電話番号が書かれたふせんを手に取ると、自分の携帯電話に番号を入力する。そして思い切って、発信ボタンを押した。

電話の向こうから眠そうな声が聞こえ、そのとき初めて、まだ朝の六時半だということに気づく。

「もしもし……」

その声は昔とまったく同じのようでいて、まったく違っていた。もっと深く、もっと大人の声。別の人間の声のようだった。

アスカーは早くも電話したことを後悔し、一瞬、切ってしまおうかと思った。だが、アスカーには答えが必要だ。

「すみません、こちらはレオ・アスカーです」アスカーはそこまで言うと、唇をすぼめた。

十六年分の沈黙が通りすぎていく。実際には数秒しか経っていないだろうが。アスカーは落ちつかず、電話したことをふたたび後悔した。

「レオ」マーティンがようやく口を開く。「しばらくぶり……だね」

心が現在と過去の間にある不思議な空間に囚《とら》われてしまったように、アスカーはなかなか言葉が出てこない。

「それで、どういうわけで、こんな時間に電話を？」興味をそそられたような声だったが、どこか用心しているようにも聞こえる。

「わたしは――」

アスカーは気を取りなおした。

「刑事で」プロらしく聞こえるようにと願いながら、アスカーは言う。「ある事件の捜査をしている。以前、わたしの同僚から連絡があったはず。ベングト・サンドグレンという名前の。それで、できれば会ってもらえないかと」

眠そうな女性の声が後ろから聞こえてきた。

マーティンに妻も子もいないことは、インターネットを検索してわかっている。だからといって、ひとりとは限らないのだが。

それに、そんなことはどうだっていい。

「時間があれば、だけど」アスカーはつけ加えた。

「もちろん」マーティンが答える。「いつがいいかな？」

アスカーはしばし目を閉じた。頭がうまく働かない。

「できるだけ早く。できれば今日」

また女性の声が聞こえる。電話からは衣ずれのような音もしている。

「いまから仕事にいくところなんだ」マーティンが言う。「でも四時くらいなら大丈夫。いまはルンドに住んでいるんだ」

知っている、と言いそうになった。

「わたしがそっちに行ってもいい」代わりにそう伝える。「いいコーヒーが飲める店があるなら」

「クロステル通りにあるパティスリーが気に入っててね」

「よさそうね。じゃあそこで四時に」

また数秒間の沈黙が広がる。どちらも言いたいことがあるのに、どこから話をすればいいかわからないというように。

「じゃあ、またあとで」アスカーのほうが会話を終わらせた。

「じゃあな、レオ」

アスカーは電話を握りしめたまま、しばらく座っていた。

この扉を開けるべきだったのだろうか？

そんな思いを頭から振り払う。

実のところ、この瞬間をずっと待っていたのだ。

スミラ

閉じたまぶたの裏で、涙が焼けるように熱い。泣きじゃくりそうになるのを、スミラは何度もこらえた。

隣の部屋に、自分以外の誰かがいる。この暗闇の中で、もうひとりぼっちじゃない。

「長いあいだここにいるの?」スミラは換気口に向かってささやく。

「うん、たぶん」ジュリアが答える。「でも、何日かはもうわからなくなった。何もかもがごっちゃになってて。あの男、わたしが寝ているあいだに、何度かわたしを移動させてるの。昨日もそうだったと思う」

「あの男?」

「山の王のこと」

「山の王?」

「そう」ジュリアがあくびをする。「あいつは自分のことを、そう呼んでる」

スミラの頭がめまぐるしく回転しはじめる。知りたいことがたくさんある。

「その、どうやってここに来たの？」

「あいつに追いかけられて……」またあくびをする。「ごめん、眠くてたまらなくて」

「食事に何か入ってるのよ」スミラが言う。「薬でしょうね」

「みたいね……」ジュリアの声がますます小さくなる。

「あいつ、何が望みなの？　あたしたち、何でこんな所にいるの？」スミラがたずねる。

ジュリアは何かささやいたが、スミラには聞こえなかった。

「聞こえないわ」できるだけ大きな声で言う。「あたしたち、何でここにいるの？」

「あたしたちが、あいつのものだから」ジュリアがささやく。「あたしたちは、あいつの所有物なのよ」

ジュリアの声が聞こえなくなった。

「ジュリア」スミラが小さな声で言う。「ジュリア、そこにいるの？」

だが、返事はなかった。

アスカー

ヴァージルソンの部屋のドアをすばやくノックすると、アスカーはいきなり中に入った。

アスカーは待ち構えていたのだ。午前七時過ぎ、部屋に入ろうとするヴァージルソンの〈エコー〉の靴が床をこするかすかな音を、アスカーは聞き逃さなかった。ヴァージルソンにコートを脱ぐ暇も、ラジオをつける暇も与えなかった。

「おはよう」アスカーは言った。「ちょっと助けてほしくて」

厳密に言うと、ちょっと、というのは正確な言い方ではない。実際には、頼みたいことはふたつある。だが、差し迫ったほうから説明することにした。

小男は、アスカーの期待どおり、不意を突かれたような顔をしている。

「いいですよ。どうぞかけてください」

ヴァージルソンはコートにスカーフ、ハンチング帽を、部屋の隅にある古風なコートスタンドにぶら下げた。薄くなった髪を片手でなでつけると、デスクの前に座る。

いつものように、シャツにセーター、ネクタイといういで立ちだ。

「それで、どうお役に立てると？」

アスカーは単刀直入に言う。

「科学捜査課のガレージにある車を調べたい。わたしがそこにいると、誰にも気づかれずに」

「なるほど」ヴァージルソンは両手の指先をトントンと合わせる。小指から始めて、親指まで流れるようなしぐさで合わせていき、また小指に戻る。

「昨日の夜、発見された車のことですよね？　ホルスト事件と関係しているっていう」

ヴァージルソンは指先をトントンと合わせ続けている。アスカーの返事は期待していないようだ。

「難しいですね」ヴァージルソンが言う。「とても難しい」

「でも、不可能じゃない」アスカーがつけ加える。

ヴァージルソンはずる賢そうな笑みを浮かべた。

「不可能なこともありますよ。いくつもルール違反を犯したとしてもね。要はやる気の問題です」

「それで、どんな見返りが欲しい？」

ヴァージルソンは、とんでもないというように両手を上げた。

「いやだな、そんなことは言ってません——」

「そう言っているようにしか聞こえないけど」アスカーは話をさえぎった。「何が欲しいか言って。謎解きをしている暇はないから」

利口なヴァージルソンは、戦略を変えるタイミングだとわかったようだ。

「まあ、あなたがそう言うなら。あそこに壁がありますよね?」ヴァージルソンがアスカーの後ろの壁を指さす。そこには絵を掛けるフックだけがぶら下がっている。

「あそこには美しい油絵が掛かっていたんですが、いろんな事情があって、手放さなきゃならなかった。残念なことに……」

ヴァージルソンは、チッチっと舌を鳴らしながら首を振る。

「でも、代わりに飾るのに、ぴったりの絵があると知ったんです。ブルーノ・リリエフォッシュの初期の作品です」

「どこにある?」アスカーはたずねる。

「地下の保管庫です。金銭上のもめ事で押収《おうしゅう》されたとか。裁判までにはまだ数か月、ひょっとしたら何年もかかるという話なので、それまで……」

そこでまた、ヴァージルソンは壁を示した。

「それまで、その絵を借りたいってわけ」指で引用のしぐさをしそうになりながら、アスカーが言った。

「まさに、そういうことです」ヴァージルソンがにやりとする。「リリエフォッシュの絵で目の保養ができるなら、ここでの長い一日を楽しく過ごせるってものです」

アスカーは深呼吸した。建前としては、こういうもたれ合いに加担するべきではない。だが、さまよいし魂の課は独自のルールで動いている――アスカーは日々、それを実感している。

「やるだけやってみる」しぶしぶながら、アスカーは答えた。

「すばらしい！」小男は顔を輝かせた。「お互いに理解し合えてうれしいですよ。三十分ほどください。何本か電話をかけてみます。科学捜査課には兄弟同然の仲間がいるので、この件に手を貸してくれると思いますよ」

アスカー

午前八時過ぎ、アスカーとヴァージルソンは、今朝アスカーが開けようとして開かなかった、鍵のかかったドアの前にいた。ヴァージルソンは手にケーキの箱を持っている。

「スモルゴストータですよ」ヴァージルソンが小声で言う。「代金はあとで払ってもらえば大丈夫です」ヴァージルソンがノックすると、すぐにドアが開き、角ばった顔によく手入れされた髭を生やした男が出てきた。

アスカーも以前会ったことのある、科学捜査課の係長のひとりだ。

「ブラザー・ウェンデル」ヴァージルソンは言うと、男と妙な握手を交わす。代々受け継がれてきた秘密の挨拶のようなものだろうか。

「ブラザー・ヴァージルソン」ウェンデルが応じる。廊下にひょいと頭を出すと、注意深く辺りを見回した。

「入れ。早く」ウェンデルがささやく。

いくつかドアが並んだ短い廊下を抜けると、そこは専用のガレージだった。手前には鑑識用の車が二台駐まっており、その奥の隅には、ビニールのカーテンがかけられた車が何台か並んでいる。アスカーは、マリク・マンスールの黒いゴルフのボンネットを見つけた。

「ちょうど朝食の時間でね」ウェンデルが数メートル先のドアを指さす。

ヴァージルソンから箱を受け取った。

「これがあれば、十五分は休憩を伸ばせる」ウェンデルがアスカーに言う。「だが、それ以上は無理だ。もし誰かに見つかったら、それはあんたの問題ってことでいいよな？」

ウェンデルは休憩室に消え、ヴァージルソンはアスカーを残し、入ってきたのと同じドアからこっそり出ていった。

アスカーは腕時計のタイマーをセットする。念のため制限時間を十三分と決め、ビニールカーテンの切れ目から中に入る。

ゴルフのドアとトランク、ボンネットは開いていた。傍らの作業台には、一眼レフと、技術者のメモが書かれたクリップボードが置いてある。

アスカーはメモをぱらぱらとめくる。すでに夜勤の担当者が、車から指紋や服の繊維を採取していたが、遺体以外は車から何も取り出していないらしい。

カメラの電源を入れる。画像をすばやくスクロールしていくと、昨日の夜、現場で撮影された写真が出てきた。

マリクは助手席に、シートベルトをした状態で座っている。

自撮りの写真と同じ服装だ。死後かなりの時間が経過しているというのに、マリクの顔は恐怖で引きつっていた。顔は真っ白で、目が大きく見開かれている。顎が下がり、口は軽く開いたままだ。手は握りしめられていた。

スクロールを続け、クローズアップした写真を表示する。

マリクは手のひらを擦りむいていた。ズボンの膝やジャケットの袖が白く汚れているところを見ると、マリクは硬く埃っぽい地面へと、前向きに倒れ込んだのだろう。それ以外は、遺体に損傷はないようだった。

アスカーはタイマーを確認する。

残り時間はあと十分。そろそろ車を調べるべきだ。アスカーは作業台の上にあった紙箱からゴム手袋を取り出し、パチンと音を立ててはめた。

車の中はきれいで、革の内張りと香水のにおいがする。

マリクが座っていた助手席は、座席の位置がいちばん後ろまで下げられていた。さほど不思議はない。マリクの身長はそれほど高くないが、遺体を動かすのは想像以上に大変なのだ。ましてや車の中に押し込むとなると、犯人はできるだけ広いスペースが必要だったはずだ。

アスカーはしゃがみ込み、携帯電話の懐中電灯をつけ、フロアマットを照らした。白い埃が積もっている。埃に人差し指を突っ込み、親指にこすりつける。セメントだ。つまり、マリクが倒れたのは屋内ということになる。

アスカーは何枚か写真を撮ると、車の周りを歩いた。

トランクには、どこかの企業の宣伝用の傘が入っているだけで、あとは空っぽだった。

トランクのマットやふわふわした内張りの上には、さらにセメント埃が積もっている。

マリクの遺体は、トランクに入れて運ばれたのだ。

それならなぜ、そのままトランクに入れておかなかったのか？

犯人はなぜ、わざわざ手間をかけて遺体を助手席へと押し込み、発見されるリスクを負ったのだろうか？

その答えを推測するのは、さほど難しくない。マリクが発見されることが、犯人にとっては重要だったのだ。

運転席の座席は、真ん中くらいで固定されている。最後に座っていた人間は、おそらくアスカーと同じくらいの身長のはずだ。

いつもなら、座席の角度とバックミラーの角度を比較して割り出すのだが、バックミラーは完全に失われている。固定していたところから、もぎ取られたようだ。妙だ。

タイマーを確認する。残り時間はあと七分。

グローブ・ボックスの中には、ほかの収納スペースと同じで、目を引くようなものは何もない。

運転席の足元のマットは、乾いた泥やセメント埃にまみれていた。ウルフ・クルックの家のぬかるんだ庭を思い出す。ウルフ・クルックはゴム長靴を、義理の息子のフィン・オロフソンは革のブーツを履いていた。どちらも厚底で、こうした泥の痕跡が残りやすい。

アスカーが後部座席を調べようとしたとき、物音がした。体がこわばる。

ドアが開き、声が聞こえた。

アスカーは車の背後にかがみ込み、車の窓から、向こうのビニールカーテンの隙間を盗み見た。

声が近づいてくる。最初に見えた人影はウェンデルだった。

ウェンデルは動揺している。ウェンデルは同僚と一緒に、あと五分はおいしいサンドイッチケーキをほおばっているはずだった。カーテンの隙間に目をやると、それが中断された理由がはっきりした。

いつものように偉そうに肩をいからせたヨナス・ヘルマンと、その斜め後ろに、ただのご機嫌取りのくせに調子に乗ったエスキルがいる。

「なぜまだ終わってないんだ?」ヘルマンがたずねる。

ウェンデルは固まっていた。カーテンと車のほうを不安そうに見つめながら、電話に応対したり、指紋を取ったり、ほかにも色々やっていましたと、小さな声で慎重に答えている。

「手がかりはないのか?」エスキルが横柄な口調でたずねる。間の抜けた質問だが、何か言わないといけないと思っているようだ。

「ありませんよ。あればすぐに知らせています」ウェンデルは、アスカーのいる方向に目をやりながら返事した。

「それで、写真は?」

「いま作業中です」

アスカーはできるだけ低く腰を落とした。ウェンデルたちがカメラを取りにきたら、アスカーは終わりだ。まずい状況に追い込まれている。後ろにはコンクリートの壁があるだけで隠れる場所などない。ほとんどない、と言うべきか。

靴底が床をこする音が聞こえる。どうにかしなければ。アスカーはこっそりと移動して、車の後ろに回り込み、トランクの中に滑り込んだ。ふたを閉め、できるだけ物音を立てないようにして隠れる。次の瞬間、カーテンが開く音が聞こえた。

「カメラはここにあります」という声がする。「五分で写真を用意します」

「もっと早くにできていたはずだぞ」エスキルが吠える。ヘルマンのブルドッグにでもなったつもりなのだろう。「座ってスモルゴストータに顔を突っ込んでる暇があったら、さっさと仕事を片付けろ」

ウェンデルは何かをぼそぼそとつぶやいた。

三人の男は車の周りを歩き、トランクの前で足を止めた。

「血痕はなかったのか?」ヘルマンがたずねる。

「ありませんでした」ウェンデルが答える。「夜勤の担当者が、解剖に送るまえに遺体の表面をチェックしています。目視できる傷、少なくとも致命傷になるような傷はなかった。謎は検視官に解いてもらわないと。ところで、車はどうやって発見したんです? 報告書にはなかったもので」

アスカーは耳をすました。

「匿名《とくめい》の通報があった」ヘルマンが答える。「プリペイドの電話からだ。誘拐犯自身がかけてきたんだろう」

誰かが飛び乗ったらしく、車が揺れた。

「バックミラーがない」運転席からエスキルの声が聞こえた。

「ええ、我々も気づきました」ウェンデルが素っ気なく返す。「ところで、こちらに被害者の持ち物があります。財布、腕時計、鍵です。携帯電話はデータの抽出にまわしました」

「ほかには？」ヘルマンがたずねる。

「いまはまだ」ウェンデルが答える。「これから車を全体的に調べなおします。隅から隅まで」

アスカーはほとんど息をしなかった。前の座席から、エスキルのシェービングローションのにおいが漂ってくる。ウェンデルとヘルマンは車の後ろに立っている。どちらかがトランクを開けるだけで、ヘルマンはアスカーを首にする理由を手に入れることになる。罠にかかったネズミの気分だ。

そのとき突然、警報が鳴り響いた。

「いったいなんだってんだ」車がまた揺れる。エスキルが外に出たのだ。

「火災警報ですよ」ウェンデルが言う。「外に出ないと」

ほっとしたような声だ。

警報は鳴り続けている。続いて足音も聞こえてくる。

「何かわかったらすぐに知らせてくれ。もうコーヒー休憩はなしだ」エスキルが言う。

ビニールカーテンがこすれる音がした。

「検視結果は明日……」というのが、警報の合間に聞こえてきた最後の言葉だった。

その後、ドアが閉まる音が響いた。

アスカーはゆっくりと息を吐き出した。念のため、さらに三十秒、横になったままじっとしていた。

トランクは中から開けることができない。アスカーは背もたれを折り畳み、後部座席へとにじり出る。後ろの窓から、用心しながら顔を出す。

火災警報はまだ鳴りやんでいないが、ガレージの中にもう人けはなかった。

アスカーは車から抜け出すと、慎重に立ち上がった。座席を元の位置へと戻す。

そのとき、背もたれと座席の間に隠れていた、小さな物体が飛び出してきた。白い、二センチほどの大きさのものだ。

ぎくりとした。

自分が目にしているものが何なのか、アスカーにははっきりとわかったのだ。

それは、1／87スケールの、顔のないプラスチック人形だった。

ヒル

ヒルとソフィーは、新しいダイニングテーブルで朝食をとっていた。テーブルを買うよう勧めたのはソフィーだった。ヒルの部屋には、ちぐはぐなイケアの家具や蚤《のみ》の市の掘り出し物しかなく、まるで学生寮だとソフィーはずっと文句を言っていた。大学の講師、ましてやベストセラー作家にはそぐわない、と。

それで数か月前、ヒルは高級家具店へと向かい、白いおしゃれなテーブルと、それとセットになる椅子を購入したのだった。

だが家にテーブルを置いてみて、まったく自分の趣味じゃないとすぐに気づいた。それでヒルは、これまでと同じように、使い慣れた傷だらけのソファーでほとんどの食事をしている。

少なくとも、ソフィーは新しいテーブルを気に入ったようだ。

今後、大事な用で人を呼ぶときはキッチンでやるようにして、ほかの部屋は立ち入り禁止にしたら、とまで言われた。

ソフィーは日曜日までマルメにいる予定だが、今回はいつもよりも長く、ヒルの部屋に泊まっている。ヒルはそれをうれしく思う。ソフィーのことが好きだし、ソフィーが離婚して、こっちで暮らすようになったら、自分の人生はどうなるだろうと想像することもある。

とはいえ、その話題を持ち出したことは一度もない。

いつものように、ソフィーはすでに遅刻しているミーティングに向かおうと、慌ただしく準備をしている。服を着て、食事しながらメイクをすませる。

「ああ、そうそう、検察にいる昔の同僚に聞いてみたんだけどね。ベングト・サンドグレンは『さまよいし魂の課』ってとこのチーフですって」

「何だって？」

「とにかく、そう呼ばれている部署らしいの」ソフィーは不機嫌そうに眉をひそめる。「人事部を悩ませている人材が大勢、地下に追いやられているんですって。そこだとトラブルも起こせないから。サンドグレンが何を調べていたのかわからないけど、トールにとっても、わたしたちにとっても助けにならなそう。もう行かないと。またあとで連絡する」

ソフィーはメイクをチェックすると、ヒルにすばやくキスをして、ヒルがコーヒーすら飲み終わらないうちに急いで部屋を出ていった。

正直なところ認めたくはないが、いつもはこんな風に急いで出ていってしまうソフィーを見るといささか気分が沈む。

だが今日は、ひとりで考える時間ができたのを喜んでいた。今朝は本当に、レオ・アスカーからの電話で起こされたのだろうか？　夢だったような気もする。

とはいえ、携帯電話には着信履歴も、アスカーの番号も残っている。間違いなく現実だ。ヒルにとっては、うれしくもあり、不安でもあった。

レオのことを考えていた矢先、突然、彼女から電話があった。コーヒーでも飲みながら、ソフィーが切って捨てたばかりの、あのベングト・サンドグレンのことを話したい、と言って。

刑事のレオ・アスカー。ヒルにはとても想像できない。

レオと言葉を交わしたことで、このところヒルにつきまとっていた、どこか非現実的な感覚が強くなる。何か理解を越えたことが身の周りで起ころうとしている感覚。

朝刊を電子版で読む。マリクの車が見つかったというニュースで持ち切りだ。大きな見出しつきで、スミラ・ホルストの写真も載っている。

一週間、行方不明。恋人は死亡。

かわいそうなＭＭの写真は、ありがたいことに見あたらなかった。

最初の衝撃はおさまったものの、優等生だった学生が亡くなったことを思うと、深い悲しみをおぼえる。

新聞記事に目を通したが、昨晩インターネットの記事で読んだ情報しか出ていない。MMが恋人を誘拐したのではと、面白半分に想像した自分が恥ずかしい。それよりも直感に従うべきだったのだ。その直感は、ミィがこの事件に関して、話してくれた以上のことを知っていると告げている。

ヒルは、MMの車の写真にしばらく見入っていた。その後ろには、数日前に訪れた工場が写っている。

これも奇妙な偶然だった。

工場の地下で見つけたプラスチック人形は、まだズボンのポケットに入っている。引っぱり出し、詳しく調べようとひっくり返す。

この人形には意味があるはずだという感覚がますます強くなる。

だがそれが何なのかは、ヒルにはまだわからないのだった。


（上巻終わり）

◉訳者紹介　**井上 舞（いのうえ　まい）**
英米文学翻訳者。主な訳書に『ぼくはガウディ』『WAREHOUSE HOME』（パイインターナショナル）、『はじめての絵画の歴史』『マグリット400』（青幻舎）、『命のひとときき』『鳥をつくる』（化学同人）、共訳書に『三日間の隔絶』（早川書房）などがある。

◉訳者紹介　**下倉亮一（したくら　りょういち）**
スウェーデン語翻訳者。主な訳書に『減量の正解』（サンマーク出版）、共訳書に『つけ狙う者』（扶桑社）、『スティーグ・ラーソン最後の事件』（ハーパーコリンズ・ジャパン）、『黒い錠剤 スウェーデン国家警察ファイル』（早川書房）などがある。

山の王（上）

発行日　2024年10月10日　初版第1刷発行

著　者　アンデシュ・デ・ラ・モッツ
訳　者　井上舞・下倉亮一

発行者　秋尾弘史
発行所　株式会社 扶桑社
〒105-8070
東京都港区海岸1-2-20　汐留ビルディング
電話　03-5843-8842（編集）
03-5843-8143（メールセンター）
www.fusosha.co.jp

印刷・製本　中央精版印刷株式会社

定価はカバーに表示してあります。

造本には十分注意しておりますが、落丁・乱丁（本のページの抜け落ちや順序の間違い）の場合は、小社メールセンター宛にお送りください。送料は小社負担でお取り替えいたします（古書店で購入したものについては、お取り替えできません）。なお、本書のコピー、スキャン、デジタル化等の無断複製は著作権法上の例外を除き禁じられています。本書を代行業者等の第三者に依頼してスキャンやデジタル化することは、たとえ個人や家庭内での利用でも著作権法違反です。

Japanese edition © Mai Inoue, Ryoichi Shitakura Fusosha Publishing Inc. 2024
Printed in Japan
ISBN 978-4-594-09451-5　C0197